# Sheila Levine está morta e vivendo em Nova York

# Sheila Levine está morta
## e vivendo em Nova York

## Gail Parent

*Tradução*
MARIA LÍVIA MEYER

BERTRAND BRASIL

Título original: *Sheila Levine is dead and living in New York*

Capa: Silvana Mattievich

Editoração: DFL

2007
Impresso no Brasil
*Printed in Brazil*

CIP-Brasil. Catalogação na fonte
Sindicato Nacional dos Editores de Livros, RJ

P253s
Parent, Gail
Sheila Levine está morta e vivendo em Nova York/Gail Parent; tradução Maria Lívia Meyer. – Rio de Janeiro: Bertrand Brasil, 2007.
288p.

Tradução de: Sheila Levine is dead and living in New York
ISBN 978-85-286-1291-2

1. Romance americano. I. Meyer, Maria Lívia. II. Título.

07-3660
CDD – 813
CDU – 821.11-3


EDITORA BERTRAND BRASIL LTDA.
Rua Argentina, 171 — 1º andar — São Cristóvão
20921-380 — Rio de Janeiro — RJ
Tel.: (0xx21) 2585-2070 — Fax: (0xx21) 2585-2087

*Para Lair*

# Os Fatos

ALGUNS ANOS ATRÁS, no East Side de Manhattan, não muito longe da Bloomingdale's, um homem abriu uma lanchonete onde se vendiam diet shakes, deliciosos milk shakes de chocolate com apenas 77 calorias. Bem, vou lhes contar, gordinhas vinham de toda parte e faziam fila em torno do quarteirão na hora do almoço. Só 77 calorias, e tão gostoso! Eu era uma das que tomavam dois todo dia na hora do almoço.

Muitas perguntavam ao homem da lanchonete qual era a fórmula. Ele apenas sorria e dizia:

— Um ingrediente secreto.

As gordinhas começaram a duvidar que os shakes tivessem apenas 77 calorias. Organizaram um comitê e foram até a Prefeitura (ou seja lá onde for que se faça esse tipo de queixa) e a Comissão de Alimentos e Medicações (ou seja lá quem faça essa espécie de coisa) pedir uma investigação. Havia mais de 280 calorias naqueles diet shakes! Como ele pôde fazer uma coisa dessas? "Como pôde mentir desse jeito?", foi um *piti* geral.

Estou me suicidando. VOCÊ QUER VIVER NUM MUNDO ONDE UM HOMEM É CAPAZ DE MENTIR SOBRE CALORIAS?

É. Vou me matar. Quando encontrarem o corpo em meu minúsculo e caríssimo apartamento conjugado, ele vai estar caído sobre este bilhete. Meu pai vai lê-lo e balançar a cabeça. Minha mãe vai levá-lo, junto com um copo de leite quente, todas as noites para a cama, e ler um trecho enquanto lentamente esfrega creme hidratante contra rugas nas mãos e no rosto. Minha irmã vai passar os olhos nele, e meus amigos... meus amigos? Não, eles não existem de verdade, desculpem.

Meu nome é (ou era?) Sheila Levine. *Sheila Levine?* Gente com um nome desses não fica por aí se matando. O suicídio é tão antijudaico.

Enquanto era viva, morava no número 211 da Rua 24 Leste, antes disso na Rua 65, antes na Rua 13 Oeste, antes em Franklin Square, Long Island, antes em Washington Heights. O que significa que existem apenas cerca de umas cem mil outras garotas judias como eu. Exatamente como eu, todas com cabelos que precisam ser alisados, narizes que precisam ser corrigidos, e todas à caça de marido. TODAS À CAÇA DE MARIDO. Bem, garotas, todas vocês beldades judias, boas novas! Sheila Levine desistiu de lutar e vai morrer.

Por que uma boa menina judia faria algo tão estúpido como se matar? Por quê? Porque estou cansada. Passei dez anos de minha vida tentando me casar, e estou cansada. Agora sei que nunca vai acontecer comigo. Ora, qual é, nunca tive uma chance.

FATO: Nascem 103 garotas para cada 100 garotos. Bem, vocês já perceberam que sou uma das três sobrando.

FATO: Muitos garotos judeus, *à la* Portnoy, cresceram com uma relação de amor e ódio com suas mamães judias e fazendo votos de casarem-se com uma não-judia. Assim, sou etnicamente indesejável. Louras magrelas e sem peito são *in* — garotas judias, polonesas e italianas são *out.*

FATO: Muitas garotas não-judias querem se casar com um garoto judeu. São encorajadas a isso pelas mães, porque rapazes judeus não bebem, não são dados a farras e são ótimos maridos. As garotas judias querem se casar com eles pelas mesmas razões, e porque maridos judeus deixam as mulheres ter empregadas.

FATO: Esta é a era do homossexual judeu. Mais garotos judeus viram bichas do que meninas judias viram sapatões. ESTE PAÍS PERDEU MAIS RAPAZES JUDEUS PARA O HOMOSSEXUALISMO DO QUE EM QUALQUER GRANDE GUERRA.

FATO: Existem mais rapazes que acham o casamento ultrapassado, *demodé,* do que garotas. Feministas, detesto desapontá-las, mas há poucos membros da nossa classe que não desistiriam de uma reunião do grupo em troca de uma noite de núpcias.

FATO: A cidade de Nova York está inundada por milhares de garotas à caça de maridos, em número bem maior que os rapazes à cata de esposas.

FATO: SHEILA LEVINE NUNCA VAI CASAR. NUNCA TEVE UMA CHANCE.

Bem, pápi, posso ouvir você dizendo à mãmi:

— E daí? Ela ainda não casou. Mas o que há de tão ruim em não se casar que a levou a fazer uma coisa tão horrível? (Ela se matou, pápi. Foi essa a coisa horrível que fez. Diga logo, vai fazê-lo sentir-se melhor.)

Ora vamos, seja justo. Foram mãmi e você que me ensinaram como o casamento é importante.

Nascida a 12 de agosto, trinta anos atrás...

— Meu Deus, mas que menina bonita...

— Então é uma garota, Manny? Você sabe o que isso significa, tem que pagar o casamento dela...

Um dia de nascida! Um dia de nascida, e já falavam em casamento.

Mãmi, você costumava contar uma história:

— Levei Sheila ao médico com um mês de idade. Estava tão preocupada porque tinha uma pequena marca no rosto. Você sabe como acho o rosto uma coisa importante. E sabe o que ele me disse? "Não se preocupe, Bernice, já terá desaparecido quando ela se casar."

Casar? Olha esse negócio de novo, pápi, e eu só tinha um mês de idade.

Vocês me ensinaram direitinho. Compraram bonecas, pratinhos e fogõezinhos para brincar de casinha. Eu era a mamãe, Larry Singer o papai.

— Olhe só para eles dois, como brincam juntinhos. Não seria maravilhoso que se casassem quando crescessem?

Vocês sabem quem está falando. É a mãe da garota. Quando se ouve a palavra "casamento", é sempre a mãe da garota.

Mas não é só culpa dos pais. Escutava isso em toda parte. Também li aqueles romances com o galã e a mocinha, e eles tinham um papai e mamãe casados. Na Arca de Noé, tudo vinha aos pares. Tudo vem aos pares, menos Sheila Levine.

"O que você quer ser quando crescer, Sheila?"... "Quero ser uma boa esposa e uma boa mamãe."... "Boa menina."

É, aprendi desde cedo que era melhor me casar. Uma mãe judia quer os filhos longe do exército e as filhas a caminho do altar. Desde o berço que escutamos:

"Será o maior dia da minha vida quando eu dançar em seu casamento."... "Se ao menos vivesse o bastante para ver minhas filhas casadas, morreria feliz."

Eu tentei. Tentei me casar, ter uma cama de casal tamanho gigante, toalhas douradas e um faqueiro de prata para doze pessoas. Tentei durante anos, e o que tenho? Minha velha cama de solteiro, toalhas esburacadas, porque moças solteiras compram roupas em vez de toalhas, e quatro garfos — três roubados de minha mãe e um do Sardi's.

# Dos Quatro aos Vinte e Um, Incluindo a Perda da Virgindade

**A**OS QUATRO ANOS, eu estava loucamente apaixonada por Alan Hirsch, que estava loucamente apaixonado por Cynthia Fishman. Brincava de médico comigo, mas jurou que se casaria com ela quando crescesse. Aos quatro, eu já era a outra. Devia ter aprendido a lição naquela época. Mas não, eu tinha esperanças.

Aos sete, apesar de não ter nenhum jovem em vista, eu já tinha planejado todo o meu casamento. Ficava sentada com minha melhor amiga, Ruthie, sobre a colcha branca de sua cama, com os pés para fora, e com a ajuda de Lydia Lane, uma boneca de papel, planejávamos o grande acontecimento em todos os detalhes. Não me lembro de tudo, mas Ruthie e eu íamos ter um casamento duplo em West Point e passar por baixo dos espadins. Ruthie realmente teve um, só que foi debaixo de um *kupah,* no Bronx Oeste. Não te culpo, Ruthie. Não te culpo. Parabéns, e que possa viver o bastante para ver suas filhas casadas.

Aos 14, já sabia o que era o casamento. Não discutia mais o assunto com Ruthie. Eu a deixara em Washington Heights, junto com meus queridos brinquedos, que lutara para levar comigo para Franklin Square.

"E para que você quer isso, Sheila? Você não brinca mais com eles."

Queria meus brinquedos, mãmi, porque estava me mudando para um lugar estranho e estava com medo. Você deixou Melissa levar os dela. Lydia Lane e todo o seu enxoval foram atirados no incinerador. Seria um fato profético?

E então, aos 14, sentava na *minha* colcha branca com minha melhor amiga, Madeline — os nomes tinham muito mais classe no subúrbio —, e ficávamos sonhando juntas. Casamento era ter um conde judeu louco por você. Teríamos uma casa em Londres, uma em Paris, outra em Roma, e viajaríamos de casa em casa com nossos maridos. Madeline também se casou e ainda mora em Franklin Square, a uns três quarteirões da mãe. Você é feliz, Madeline? Talvez não se ache feliz, mas gostaria de trocar de lugar comigo? Seu lar com assentos de privada forrados de pele falsa pelo meu túmulo?

Estou chocando você, mamãe? Está desmaiando horrorizada, e muito sem graça porque sua filha se matou? Sinto muito se lhe causei embaraço. Podia dizer às senhoras do *Hadassah* que fui assassinada por um amante ciumento. Bem que eu gostaria.

Quando entrei para a Universidade de Syracuse, já tinha idéias bem amadurecidas sobre o casamento. Meu marido teria que ser criativo. Podia ser um advogado, mas só se gostasse de teatro; um médico, se seu hobby fosse a pintura; ou um pintor, se o seu lance fosse ganhar dinheiro na Bolsa.

Tinha um bocado de tempo para amadurecê-las, especialmente nos sábados à noite, quando sempre ficava sentada lá no dormitório sem nenhum encontro. É sim, mãmi. É sim, pápi. Sem encontros. Eu também fiquei chocada, mãmi. Você sempre disse que eu era a coisa mais linda que já vira. Menti para você em todos aqueles domingos à noite, quando telefonava a cobrar. Inventei o nome dos rapazes e tudo o mais. Por que acreditou em mim? Como pôde ter pensado que eu era tão assediada? Esperava realmente que a sua querida Sheila, com 1,60m e setenta quilos, fosse a Rainha do Baile?

"Manny, veja só o que ela está dizendo! Não era linda quando viva?"

Não, queridos pais. Ficava lá com as outras garotas sem namorados: as altas demais, as gordas demais, as com acne, mau hálito, e por aí vai. Ficava lá em Flint Hall olhando as que tinham encontros marcados se emprestarem suéteres e partirem. Dávamos adeusinho, jogávamos bridge e encomendávamos centenas de pizzas que aumentavam ainda mais nossas desgraças. Fico pensando: quantas não se casaram?

Syracuse não foi assim tão má. Foi lá que perdi a virgindade. Pápi, o sal, rápido! Mamãe está desmaiando de novo.

"Minha filha Sheila não era mais virgem?"

É, mãmi, acabei dando sorte.

Diane Rifkin, uma garota que vivia no mesmo andar, estava saindo com um cara chamado Steve, que era da pior turma de estudantes de Colgate, e ele lhe perguntara se tinha uma amiga para sair com um amigo dele no Fim de Semana de Inverno. Três garotas do dormitório recusaram, mas eu disse que sim.

"Escuta, tenho uma garota para o seu amigo."... "Como é que ela é? É bonita?"... "Tem um rosto interessante."

Fui, só para não ter de mentir para meus pais no telefone. E também porque queria um Fim de Semana de Inverno.

Steve foi nos buscar no dormitório. Empilhou a mim e a bagagem no assento traseiro do seu velho Impala branco, e ele e Diane sentaram-se na frente. Eu era a sogra. Durante todo o caminho para Colgate fiquei olhando pela janela, tentando não espiar a mão de Steve por baixo do vestido dela, e Diane com a mão em sua calça. As estradas estavam congeladas. Meu Deus, um apertão mais forte de Diane e podíamos ter morrido.

O rapaz, Will Fisher, estava nos esperando no prédio da Universidade. Para minha mãe, eu disse que o nome dele era Will Fishman. Menti para fazê-la feliz. Será que consegui?

Will Fisher era um varapau. Usava camisas de flanela como as que minha mãe me obrigava a levar para acampar e tinha dentes feios. Mas o que eu poderia esperar? E o que ele poderia esperar?

Fomos todos ao jogo de basquete da sexta à noite e sentamos na arquibancada com os outros membros da turma e suas garotas. Colgate venceu e fiquei tão feliz. Por quê? Não era louca por basquete, Colgate pouco significava para mim e não gostava de Will. Estava feliz por não estar no dormitório, jogando bridge e comendo pizza.

Depois do jogo, Steve, Diane, Will e eu fomos a um pequeno restaurante italiano: Mama-alguma-coisa. Comida barata, toalhas de plástico em xadrez branco e vermelho, bancos duros e garrafas vazias de Chianti com velas espetadas. Compramos uma garrafa de vinho ordinário e voltamos para o apartamento ordinário que os rapazes dividiam. Eu não queria ir.

"Sheila, querida, escute o que diz sua mãe. Não deixe um rapaz tocá-la você sabe onde."

Tinha que ir, mãmi. Estava encurralada. Encurralada num quartinho com colchas listradas que não combinavam, pôsteres de touradas pelas paredes, o Kingston Trio no aparelho de som e um cheiro de roupa suada por toda parte.

SHEILA, QUERIDA. ESCUTE SUA MÃE. NÃO DEIXE UM RAPAZ TOCÁ-LA VOCÊ SABE ONDE.

Assim que chegamos nesse estúdio de solteiros (a *Playboy* devia ter feito uma reportagem a respeito; estou certa de que as manchas das paredes iam sair fabulosas nas fotografias), as luzes foram apagadas, e Diane e Steve não perderam tempo. Durante metade da noite foi uma sinfonia de zíperes se abrindo, respirações, suspiros, gemidos, colchão estalando e... adivinhe, pessoal?... Foi tudo tão bem... que começou outra vez. Bravo! Bravo, Diane! Bravo, Steve! Vocês foram os maiores! Foi ótimo ouvir vocês. Um perfeito filme pornô para cegos.

Têm alguma idéia do que seja sentar-se em uma cama com um completo estranho de dentes podres e ficar escutando uma trepada? Todos aqueles ruídos marotos caindo em ouvidos virgens. O que se pode conversar numa hora dessas?

— Will, qual é o curso que você está fazendo?

E do outro lado do quarto:

— Steve, não, está doendo.

— Você gosta de Bergman? Acho Bergman genial, e você?

— Diane, anda logo e vira.

Will era caladão e sorrateiro. Algumas centenas de vezes tentou me tocar vocês sabem onde, e eu me retorcia para escapar. Ele se retorcia de novo. Não há muito espaço para ficar se retorcendo em cima de uma cama de solteiro. A mão dele tentava me tocar e eu a tirava, mas ela tornava a voltar. Tinha uma ótima pontaria, considerando-se que o quarto estava em escuridão total. Eu estava assustada. Não que fosse sexualmente ingênua. Passei um verão como conselheira de teatro no Cantor's Hotel, em Catskills. Ah, as coisas que aconteciam por lá! Olhem, passei muitas noites namorando pra valer, tá? No ginásio, namorava horas a fio. O garoto e eu íamos para casa com a pele toda assada, mas aquilo era diferente.

No começo, estávamos só sentados na cama. Depois, Will conseguiu me pegar meio desequilibrada e ficamos deitados lá. Lembro-me de que estava com um vestido grosso de lã vermelha.

— Will, de onde que você é? — E tirava a mão dele.

Do outro lado do quarto, ouvia-se:

— Steve, espera, deixa eu botar o travesseiro por baixo.

— Albany — ele respondeu, e lá vinha a mão de volta.

— Albany, que legal. Uma das minhas colegas de dormitório é de lá. Rose Morrison. — E tirava a mão.

— Não conheço nenhuma Rose Morrison. — E lá vinha outra vez.

E conseguiu tirar minha meia-calça. Sei que estão pensando como foi que Will conseguiu tirá-la se eu não queria fazer isso de jeito nenhum. Persistência, é isso. Ele foi conseguindo enrolá-la pouco a pouco e, meu Deus, era bom ver-me livre daquela coisa apertada. É, eu queria me livrar dela. É bom que saibam, uma meia-calça não é necessariamente um bom cinto de castidade.

Com a meia-calça enrolada e fora do jogo (prendeu pelo menos umas três vezes nas minhas pernas; todo o processo levou mais de meia hora), Will levantou-se e foi ao banheiro. Sabem como isso é apetitoso antes de fazer amor? Também tive que ir, mas estava um bocado sem graça.

— Vamos, Sheila, querida, vá ao banheiro antes que a gente saia.

— Não estou com vontade.

— A casa de sua avó fica bem longe e depois você vai se arrepender.

Não deixei que tirasse o meu vestido. Agarrei-me a ele como se houvesse alguma lei determinando que, se a gente fizesse aquilo metida em um vestido de lã, não valia.

Minha mão ficou cansada de puxar a dele, e minha boca cansada de falar. Não consegui manter a conversa, e ele não conseguiu controlar a vontade de fazer o que fazia o colega.

Até que afinal, quando o sol começava a raiar, eu, Sheila Levine, deixei que Will Fisher me tocasse, vocês sabem onde, e ele fez vocês sabem o quê. Conseguiu, hein, Will?

E aí está. Doeu. E nenhuma gota de sangue virgem manchou a colcha listrada. Dali em diante, não poderia mais ser sacrificada aos deuses. Tive sorte em não ter nenhum Will Fisher Jr., considerando-se que nenhum de nós teve a preocupação de evitar que seu esperma fertilizasse o meu óvulo.

Ruthie, lembra-se de quando descobrimos como se fazem bebês? Ficamos doentes com a descoberta. Não podíamos imaginar como alguém podia fazer aquilo, especialmente nossos pais. Já fez isso alguma vez, mãmi?

Madeline, lembra-se do tempo que gastamos discutindo como seria? Realmente imaginamos que seria como ser transportada aos céus — com violinos, ondas e todo o resto. Acha que Bob e Rhoda fizeram isso no ginásio? Passavam um bocado de tempo juntos e ela foi a única cuja fotografia do álbum de formatura não teve de ser retocada por causa das espinhas.

Oh, meu Deus, Melissa, lembra-se de quando lhe contei? Eu estava com 13 anos e você com oito, e eu lhe contei tudo sobre pênis, vagina e tudo o mais. Você foi procurar nossa mãe aos prantos.

Mãmi e pápi, lembram-se da noite que entrei inesperadamente no quarto? Abri a porta para dizer que havia resolvido não dormir na casa de Madeline, e ouvi um estranho barulho por baixo dos lençóis. Será que flagrei vocês, seus levados? Era uma noite de sábado. Será que faziam isso todo sábado à noite? E será que arruinei toda uma semana de diversão com a minha aparição? Não, não é possível. Minha mãe nunca faria uma coisa suja dessas.

Portanto, Will Fisher teve a mim em primeiro lugar. Que bom para você, Will, ganhou o primeiro prêmio: a virgindade de Sheila Levine. E nem ao menos ficou tomado de emoção. Nem ao menos um bilhetinho de agradecimento ou qualquer outra coisa. Mas gostaria de dizer obrigada a você, Will, apesar do atraso. Por sua causa, minha vida social na velha Syracuse floresceu. Dormi com o presidente do Diretório Acadêmico e com o ex da maior gata da Faculdade numa só semana. Há dez anos, quando se fazia isso, as notícias já voavam. Meu nome e telefone apareceram nos banheiros de todas as associações de estudantes do campus. Não... em todas, não. Só nas judaicas. Não que eu fosse especialmente religiosa, mas ouvira coisas horríveis sobre pênis incircuncidados.

Já estão sabendo? Sheila Levine é uma trepada fácil. Basta telefonar para ela. Não tem que lhe pagar uma bebida ou levá-la a uma festa. Não tem nem mesmo que ser visto com ela em público. É só telefonar e trepar.

Fico contente com isso. Toda aquela trepação fez duas coisas boas por mim. A primeira foi me fazer perder um pouco de peso.

FATO: O ato sexual consome em média cerca de 150 calorias. É verdade, é um fato. E não se pode comer enquanto se trepa. Portanto, quanto mais se trepa, menos se come. É a melhor dieta que já fiz.

Segundo, acabou com as minhas neuroses sexuais. Qual é a sua, mãmi, com essa história de não deixe um rapaz tocar você, você sabe onde? É bom quando tocam você, você sabe onde.

Minha mãe casou-se aos vinte anos. Sempre soube disso, mas, quando comecei a me aproximar das duas décadas, ela contava-me compulsiva e repetidamente a história do seu casamento — enquanto fazia alongamento na sala, ou enrolava papel higiênico na cabeça para não deixar caírem os rolinhos. Eu podia estar, por exemplo, abrindo uma lata de atum, e ela de alguma maneira associava o que eu estava fazendo com o fato de que se casara aos vinte anos.

Bernice Arnold, aliás, minha mãe, foi a moça mais bonita de Washington Heights. Era uma beleza mignon, de cabelos escuros e olhos azuis. Uma linda, linda moça. Não era só a opinião de seus pais e de Manny Levine, que a pediu em casamento com apenas verdes 16 anos... Era a opinião de toda a vizinhança. Era a opinião também dos juízes, todos pessoas importantes, que julgaram o concurso de Miss Coney Island 1934. Bernice Arnold entrou e ganhou. O problema é que eu me pareço com meu pai e ele não é nenhuma Miss Coney Island.

A Srta. Bernice Arnold podia ter se casado com muitos homens. Alguém, que hoje em dia é um advogado muito conhecido, quis casar-se com ela, e até um maestro de orquestra sinfônica pediu a sua mão. Mas divertia-se à noite e trabalhava como modelo de meias de seda durante o dia. Bernice tinha, e ainda tem, pernas maravilhosas. Já eu... eu tenho estrias.

Aos vinte anos, a mãe dela disse-lhe que devia se casar. E ela, como gosta de contar, ouvia tudo o que a mãe dizia, porque sabia melhor das coisas. Tomou essa decisão escolhendo meu pai entre os inúmeros admiradores. Meu pai é muito boa pessoa, mas por que uma Miss Coney Island o escolheria em vez de um maestro?

— Por isso, me escute, Sheila, ouça o que sua mãe está dizendo. Case-se enquanto é jovem. É melhor encontrar alguém enquanto ainda está na escola. Quando a gente sai de lá, fica cada vez mais difícil.

Casada? Você está dizendo... casada? Mãmi, esta é a sua filha Sheila, que não foi programada para o casamento. Na sua época, as coisas eram diferentes. Na sua época, não existiam noivas feias. Todo mundo se casava. Todo mundo. A magricela Sharon, a gorda Harriet, a compridona Bea Finkle. Nasci tarde demais, mamãe.

— SHEILA, QUERIDA, É MELHOR ENCONTRAR ALGUÉM ENQUANTO AINDA ESTÁ NA ESCOLA. QUANDO A GENTE SAI DE LÁ, FICA CADA VEZ MAIS DIFÍCIL.

Bem, havia um código não-expresso de que se você já fosse uma veterana no último ano e não tivesse um namorado firme, um noivo ou um caso, era melhor desistir de Syracuse. Já tínhamos sobrevivido a uma leva de calouras e não íamos sobreviver a mais outra.

Susan Fink começou a sair com um calouro quando já era uma veterana, e todas nós fizemos pouco dela. Ela vingou-se ao se casar com ele bem na frente de nossos olhares invejosos. Ouvi dizer, anos depois, que se divorciara e tornara a se casar. Isso não é justo, Susan. Muitas de nós nunca tiveram chance. Mãmi, ela teve duas, e eu nem ao menos uma.

No ano em que já era veterana, aproximadamente umas duas mil moças pediram transferência, a maioria para a Universidade de Nova York, o lar das transferidas.

Gostaria que soubessem que na UNY eu já não era mais a Trepada Fácil do Campus.

FATO: É difícil ser Trepada Fácil quando se mora longe e tem que se tomar mais de uma condução.

Podia ser um novo começo. Poderia virar virgem outra vez. Desempenhei esse papel várias vezes... até os 24 anos, quando essa história de ser pura já virara doença.

Encontrar um homem — e não era isso que estávamos fazendo, meninas? Encontrar um homem era muito difícil na UNY. Havia centenas de belezas judias, com braceletes de balangandãs, cabelos tratados e ações da AT&T, todas à procura do homem certo. Se ainda não o era, seria em poucos anos, depois de alguns filhos, uma casa em Scarsdale e um presente de casamento de cinco mil dólares dos pais da noiva.

Não podia competir com elas. Não podia sentar-me no Centro Estudantil Loeb dia após dia, fingindo ler *Os Problemas de Comportamento das Crianças,* de olhos grudados na porta...

"Desculpe, esta cadeira está desocupada?"... (cedendo o lugar graciosamente) "Não, não está"... "Vejo que está lendo *Os Problemas de Comportamento das Crianças*"... (cruzando as pernas e jogando a cabeça para trás) "Estou, sim."... "Posso lhe oferecer uma xícara de café?"... "Eu adoraria!" (os cílios batem tanto que começam a descolar)... Isso nunca aconteceu comigo. O único homem que um dia falou comigo no Centro Estudantil Loeb foi o guarda, para me informar que já era hora de fechar.

Por isso, adotei a moda artística. Usava calças compridas, camisetas e tênis sem meias, mesmo na neve.

"Manny, não sei como essa menina não apanha uma pneumonia."

Mãmi, você costumava me implorar para usar um vestido decente. Quase toda noite, quando chegava em casa, havia outra caixa da Klein's com "um encantador conjuntinho" (tamanho 44). Eu a fazia devolvê-lo, mas eles continuavam a chegar. Vestidos em tonalidades emagrecedoras, com suéteres e saias combinando, e um vestido preto para coquetel, para quando jantasse fora. Jantar fora?

Na UNY, arranjei um *ménage à trois* platônico.

"Ah, essa não, Sheila! Você jurou que tinha mudado! Isto é, achamos que as coisas iam melhorar, e agora essa! É demais."

Acalmem-se. Acalmem-se todos.

Éramos eu e Joshua. Dizia que não tinha sobrenome, mas tinha. Os boletins o registravam como Alan Goldstein. E havia também o Professor Hinley, do Departamento de Dramaturgia da Faculdade de Educação.

Oh, meu Deus! A Faculdade de Educação! Nunca desejei ser professora, nunca. Quando Ruthie e eu, ou Madeline e eu, ou minha companheira de quarto Linda e eu falávamos horas e horas sobre o que queríamos ser, nunca falei em ensinar, nem uma única vez. Quando era bem pequena, queria ser esposa e mãe. Ruthie, por mais banal que isso fosse, queria ser bailarina. Acho que sabia, mesmo naquela época, que eu não podia ser bailarina. Freqüentei a escola de balé tantos anos quanto ela, mas nunca fui capaz de fazer uma estrela ou um arabesque, ou mesmo atravessar a sala nas pontas dos pés. Cinco anos de sapatilhas e não dava nem para enganar. Por isso, queria ser uma esposa e uma mãe. Por quê, não sei. Na época parecia uma boa idéia, e recebia a total aprovação dos parentes.

Quando entrei no ginásio, havia decidido definitivamente que não sabia o que queria ser. Claro que, finalmente, queria casar e ter filhos. Mas era egoísta. Queria ter uma carreira também.

— Que curso está fazendo na faculdade, Sheila querida?

— Belas-artes.

— Acho que o magistério é uma carreira tão boa para uma mulher. Bons salários iniciais, boas férias, e é sempre uma coisa que se pode recomeçar a fazer. Mesmo se estiver casada, é sempre uma atividade que se pode retomar quando as crianças já forem grandes.

— Mas, mãmi, eu detesto ensinar. Detesto!!!

— Como é que pode saber sem nunca ter tentado? Faça-me um favor, seja o que bem entender, mas seja também professora, isso não vai matá-la. Seu pai não tem dinheiro para desperdiçar num curso universitário inútil. Eu não conseguiria ganhar um níquel, se tivesse que trabalhar. Ainda bem que não preciso, mas não tive um pai que me mandasse para a faculdade.

— Tá bom...

Por isso, lá estava eu, amarrada a um curso superior em dramaturgia e um de menor nível de inglês, na Faculdade de Educação, onde encontrei Joshua e o Professor Hinley. Nós três nos envolvemos por sermos as estrelas do Departamento de Teatro. Joshua era a estrela principal, participando de todas as produções. O Professor Hinley era o principal diretor, encarregado de todas as mais importantes peças. E Sheila? Sheila era a raladora número um. Varria o palco, pintava os cenários, trabalhava como contra-regra, abria as cortinas e na festa da noite de estréia cantava *Fiorello* desafinando. Por que escolhi dramaturgia? Por quê? Provavelmente algum complexo de Marjorie Morningstar. Queria ser aceita? As provas finais eram fáceis? Kate Smith, por exemplo, conseguiu vencer? Não sei.

Joshua, o Professor Hinley e eu dirigíamos o departamento e estávamos sempre juntos. Joshua e eu alimentávamos o professor com café e rosquinhas do Chock Full o'Nuts. O professor e eu mantínhamos Joshua vestido e alimentado. Meu pai não sabe, mas praticamente sustentou Joshua na faculdade. Sempre que eu comia, ele também comia — e eu pagava. Mas, notem bem, eu não me incomodava com isso. Joshua era uma dessas pessoas a quem a pobreza torna mais atraente. Quando fazia aniversário, eu lhe comprava camisas e suéteres — na conta de Manny Levine.

E o Professor Hinley nos fornecia um refúgio. Eu tinha que fazer baldeação desde Long Island, e Joshua do Brooklyn. Que maravilha ter um lugar para descansar e se refugiar. O bom pastor deu a cada um de nós uma chave de seu apartamento no West Village. E o bom pastor também me deu nota 5 em Teatro Infantil.

Joshua, o professor e eu fomos os primeiros adeptos do "paz e amor" do planeta, todos amando-se uns aos outros. Era uma tarefa difícil tentar decidir com qual daqueles encantadores cavalheiros eu ficaria finalmente.

"SHEILA, QUERIDA, TRATE DE ARRANJAR ALGUÉM ENQUANTO ESTÁ NA ESCOLA. QUANDO SE SAI DE LÁ, FICA MUITO MAIS DIFÍCIL."

Joshua tinha os olhos do Paul Newman. Era a primeira coisa que se notava nele, aqueles lindos olhos do Paul Newman, lindos de morrer. E não eram só os olhos. Tinha também um lindo cabelo castanho encaracolado e — sei que soa meio louco, e vocês vão achar que sou uma espécie de fetichista — pés iguaizinhos aos do Elvis Presley. Eram tão sexy quanto os dele. Vi uma vez um close-up dos pés de Elvis na revista *Life* e eram idênticos aos de Joshua. Era temperamental, mas com aqueles olhos e aqueles pés, e com tudo o mais que fabulosamente ficava entre uns e outros, Joshua ia vencer. Não no cinema — nós, do Departamento de Dramaturgia da UNY, não raciocinávamos nesses termos. Joshua ia ter certamente toda a Broadway a seus pés sensuais.

E podia também, se soubesse jogar bem, ter-me como esposa. Íamos viver no Central Park Oeste num enorme e velho ateliê. Seríamos, é claro, fotografados pela *Vogue,* ele, com uma suéter de gola rulê, e eu, vinte quilos mais magra. Nossos amigos seriam todos artistas.

"Querida, bota mais alguma coisa na panela, os Bernstein vêm filar o jantar."

Por outro lado, o Professor Hinley tinha muito a seu favor. Olhos muito negros e um ar bastante desafiador. Não exatamente bonito, mas bem-acabado, e combinado com jaquetas de veludo com cotovelos de couro e um cachimbo. Ele, na verdade, não tinha essas coisas, mas a velha Sheila as comprava de presente nos aniversários e nas festas.

Ah, sim, Hinley também seria um vencedor. Não estava quase sempre envolvido com alguma produção *off-Broadway?* No curto espaço de tempo em que o conheci, não lhe ofereceram praticamente três trabalhos de diretor? E tão logo conseguisse realmente um, ia comunicar sua demissão ao chefe do Departamento e parar de lecionar. Viveríamos em um velho sobrado do Village, de pé-direito alto e aluguel baixo.

"Querida, bota mais alguma coisa na panela, Salome Jens vem filar a ceia."

Sim, era um problema e tanto. Joshua ou Hinley — Bernstein ou Jens? Não queria magoar nenhum dos dois. Será que poderia ter ambos? Esposa de um e amante do outro? Então? A história da pequena Sheila está ficando excitante? Não... a história da pequena Sheila fica deprimente. O que vocês esperavam?

Bem no meio do último ano, precisamente quando eu estava decidindo por qual desses dois grandes homens devia me apaixonar, eles se apaixonaram um pelo outro. Surpresos? Podem apostar que eu também.

Compreendo agora por que levei tanto tempo para compreender na ocasião. É difícil perceber quando um homem está de caso com outro. Não há marcas de batom nos cigarros ou nas camisas, nem roupas de baixo esquecidas por acaso, nem tampouco uma aliança de noivado.

Assim, como se pode perceber? Há maneiras. Garotas solteiras, escutem, para que não aconteça com vocês o que me aconteceu. A primeira coisa a se observar são as roupas. Homens que estão dormindo juntos comumente pegam emprestado as roupas um do outro. Eu via uma camisa de Hinley vestida por Joshua, ou o cinto de Joshua usado por Hinley. A jaqueta de camurça era trocada à vontade. Essa, mais do que qualquer outra, é a melhor maneira de saber.

Começam também a falar igual. Havia um bocado de "olás" e "tudo bem", e em vez de falarem "até amanhã" diziam "até mais", mas só um ouvido treinado perceberia isso.

A terceira maneira de ficar sabendo — e esta é tiro e queda — são os discos. Se dois caras são amigos, habitualmente compram discos iguais, mas, se estão dormindo juntos, compram um só. Ouçam o que Sheila está dizendo, eu sei. No dia em que vi o *Carnaval* de Schumann na casa do Professor Hinley, e ambos o chamaram de nosso disco, eu soube. Que desperdício para um par de pés realmente sexy.

Todo mundo sabe que as formaturas na UNY são simplesmente nojentas. O que há para comemorar? Eu nem ao menos tirei uma fotografia para o álbum. Era deprimente pensar que freqüentara a faculdade por quatro anos e tudo o que tinha era um diploma... e não um marido. Minha mãe deve ter achado que era como jogar o meu dote na privada.

Ninguém do Departamento de Dramaturgia vai à festa de formatura. Disse adeus aos colegas no último dia das provas e não os vi nem ouvi qualquer coisa sobre a maioria deles desde então. Que classe de artes cênicas mais bem-sucedida aquela! Vi um deles em um comercial de TV uma vez, e foi tudo.

Sheila Levine estava planejando não aparecer na formatura, mas a mãe de Sheila Levine fê-la sentir-se culpada por ter tais idéias.

Tap... tap... tap, ouvi minha mãe tamborilar na porta do quarto.

— Sheila, é mãmi. — Fala sério. Como se eu achasse que era meu pai batendo com as longas unhas pontudas.

E entrou, preparada para dormir e coberta com hidratantes. Não sei não, talvez aquele negócio funcione. Todo mundo ficava boquiaberto ao descobrir que ela tinha uma filha na faculdade. "Você é que parece uma mocinha de faculdade", diziam.

— Sheila, seu pai não sabe que estou falando com você. Você sabe que ele não é o tipo de pessoa que se expressa bem, mas é muito sentimental. Sei que ficaria arrasado se não assistisse à formatura da filha mais velha.

— Está bem.

Homem de sorte. Assistir à formatura da filha e *também* ao seu velório. Que filha atenciosa!

Assim, eu me formei no dia mais quente do ano. Fiquei lá, orgulhosa e tristemente com os outros formandos da Faculdade de Educação, no campus da parte norte da cidade, um lugar que nunca vira antes, e muito distante de onde os pais estavam sentados. Não nos entregaram os nossos diplomas — isso levaria uns quatro dias. Não anunciaram nem mesmo os nossos nomes no microfone. Todos os médicos formandos recitaram em coro o Juramento de Hipócrates. Houve um discurso sobre como a cerimônia de formatura era o início, e o microfone estava meio defeituoso. Toda a Escola de Engenharia estava lá, sentada, deixando passar a microfonia.

Eu me esforçava muito para sentir alguma coisa, mas tudo em que conseguia pensar era no meu cabelo. Tinha acabado de esticá-lo num lugar da Décima Avenida freqüentado, aparentemente, por um bocado de crioulas — crioula na época era a palavra correta. Nunca vi uma só por lá, mas vi um bocado de distintas garotas judias de cabelo crespo. Sentia as ondas enrolarem por baixo do cabelo, prontas a explodir. Foi tudo o que senti, enquanto minha mãe, com a Kodak dela, e meu pai, com a sua Yashica, esticavam o pescoço para ver a sua preciosa filha. Como presente de formatura me ofereceram ou uma plástica no nariz ou um casaco de peles de gola alta. Fiquei com o casaco de peles.

"Nossa Sheila acaba de se formar. Vai ser professora."

Não! Eu não, eu não, eu não!

Minha mãe tinha que dizer a todo mundo que eu ia ser professora? Disse isso com tanto orgulho. Ruthie, Madeline, mãmi, será que mencionei a palavra "professora" alguma vez?

No momento em que entramos em casa naquele dia, papai sentou-se para ler o jornal; minha esbelta irmã Melissa saiu com um simpático jovem em um Corvette vermelho; mãmi botou a chaleira no fogo para nos preparar um chá; e eu fui para o meu quarto planejar o resto da minha vida.

MEU PLANO DE VIDA:

1. Esticar o cabelo.
2. Arranjar um trabalho criativo.
3. Casar etc.

# Sobre Empregos e Apartamentos; a Srta. Burke e a Srta. Melkin

— SHEILA, QUERIDA, OUÇA O QUE SUA MÃE ESTÁ DIZENDO. ENSINAR É UMA COISA COM QUE SEMPRE SE PODE CONTAR

Na segunda-feira seguinte à minha formatura, com a tinta do meu diploma ainda não muito seca, saí pelo mundo tentando a sorte, com o *New York Times* debaixo do braço (Seção "Consegui Meu Emprego Através do *New York Times*"); fui para Manhattan pela Estrada de Ferro de Long Island.

Tap... tap... tap.

— Sheila, querida, não sei por que você está se matando à procura de um trabalho quando podia ensinar, chegar em casa às três, ter férias no Natal, todo o verão tem folga e um bom salário para começar. A Cynthia, filha da Sra. Lichtman, já está ensinando há dois anos e adora. Foi à Europa no verão passado e a Porto Rico na Páscoa.

— Mãmi, eu não quero ensinar. Quero fazer algo criativo.

— Criativo? Desculpe, Srta. Recém-Formada, desculpe por ter sugerido uma coisa nada criativa.

Queria o tipo de trabalho sobre o qual a revista *Glamour* faz reportagens. MULHERES CRIATIVAS — "Sally Harding passa a maior parte do dia num helicóptero em companhia de seu patrão-gatinho, com quem se casou há apenas seis dias, depois de se tornar sua assistente de criação. A fotografia mostra Sally, loura, magra, de cabelos lisos ondulados nas pontas, de casaco branco, embarcando com o seu alto e vistoso patrão-marido. Estão embarcando para comprar duas das telas a óleo mais caras do mundo, e o Sr. Harding nunca sonharia em ir sem a pequena Sally." Será que conseguiu esse emprego através da coluna do *New York Times*? Será que a mãe dela a azucrinava para arranjar um emprego de professora?

Através de um anúncio do *Times*, a primeira agência de empregos que procurei era a Apenas Universitários, no alto de uma escada numa casa da Rua 45 Oeste. Por que achei que estavam à minha espera? Entre, Sheila. Aqui está o seu emprego criativo e bem ali, do outro lado daquela porta, estão os repórteres e o fotógrafo da *Glamour* esperando por uma fascinante história.

Não, não estavam à espera de Sheila. De fato, fizeram o maior esforço para evitá-la. Na recepção — paredes de um creme sujo, assoalho sujo, cadeiras creme sujas — havia oito "Sheilas" e cinco jovens "Manny", todos com a seção de classificados do *New York Times* debaixo do braço, com anúncios marcados por um círculo. Todas as garotas vestidas de preto e todos os rapazes com jaquetas azul-marinho. Todo mundo carregava um capa de chuva no braço, e por onde andava Doris Day? Como é que ela pôde chegar a Nova York, saltar do trem, um homem derramar café nela, transformá-la na cabeça de sua agência de publicidade, emprestar-lhe um lenço quando chorava e depois casar-se com ela? Há uma diferença assim tão grande entre Sheila Levine e Doris Day? Sim, Doris Day vai a cemitérios ver pessoas serem enterradas e Sheila Levine vai a eles para ser enterrada.

A encarregada da agência de empregos Apenas Universitários deu a todo mundo um cartão para preencher. Ruthie, eu devia ter sido uma dona-de-casa. Se tivesse sido, não estaria ali, tendo que preencher aquele cartão.

— Sheila, querida, se tivesse preferido ser professora, não teria que preencher aquele cartão.

Tap-tap-tap, bata quanto quiser em cima do meu caixão, mãmi. Não posso mais ouvir você.

Com uma caneta esferográfica, e apoiada em minha bolsa de couro, escrevo: RG: 133-30-6165. Nome: Sheila Lynn Levine. Último emprego: nenhum. Motivo para deixar o último emprego (devo deixá-lo em branco? Se nunca tive um último, como posso tê-lo deixado?). Espremi no espaço o seguinte: "Nunca trabalhei". Depois acabei riscando (o cartão ficou com péssima aparência). Será que devia pedir um novo? E será que a recepcionista ia me achar estúpida? Como é que as pessoas que trabalham em agências de emprego arranjam emprego? Já pensaram sobre isso? "Vire o cartão." Qualificações. Será que devo escrever que sei bater um pouco à máquina? Se o fizer, talvez me mandem para um emprego que precise de datilografia e não quero ser datilógrafa. Quero embarcar num helicóptero para comprar quadros. Qualificações: nenhuma. (O cartão está maravilhoso. Poxa, como eu gostaria de empregar esta Sheila Levine. Nunca trabalhou. Não sabe fazer nada. Não tem capricho.) Pergunta: Que tipo de trabalho está procurando? Ah! Procuro "algo criativo". Última pergunta: Escolaridade. Ah! Nível universitário, seus débeis mentais.

Sentei-me e fiquei esperando a minha vez de ser entrevistada, olhando para as paredes, evitando os olhares dos outros, desejando que nenhuma das outras garotas conseguisse o emprego do ano antes de mim. Havia um entrevistador e uma entrevistadora. Torci e rezei pelo homem. Não me dou bem com mulheres. Nunca me dei. O único zero que tirei na escola foi dado por uma professora com a qual não me dava. A seguinte? Minha vez. Era a mulher. Vamos, Sheila, reaja e não tire outro zero. A mulher me fez sinal para segui-la até o escritório que não era realmente um escritório — um desses compartimentos repartidos. Fez sinal para que me sentasse. Obedeci.

— Meu nome é Sheila Levine. Li o anúncio que botaram no jornal — disse, esparramando-o todo pela escrivaninha.

Ela não estava olhando para mim, e sim para o meu cartão. Acho que o considerou muito *incrível*.

— Ah, sim; achei. "Moça intel., grau univers., ót. sal. Agência Apenas Universitários, 555-7826, 45 Oeste 44"... Está vendo? É esse aqui.

Ela não me olhou. A vadia não queria levantar os olhos e me encarar.

O nome daquela encantadora mulher era Srta. Burke. Srta. Burke, a quem pensa que está enganando? Seu nome era Burkowitz, e, quando se formou, seus pais lhe ofereceram uma plástica no nariz ou um casaco de peles, e você preferiu a operação, não é, Srta. Burke? Todos nós sabemos disso. Sabe o que dizem as pessoas às suas costas? "Aquele é sem dúvida um nariz plastificado." Tola Srta. Burke, devia ter conservado orgulhosamente o seu nariz ancestral, como Barbra Streisand e Sheila Levine.

A Srta. Burke me fez sentar no seu diminuto cubículo, maltratado, com cinzeiros cafonas, avisos sem graça nas paredes como PLANEJE COM ANTECEDÊNCIA e um grande pôster da Mona Lisa piscando o olho. Provavelmente tinha um apontador de lápis com o feitio de um pênis na gaveta de cima da escrivaninha. Fez-me ficar lá sentada por cerca de dez minutos, sem me olhar. Talvez eu a fizesse se lembrar do seu velho nariz. Finalmente, resolveu falar, e a dicção traiu a Burkowitz que era. Apesar do vestido de Henri Bendel que usava e dos dez anéis da Saks, a dicção ainda era do leste de Flatbush. Srta. Burke, deixe que lhe dê um conselho — empenhe os anéis e entre num curso de dicção.

— Sabe bater à máquina?

— Na verdade, não estou interessada num emprego em que tenha que datilografar. Gostaria de algo criativo. Estou aqui por causa do anúncio em que pedem uma jovem inteligente. A jovem sou eu. Ha-ha.

Até hoje, desejaria poder suprimir aqueles ha-has.

— Posso ver esse jornal, senhorita?

— Claro que sim. Claro. Veja, aqui está. Jovem inteligente. Ha-ha.

Pegou o jornal e, metida em sapatos de salto alto de crocodilo, que estou certa de que não usaria se soubesse que estão em extinção, saiu da sala. Também precisava de aulas de como andar corretamente. Estou lhe dizendo, Srta. Burke, livre-se desse sotaque e pode até arranjar um Onassis.

Voltou em um instante, sem me dar sequer uma chance de ler o papel de cabeça para baixo.

— Sinto muito, mas esta vaga já foi preenchida.

— Era um trabalho interessante? — quis saber a boca-grande aqui.

— Qual é a diferença? Já foi preenchido.

— Estava apenas curiosa. Quero dizer, é bom saber que alguém conseguiu um emprego interessante. Quero dizer, é bom saber que há empregos interessantes disponíveis. Quero...

— Sabe datilografia?

— Um pouco, mas não quero um emprego em que tenha que bater à máquina. Quero fazer algo criativo. Nem levaria em consideração um trabalho desses.

— Quantas palavras por minuto?

— Vinte e nove, mas não quero...

— Não é muito rápida. Estenografia?

Devia ter dito: "Não, Srta. Burke. E acho que esta entrevista já terminou. Você e seu pessoal obviamente não entendem o que estou procurando. Bom-dia, Srta. Burke. Da próxima vez, trate de dar um jeito em sua voz."

— Não — foi o que eu disse, olhando minhas unhas de esmalte descascado.

— Bom, vamos ver se temos alguma coisa.

Começou a mexer nos cartões em cima da escrivaninha, afastando um peso de papéis que reproduzia alguém sentado em uma privada. Encantador, absolutamente encantador. O telefone tocou e ela atendeu imediatamente.

— Alô, Burke falando.

Apanhou outro cartão 8x13, onde começou a escrever com uma caneta com uma bola na ponta.

— Sim... seu nome... o nome da firma... qualificações exigidas... datilografia?... Esteno?... Preferência quanto à raça, religião ou idade?

Srta. Burke, é sério isso que você está fazendo? Será que não lê os jornais? Isso não é mais permitido. Sei que você não gostaria de ir para a cadeia a pão e água e ter que desistir de seus cartões de crédito, não é?

— Qual é o salário?... Tá brincando! Não sei se posso convencer alguém a trabalhar por esse salário de fome.

Desligou, virou-se para mim com o novo cartão nas mãos e disse, sem nenhum acanhamento:

— Acabo de receber um pedido que pode servir para você.

— Tem que datilografar?

— Sim, e sua datilografia não é boa, mas podemos tapear um pouco. Vá até a Rua 39 Oeste, 418, sala 1.411, e pergunte pelo Sr. Mann. [Seria Mankowitz?] E me telefone depois da entrevista. A comissão é uma semana de salário, a contar do dia que começar.

Estendeu-me o endereço em um pedaço de papel, e saí do escritório tonta, bem no meio de uma nova leva de jovens esperançosos com seus classificados. Mas que droga, Doris Day não precisou bater à máquina.

Nunca fui procurar o Sr. Mann. Durante quatro semanas, percorri outras 23 agências, onde encontrei outras 23 Srtas. Burke. Gostaria de dizer algumas palavras a todas vocês. Por que não?... Sou uma mulher que vai morrer com uma maldição nos lábios. Não quiseram me escutar? Será que isso as mataria, se me escutassem um pouco agora?

Quero que todas vocês acabem no inferno! Cada uma devia ter um quartinho como aquela butique do terceiro andar da Saks, só que as roupas nunca teriam o tamanho certo. Os peitos vão cair, e os cabelos ficarão ralos. Em frente de cada uma devia haver uma máquina de escrever. Deviam sofrer permanentemente de laringite e ser obrigadas a bater à máquina em vez de falar. Não receber nada antes de serem capazes de bater sessenta palavras por minuto, usar um ditafone e estenografar — a ligeireza não conta pontos. O pessoal que trouxer a comida deve estar todo de roupa preta e jaqueta azul-marinho. E vocês serão obrigadas a olhar, sorrir e dizer obrigada. Desejo a todas dentes cariados e botas de astronauta. E mais uma coisa — todos os seus narizes vão crescer novamente.

Depois de quatro semanas de buscas, passei uma semana comendo, e aí consegui um emprego. Mas não através de uma agência ou do *New York Times.* Foi através da irmã de Rose Lehman.

Se um garoto judeu é ator, não arranja um agente. Arranja um papel através da irmã de Rose Lehman ou do cunhado de Abe, que trabalha no mesmo prédio de Fred Siegal, que é o barbeiro do advogado de David Merrick. Se um rapaz judeu torna-se advogado, arranja um emprego através de Herman Marsh, que está no negócio de roupas, mas tem um irmão que trabalha em Wall Street e tem um advogado de uma das melhores firmas.

Se um garoto judeu quer ser cabeleireiro, há primeiro um bocado de choradeira a respeito, mas não se preocupem, senhoras e senhores. Logo no primeiro dia de trabalho terá uma enorme clientela. A mãe do garoto, e as tias e amigas, virão de todo lado só para pentear os cabelos com o menino da Goldie ou o sobrinho da Harriet. E o freqüentarão tão regularmente que logo abrirá seu próprio salão e não terá que trabalhar para italianos, deixará de ser uma desgraça para a pobre mãe e o pobre pai, que economizaram para lhe pagar uma educação universitária e tiveram que dar todo aquele dinheiro para a Escola Bu-T Beauty.

E, assim, arranjei meu emprego através da irmã de Rose Lehman. Era amiga de um homem chamado Danny Hirshfield, que era vizinho de um homem chamado Herman Nash, cujo cunhado, Frank Holland, tinha uma gravadora de discos infantis. A irmã de Rose Lehman ouviu pelo telefone que

Frank Holland ia expandir o negócio, graças a um sucesso de Natal gravado pelos Esquilos da Alegria, e precisava de mais ajuda. Ela jurou-me que não teria que bater à máquina, e comecei a trabalhar no dia do meu aniversário, 12 de agosto (sou Leão, mas não o típico Leão), e achei que começar nesse dia era algo profético; não podia suportar a idéia de enfrentar outra Srta. Burke, e se não encontrasse logo um trabalho enlouqueceria de tanto ouvir como era maravilhoso ser professora. Portanto aceitei, mesmo sabendo que não teria nenhuma chance de aparecer na *Glamour*. MULHERES CRIATIVAS — "E aqui está a gordinha Sheila Levine, no momento exato em que leva café e sanduíche de queijo para o patrão, Frank Holland, cujo nome real é Frank Hyman, que trocou o negócio de ombreiras — era o rei das ombreiras — pelo de discos infantis. É fato amplamente sabido que Holland-Hyman só toma café e come sanduíche de queijo trazidos especialmente por Sheila Levine." A foto me mostraria usando um vestido preto apertado, com pregas no estômago, meias desfiadas, e comendo também um gorduroso sanduíche.

Não era um trabalho maravilhoso, mas estava satisfeita. Minha mãe, contudo, estava deslumbrada. Deslumbrada que eu arranjasse trabalho no *showbiz*. Podia ouvi-la ao telefone contando vantagem às amigas.

— Sim, Sheila arranjou um ótimo emprego numa gravadora. E por que não? Ela formou-se em *show business*.

Bernice Arnold tivera uma experiência nesse negócio. Uma vez, alguém lhe disse que ela devia estar no cinema e deu-lhe um cartão. Mas acontece que era um agente teatral.

Minha mãe nunca foi vê-lo porque estava noiva, e até hoje conta a todo mundo que desistiu do teatro por causa do meu pai. É brincadeira?!?

Gostaria de aproveitar esta oportunidade para agradecer à irmã de Rose Lehman, Fran, por me arranjar o emprego. Obrigada, Fran, obrigada por me salvar da luta. Gostaria de poder botar uns mil pôsteres no metrô de Nova York — Arranjei Emprego Através da Irmã de Rose Lehman.

Eu e minha companheira de quarto em Syracuse, Linda, decidimos, quando ainda estávamos lá, que, se não estivéssemos casadas quando nos formássemos, estaríamos ao menos noivas, indo viver juntas em Manhattan. E por que não? Doris Day não tinha sempre um aconchegante apartamentinho de dois quartos, todo em amarelo e azul-claro? Nada de pretensioso — apenas um modesto apartamento de 150 dólares por mês em alguma linda casa antiga que a pobre Doris pagava com o seguro-desemprego. Só os lençóis e os pijamas combinados deviam custar uma fortuna. Quatro anos de faculdade cada uma, e Sheila Levine e Linda Minsk não sabiam que Hollywood as enganara durante todos aqueles anos. Achávamos que, se fôssemos bem-comportadas e procurássemos bastante, Doris Day em pessoa, depois de arrebatada por um beatífico casamento, nos faria uma sublocação.

Em agosto, Linda arranjou um emprego também. Formou-se em Belas-artes, que, como o curso de teatro, não prepara ninguém pra porra nenhuma. Essa era a tendência, então. Havia toda uma nova safra de universitárias preparadas para porra nenhuma. Depois da formatura, Linda deixou de lado os pincéis e o carvão pela última vez e tornou-se funcionária do Departamento de Assistência Social de Nova York. Não o conseguiu através de seus contatos judaicos; limitou-se a ir até lá e candidatar-se. Mas, quando já estava lá, o filho do amigo do cunhado de seu vizinho de porta conseguiu um pistolão para colocá-la num bairro nobre. A Sra. Minsk não se incomodava que a filha trabalhasse na Assistência Social, conquanto que não fosse numa periferia.

Linda realmente esforçou-se — era uma funcionária de bom coração. Durante os três primeiros meses, conseguiu leite-em-pó para 22 famílias, mesinhas-de-cabeceira para outras seis e enviou uma jovem mãe e os nove filhos ilegítimos para passar férias na Flórida. Nunca voltaram, o que encantou tanto o seu supervisor que ele a convidou para um café no Chock Full o'Nuts e tentou apalpar seus joelhos por baixo do balcão.

Marquei um encontro com Linda sob o arco do parque de Washington Square. Foi numa sexta-feira quando me dirigi a Manhattan para procurar apartamento e começar uma nova vida. Minha mãe escondeu-se atrás de seu Guia da TV e meu pai do *New York Times.* Eu os ferira.

Durante todo o trajeto do trem, fiquei imaginando a vida maravilhosa que teria na cidade grande. Se soubesse o que sei agora, teria dado meia-volta, desistido do apartamento e permanecido em Franklin Square até ficar louca o bastante para ser trancada no sótão.

"Não, não, crianças, não subam lá em cima. A maluca da Tia Sheila está lá."... "Por que ela é louca, mãmi?"... "Porque não se casou. Ninguém achou que fosse bonita o bastante ou gostosa o bastante para se casar com ela. Por isso ficou maluca. Não, não. Não, querida, não suba."

É isso aí! Se tivesse adivinhado a verdade... se soubesse a verdade... nunca teria ido. Algumas pessoas chamam Nova York de selva. Não é. É um enorme aparelho de musculação para os homens. Basta dar uma olhada nas estatísticas.

Na cidade de Nova York existe um milhão de moças solteiras que usam tamanho 36, têm cabelos lisos e pele sem espinhas. Nenhuma delas é virgem, e todas estão dispostas a ir para a cama com homens nos seus apartamentos conjugados. Todas lêem os artigos da *Cosmo* sobre como arranjar marido ("Como Casar-se se Você já Tem Mais de Trinta"). Todas vão, e continuam a ir, a festas para solteiros, Natal, Ano-Novo, véspera de feriado, ou qualquer outra data imaginável. Algumas mentem sobre a idade. Outras mentem e dizem que são divorciadas, pois, se a pessoa se divorciou, suas chances de casar são maiores. É verdade. Se você se divorciou, significa que alguém um dia a amou o bastante a ponto de querê-la para sempre.

Nova York tem um milhão de garotas com cartões da Bloomingdale's e da Saks que compram as próprias jóias. Garotas que vão na Tiffany's comprar pulseiras e anéis. É verdade, e se você achar que é muito especial, devia saber que essas garotas também freqüentaram a universidade, leram *Fausto* e conhecem Zola. E são todas grandes cozinheiras. Todas sabem fazer quiche e *paella.* Usam as mesmas desgraçadas receitas.

Ah, e como são politizadas! Muito liberais, essas moças. Vão a comícios no inverno e usam botons dos símbolos dos partidos. Será que acreditam nas boas causas? Não, vão porque podem achar um homem que acredite nelas.

Mas e então? Somos loucas? Somos todas loucas? Será que não enxergamos que somos um negócio, nós, as mulheres solteiras? Existem revistas só para nós, departamentos especializados em lojas só para nós. Cada prédio construído em Manhattan tem mais de cinqüenta por cento de apartamentos conjugados. Apartamentos? Fala sério — são celas sem dormitório para o milhão de moças que quase não fazem uso dele.

Todas elas, essas centenas de milhares de garotas, obedecem ao mesmo padrão. Vêm para o Village primeiro, dividindo o apartamento com três, quatro, cinco moças, todas à procura de homem, de marido. Mudam-se para o Upper East Side, com uma companheira, para apartamentos mais caros e menores. Não gastam dinheiro em decoração. Tudo o que têm é gasto com roupas, porque estão procurando, caçando e berrando por homens. E acabam sozinhas. Em pequenos apartamentos mal localizados, menos dispendiosos, mas ainda seguros, comprando produtos de beleza e interessando-se por planos de aposentadoria. Compram conjuntos finos de copos, mandam forrar o sofá velho e arranjam um gato. Têm vasos de plantas na cozinha e nas mesas da sala de estar. E nunca desistem de procurar.

Seria errado afirmar que nenhuma jamais se casa. Algumas conseguem, que diabo... Algumas. Umas com o velho namorado deixado na cidade natal e com quem nem sonhariam em se casar quando vieram para Manhattan. Outras com um homem que conheceram numa festa na casa da vizinha. Muito poucas, acreditem. Muito poucas. Cidade da Diversão. Essa é boa! Nova York não passa de uma dura luta pela sobrevivência, para despertar a atenção, para ser desejada, para arranjar marido. Cópias deste texto podem ser obtidas com Manny Levine, que terá muito prazer em xerocá-las para as interessadas.

Encontrei Linda bem debaixo do arco de Washington Square. Não era difícil vê-la. Linda Minsk, descalça, mede 1,77m. Para algumas pessoas é uma bela estatura, mas em Linda todos aqueles centímetros não eram graciosos. Naquela época era grandalhona, e não majestosa. E desajeitada, além do mais. Apenas por estar parada lá, fazia o arco de Washington Square parecer estranho. Sabem o que diziam sobre ela? Que tinha um rosto muito bonitinho. E tinha. Tez morena, grandes olhos cor de avelã e um nariz que não atrapalhava.

Naquela bela sexta-feira, usava os cabelos escuros e lisos presos no alto da cabeça. Os lábios eram brancos, pois aplicara camada sobre camada do batom branco tão em moda naquela época. Vestia uma bata indiana que parecia curta e que não tivera oportunidade de desbotar.

Os sapatos eram tamanho 40... vermelhos e de salto baixo, e usava uma sacola de feira como bolsa. Na minha lembrança, Linda vestia-se como tantas outras moças recém-formadas e que mal haviam começado a trabalhar. Mudara de posição, mas não de guarda-roupa. Acontecia nas melhores famílias. Estava parada lá, lendo a *Mad.* Não, não era mesmo difícil localizá-la.

*Ambas* estávamos com os classificados do *New York Times* e do *Village Voice,* com os anúncios claramente marcados. Íamos viver no Village, mesmo que fosse num porão. Tantas estrelas haviam feito isso. Por que não nós duas?

— Oi.

— Oi.

— Poxa, meus pais não deram nem uma palavra comigo quando saí hoje de manhã. Estão um bocado zangados porque vou sair de casa. E a sua mãe? Como recebeu a notícia?

— Muito bem. Sem problemas. E ainda me desejou boa sorte.

— Tá brincando!

— Claro que tô. Ela preferiria me congelar no freezer vertical dela a me deixar ter meu próprio apartamento.

— São todas iguais.

— É mesmo.

Não, não são todas iguais. Tive uma amiga, uma vez, chamada Cindy. Tinha 18 anos e estava saindo com um malandrão, e os pais a expulsaram de casa, aquela felizarda.

Todos os anúncios de apartamento são mentirosos. Todos. Todos os mentirosos patológicos saem direto dos sanatórios para escrever anúncios classificados.

No primeiro apartamento que vimos, havia três mentiras. Falava em três peças e tinha uma. Em 180 dólares por mês e eram 220. Dizia Rua 12 Oeste, 213, e não existe nenhuma Rua 12 Oeste, 213. Era 12 Leste, 213. Algum recém-saído do hospício deve tê-lo escrito.

Jamais conseguimos localizar o segundo da lista. O número do telefone estava errado. Pedia para telefonar para um que havia sido desligado.

"Ei-oi, Myrtle, sabe o que foi que eu fiz hoje?... "Não, o que foi, Henry?"... "Inventei um número de telefone e botei nos classificados do *New York Times.*"... "Ei-oi, essa foi boa, Henry. O que vai fazer na próxima semana?"... "No próximo domingo, vou botar o telefone dos Alcoólicos Anônimos."... "Ó Henry, você é de morte. Espero que não o levem de novo para aquele sanatório."

O terceiro dizia: Qto. separado. Não havia nenhum.

Olhamos todos os casarões dentro do nosso orçamento. Havia dois, e ambos péssimos. Um com quatro andares para subir, o outro um andar abaixo do nível da rua. Nem janelas ou ar. Lugares horrendos.

A pior parte em ver apartamentos em casarões é ter que pedir ao zelador para mostrá-los.

— Bom-dia. Por favor, é sobre o apartamento anunciado.

— E daí? — diz o homem.

— Seria possível... vê-lo?... Será que o senhor poderia... não gostaríamos de incomodá-lo.

Fui muito mais educada com aquele homem do que jamais fui com minha própria mãe.

Com olhos brilhando de ódio e todo suado, fez sinal para que o seguíssemos pela estreita escada acima e depois por estreitos corredores. Abriu a porta e os armários, e ficou parado lá. Não era exatamente um bom vendedor. Sabia que tinha diante dele duas garotas mortas de vontade de morar no Village.

O lugar era tão escuro e sujo que não conseguíamos ver nada. Linda e eu ficamos com medo de dizer que não havíamos gostado e também de confabular na frente dele. Por fim, criei coragem para dizer que íamos pensar a respeito.

E ele ficou furioso. Por que não o deixávamos em paz, bebendo a sua cerveja e vendo o seu programa de televisão? Havia baratas no assoalho e dei graças a Deus por não nos ter estuprado.

Depois que não achamos o outro, fomos até o Condomínio Van Gogh, Rembrandt e Salvador Dalí, todos prédios novos, com gravuras penduradas na portaria. Apesar de estarem oferecendo um mês de desconto, ou uma estola de visom gratuitamente, os apartamentos eram caros demais, muito pequenos e não tinham charme. Doris Day recebia charme em troca do dinheiro dela.

E haja pernas. Vimos todos os apartamentos que havia no Village e nos arredores. As pernas doíam e estávamos com bolhas nos pés. Banheiros por toda parte e nenhum que se pudesse usar. Fiquei com vontade de ir ao banheiro o dia inteiro. Devemos ter visto mais de vinte e nunca consegui criar coragem de pedir licença para usá-los.

De um deles jamais vou me esquecer. (Mesmo depois que bater as botas. Será que existe vida depois da morte? Será que vou continuar solteira? Oh, meu Deus!) O anúncio dizia: "Três qtos., Vill. Leste., Três Leste, 280, $160." Tudo mentira... O que chamavam de Village Leste nem mesmo o Village Leste chamaria. Ficava no coração do Lower East Side, o que é muito engraçado. Os pais de meu pai vieram da Romênia e foram viver lá. Trabalharam duro — ele era alfaiate e trabalhava com casacos de pele. Assim que puderam, mudaram-se para Washington Heights, um lugar muito mais agradável naquela época. Meu pai, assim que seu negócio de toucas de bebê floresceu, mudou-se com a família para Long Island, e

Sheila Levine, assim que pôde, estava procurando apartamento no East Village, que é — vamos encarar os fatos, nova-iorquinos — o Lower East Side. Os Levine deram a volta completa.

Mas, voltando ao apartamento: toda aquela desgraça era feita de alcovas. Não havia quartos, só alcovas. Havia uma para dormir, outra para comer, uma de estar e, juro, uma alcova-banheiro. Não é que tivéssemos exatamente gostado dele, mas já estava no fim do dia, estávamos cansadas e 160 dólares era o que podíamos pagar. Por isso ficamos com ele.

Devo admitir que fomos mais ou menos forçadas por uma grande corretora, uma certa Srta. Melkin, a versão mais velha da Srta. Burke, a agenciadora de empregos. Era preciso que vissem como delirava com aquelas alcovas.

— Aqui está, meninas. Não acham maravilhoso? Pode-se fazer arranjos incríveis com estas alcovas... este é um de meus apartamentos favoritos, e por apenas 160 dólares. Fiquei tão espantada quando me disseram o preço. Não sei há quanto tempo estão procurando, mas deixe que lhes diga por experiência própria. Não vão encontrar nada igual por este preço e com esta localização. E com um contrato de apenas dois anos. Mal pude acreditar. Quase todos exigem um contrato de três ou quatro, e já ouvi falar até de cinco, o que eu acho ridículo, mas tem muita gente conseguindo. Olhem aquela alcova ali. Não é uma graça? Pode-se dar um jeito tão bom só com cortinas. Será que sabem que existem muito poucos apartamentos com janela na cozinha? É o tipo do apartamento em que gostaria de morar se já não tivesse um. Estou com o contrato aqui... se assinarem bem nesta linha e me derem o primeiro mês adiantado, mais o último e um seguro de um mês, o apartamento será de vocês, e podem se mudar amanhã mesmo, se quiserem.

Que vergonha, Srta. Melkin. Aproveitar-se de duas garotinhas com talões de cheques. Que vergonha a sua conversa fiada e as suas pressões. Já parou para pensar alguma vez e se perguntar: "Fiz alguma bondade neste mundo?"

Naquela sexta à tarde, usou sua língua de cobra contra duas donzelas suburbanas. Vaias para você, Srta. Melkin!

Assinamos o contrato, pagamos o sinal e o seguro, e voltamos para nossas respectivas casas, um pouco deprimidas com todas aquelas alcovas. Minha mãe me esperava na porta.

— E então?

— Conseguimos achar um lugar. É ótimo. Tem uma porção de alcovas lindas.

— É por isso que quer se mudar? É por não termos alcovas?

— Mamãe, por favor.

— E onde fica essa sua nova casa?

— No Village.

— Mas em que lugar no Village? Qual é o endereço?

— Que diferença isso faz? Você não conhece o Village.

— Conheço um pouco, sim. Seu pai e eu costumávamos ir lá ver os *intelectuais*. Acha que é a única que já ouviu falar do Village? Eu já ia lá muito antes de você nascer.

— Fica na Rua 3 Leste e tem uma porção de alcovas tão pitorescas, onde podemos botar umas cortinas...

— Na Rua 3 Leste? Mas em que altura?

(Oh, meu Deus!)

— Rua 3 Leste, 280. E cada uma delas pode ser separada...

Minha mãe não teve uma crise histérica de choro, como eu esperava, e sim de riso.

— Manny, Manny, vem cá. Adivinha só, adivinha onde Sheila achou um apartamento para morar, ha-ha-ha! Rua 3 Leste, 280. Não fica bem defronte de onde seu pai e sua mãe, que Deus os tenha, moravam assim que chegaram aqui?

Meu pai também achou muito engraçado. Achou hilariante. E os dois realmente divertiram-se muito com o que a sua filha *esperta* fizera.

— Quanto? — perguntou meu pai.

— Cento e sessenta por mês, incluindo as taxas.

Isso os fez parar de rir.

— Você está louca? Ficou biruta? Os meus pais, que descansem em paz, viviam do outro lado da rua e pagavam 27,50 por dois quartos e achavam muito.

— Papai, isso foi há quase quarenta anos. Os preços subiram.

— É ridículo. Eu pagava por sala e dois quartos, em Washington Heights, 85 por mês.

— Você realmente quer viver em Nova York, onde moças jovens e bonitas como você são assassinadas? E está tão suja.
— Não sei o que mais a preocupava, se a sujeira ou os assassinatos.

— É uma região muito divertida.

— Ser assassinada é divertido?

— Eu assinei um contrato.

— Você assinou um contrato? *Assinou* um contrato? Seu pai vai contratar Hyman Silverman para cancelá-lo. Se existe alguém capaz de tirar você disso é ele. É o melhor advogado do país. O melhor!

— Não quero que Hyman Silverman me tire disso. Gosto do lugar, com todas aquelas alcovas. Você vai ver.

— Eu conheço. Seu avô e sua avó moraram lá.

— Mãe, por favor. Tenho 21 anos e deveria ser capaz de decidir onde vou morar.

— Escute aqui, Srta. Recém-Formada, você se acha muito esperta. Com 21 anos, ainda é uma criança. Ouça o que diz a sua mãe. Ainda não é velha demais para que eu lhe diga o que é certo e o que é errado. Deixe que Hyman Silverman livre você desse negócio e vai me agradecer pelo resto da vida.

Não estou lhe agradecendo, mãmi.

Toc, toc, toc...

Quem seria? Minha mãe fazia tap, tap, tap e não toc, toc, toc. Minha irmã tinha saído num Corvette vermelho. Era meu pai batendo na porta.

— Sheila? É papai.

Coloquei o roupão. O homem que me havia trocado fraldas não devia me ver de camisola agora.

— Entre.

Ele entrou, vestindo o único conjunto esporte que tem, com mocassins Hush Puppies cinza, meias curtas pretas, calças verde furta-cor com um cinto sobre a barriga protuberante, uma camisa pólo listrada e, para completar, um chapéu azul-claro ventilado com buraquinhos na copa. Uma pintura saída das páginas da *Gentlemen's Quarterly*.

Nenhum de nós conseguiu dizer uma palavra. Falamos tão pouco um com o outro durante todos esses anos. Conhecia

Will Fisher melhor do que aquele homem parado perto da janela.

Não o conhecia porque nunca conversávamos. Sempre se dirigia a mim através de clichês. Como quando me dizia que tratasse bem dos pés que eles sempre me tratariam bem. E eu nunca sabia o que lhe dizer. Meu pai é tão mediano, tão absolutamente mediano em tudo. Nossa casa não é pequena nem grande. Seu negócio não é pequeno nem grande. E aposto que *aquele* negócio dele também não é nem grande nem pequeno.

Pápi, por que você resolveu falar comigo? Nunca fez isso por 21 anos. E a única resposta plausível seria a velha piada: "Nunca falei com você por 21 anos porque não havia necessidade."

Eu costumava ter ciúmes de todos aqueles garotos dos seriados de televisão porque eles conversavam com os pais. Sempre que havia um problema, por mais insignificante, como amarrar o laço do sapato, iam procurar o pai e conversar a respeito.

Ele disse:

— Sheila?

Eu estava à beira das lágrimas. Ele sempre me provocava isso. Lembra-se de que quando eu tinha cinco anos queria casar com você? O meu complexo de Édipo. Ou será de Electra? Por que não se casou comigo, pápi? "Por que não posso me casar com você, pápi?"... "Porque já sou casado, Sheila."... "Quando eu crescer, vou casar com você."... "Dá um beijo no papai."

— Sheila? Estou falando com você.

— Desculpe.

— Sua mãe está muito nervosa.

— Sinto muito que esteja assim. Mas não sei por que está tão preocupada.

— Sua mãe a ama e quer o melhor para você.

Ah! As duas coisas não se completam necessariamente, meu velho.

— Eu também a amo. Tudo o que eu quero é escolher o meu próprio apartamento. Será que isso é uma coisa tão terrível assim? Todo mundo escolhe a própria casa.

— Não estou interessado em todo mundo, e sim em você.

(Exatamente como quando eu tinha 15 anos: "Mas, pápi, todo mundo levou bomba no teste. A classe inteira."... "Não estou interessado na classe inteira, e sim em você.")

— Se estivesse realmente interessado em mim, me deixaria viver do jeito que eu quero.

— Não posso impedi-la. Já é uma moça. Só queria que soubesse como me sinto.

Você estava mentindo... quando disse que a mãmi o mandou. Queria falar comigo.

— Pápi, eu gosto do apartamento. Sinto muito.

— Então me faça um favor. Entre na lista telefônica como S. Levine. Nunca se sabe, com todos esses tarados à solta pela cidade. Há homens que gostam de telefonar para mulheres e dizer palavrões pelo telefone. Por isso, ouça o seu pai e coloque o nome na lista como S. Levine. Desse jeito, não vão saber se é homem ou mulher.

Sabem sim, papai. Só garotas com pais assustados colocam as iniciais no catálogo.

Ele se foi, e fiquei me sentindo muito culpada. Sofro de culpa materna, paterna e por desejar ser órfã. "Não... não... não pode sair ainda do orfanato. Tem apenas 21 anos."

Na manhã seguinte:

Trrin... trrin... tr...

— Alô.

— Alô, Sheilita?

— É ela; Linda?

— Bem...

Silêncio... silêncio... silêncio.

— Sheilita, minha mãe está transtornada. Não gosta da vizinhança para onde vamos nos mudar.

Há um esboço de sorriso no rosto de mamãe. Mãmi, você estava sabendo? Diga que sim, sou uma mulher moribunda.

— É, entendo o que quer dizer.

— Meu pai tem um amigo chamado Harry Lipschutz, que é considerado o melhor advogado do país, que pode nos livrar daquele contrato.

— O que vamos fazer?

Mas que pergunta. O que podíamos fazer com duas mães, com dois advogados, ambos os melhores do país, dependurados em nosso pescoço?

— Não sei. O que você quer fazer?

— Não sei.

E não sei por que nunca ninguém me perguntou isso.

— Você gostou tanto assim daquele lugar?

— Não. Com todas aquelas alcovas. Meu Deus, o que era aquilo?

Aquilo significava nossa liberdade, liberdade de decisão, Linda.

— Eu também não fiquei lá muito entusiasmada.

É, Linda, por que você não foi firme? Por que eu não fui firme? Se tivesse me mudado para aquele apartamento, toda a minha vida talvez pudesse ter sido diferente. Pelo menos, um pouco mais longa.

E assim, as duas insignificantes donzelas judias permitiram que as suas poderosas mães e os dois maiores advogados do país as livrassem do contrato. E as mães propuseram-se a encontrar uma moradia adequada às suas princesinhas. Algo que estivesse à altura. Algo com ar-condicionado e cavalheiros de armadura reluzente (mais conhecidos como porteiros) nas portarias para proteger-lhes a virtude.

Mas aí, infelizmente, o reino era pobre. As duas princesas não podiam pagar o lindo castelo que as mães encontraram. Prometeram que lhes dariam o dinheiro necessário à manutenção dele, mas as princesas disseram: "Não, temos que depender de nós mesmas. Precisamos achar outra princesa para rachar as despesas."

Procuraram por todo o reino durante muitos dias e não conseguiram achar nenhuma. E quando já estavam quase desistindo, apareceu-lhes uma linda fada madrinha (lembram-se de Joshua, da UNY?).

— Achei uma companheira para vocês! — disse.

E assim, as duas filhas mudaram-se para a Rua 13 Oeste, 25, conhecido em todo o reino como o Mont Parnasse, com Kate Johnston, membro da Igreja Episcopal, fim da história.

Vou contar-lhes tudo sobre Kate Johnston, e falo sem rodeios, pois sei que ela jamais lerá isso. "Kate?"... "Sim?"... "Sheila Levine suicidou-se e escreveu este longo bilhete contando o motivo. Sei que a conhecia, Kate. Gostaria de ler suas últimas palavras?"... "Não."

Kate Johnston cursava a Escola de Dramaturgia na UNY quando eu estava lá. Usava a mesma roupa de baixo por uma semana e essa não é só a minha opinião — todo mundo naquele departamento percebia. Que nunca se diga que Sheila arruinou uma reputação em seu leito de morte.

Jamais gostei dela. Quando entrava em algum lugar, conseguia deixar todo mundo sem graça. Formou-se com C.R. 5, foi falar com o professor responsável, fez um pouco de manha e conseguiu um 6,5. Conseguiu o papel principal em *Um Bonde Chamado Desejo* e abandonou a peça por não poder suportar o comportamento amadorístico do resto do elenco. O diretor teve de suplicar-lhe que voltasse, apesar de ser uma canastrona. Enquanto o resto de nós ia acampar, Kate Johnston fazia excursões teatrais de verão. E, para completar, os pais eram divorciados: o pai casara-se novamente e a mãe também, ela era a única filha deles todos, e todos os quatro a deixavam em paz.

E daí? Sempre odiei Kate Johnston. E daí? Eu tinha ciúmes dela. E daí? Fiquei feliz quando saiu do colégio no início do curso porque achei que nunca mais a veria de novo. E daí? E daí, não é irônico que tenha acabado indo morar com aquela maldita cadela? Sim, é irônico, mas não foram vocês que tiveram de viver com ela — *eu* tive. Precisávamos de uma terceira moça.

# O Halloween e Outros Problemas

A AÇÃO COMEÇA na calçada do nº 1.650 da Broadway, um velho prédio sujo. *Close* em Sheila Levine. Está usando um vestido preto justo, manequim 44, que está, digamos, um pouco apertado, de maneira que, se olharmos atentamente pelo olho inquisitivo da câmera, poderemos perceber nitidamente onde termina seu par de meias. A tomada não devia ser tão nítida, já que a Srta. Levine esqueceu-se de raspar as axilas esta manhã. Sheila, prestes a entrar no edifício, tropeça e cai na calçada, rasgando a meia à altura do joelho direito, machucando-se. A Srta. Levine oculta-o com a bolsa e caminha, corcunda, até o mais próximo Schrafft's, restaurante famoso por seus toaletes femininos.

Entra lá mancando. *Close-up* do joelho. *Close-up* do rosto transtornado de Sheila. *Close-up* do rímel e outras maquilagens escorrendo-lhe pelas faces. Limpa o joelho com toalhas de papel, rezando para que ninguém entre no banheiro. Tira a meia que rasgou, olha as pernas e resolve, por razões óbvias, que é melhor tirar as duas. Sem meia rasgada para segurar, a cinta que está usando enrola-se nas coxas um tanto quanto roliças, impedindo a circulação do sangue. Calça os sapatos, que doem horrivelmente sem as meias, joga a estragada no lixo, coloca a boa na bolsa e volta ao nº 1.650 da Broadway.

Corte rápido para o escritório onde o Sr. Frank Holland, um tipo gorducho e bonachão, lhe dá as boas-vindas à organização e lhe diz que os Esquilos esperam para o próximo Natal não um ou dois, mas três grandes sucessos. O Sr. Holland apresenta Sheila Levine à Sra. Cox, sua chefe. Atravessando o escritório, aliás, uma sucessão de pequenos escritórios cinzentos entupidos de escrivaninhas cinzentas, Sheila nota que não há um único rapaz trabalhando para Frank Holland. A Sra. Cox, uma mulher de meia-idade com os cabelos pintados de preto e botas brancas, dá-lhe as boas-vindas e pergunta se sabe bater à máquina. Fecha *zoom*. Uma Sheila extremamente deprimida diz:

— Sim.

Bem, amantes do cinema, eis aí *A História de Sheila Levine.* Os críticos adoraram.

Assisti ontem à noite ao *A História de Sheila Levine.* Nunca vi um filme que nos mergulhasse tão profundamente nas brumas negras da depressão. Assisti muitas vezes a um desespero cinzento, mas habitualmente aparece um tom rosado que nos conduz a um crepúsculo purpurino. Isso não acontece em *A História de Sheila Levine.* É muito, muito cinzento até o amargo fim. O papel de Sheila Levine foi desempenhado por Ernest Borgnine.

Nada parecido com Doris Day, Sandra Dee ou Natalie Wood estava acontecendo comigo, Linda ou Kate. E quando as coisas não acontecem em Nova York é preciso fazer com que aconteçam.

FATO: Garotas apaixonadas não dão festas. Garotas à procura do amor vivem às voltas com aperitivos e salgadinhos sempre que podem.

— Sabem o que podíamos fazer? Dar uma festa de Halloween — disse Kate, em pé, nua diante de nós, jogando cinza no minúsculo tapete verde para o qual todas havíamos contribuído (e no qual só eu passava aspirador).

— Ótima idéia.

— É uma grande idéia.

— Adorei.

— Quando vai cair?

— No dia 31.

— Eu sei, que dia da semana?

— Daqui a três semanas, num sábado.

— Perfeito.

— Será então no sábado à noite.

(Eu) — E o que vamos servir? Acho que devíamos comprar uns frios, salsichas e iscas de fígado.

(Kate) — Bastam umas tigelas de batata frita. Que negócio é esse de iscas de fígado?

(Eu) — Não podemos servir só batata frita. E se as pessoas ficarem com fome?

(Linda) — Por que não compramos umas batatas fritas e uns frios?

(Eu) — Não se pode servir apenas alguns frios. Ou se tem bastante ou, então, é preferível não ter nenhum.

(Kate) — Vai ser batata frita e que se fodam.

FESTA DE HALLOWEEN
POR QUE VOCÊ NÃO VEM?
VAMOS NOS DIVERTIR!
E VOCÊ TAMBÉM!

| *Na casa de:* | *Onde?* |
|---|---|
| *Sheila Levine* | *Rua 13 Oeste, 25* |
| *Linda Minsk* | *Mont Parnasse* |
| *Kate Johnston* | *Apto. 14 L* |

Quando? Sábado à noite, 31 de outubro
20h30

***Tragam suas bebidas***

Mimeografei os convites no escritório enquanto a Sra. Cox estava no toalete retocando a maquilagem. Todos os convites para moças foram remetidos exatamente como esse aí ao lado. E todos os convites para rapazes tinham as palavras *Tragam seus Amigos* escrito embaixo. Tínhamos estado em festas demais onde havia cinco moças para cada rapaz. É uma sensação horrível entrar numa festa e ver a anfitriã torcer a cara porque espera, quando vai abrir, que haja um homem do outro lado da porta. Uma coisa dessas não ia acontecer no Halloween do Mont Parnasse.

Foram selados na máquina do escritório enquanto a Sra. Cox ocupava-se com suas orelhas recém-furadas.

Na noite anterior à festa, Linda e eu tentamos fazer uma máscara numa abóbora meio torta. Mesmo apesar de não haver abóboras perfeitas em Manhattan, a pergunta fica: o que duas moças judias entendem de abóboras do Halloween? Tínhamos máscaras de abóboras em casa, mas de plástico, e a torta era comprada na loja Horn & Hardart. Carregamos os pedaços da máscara até a lixeira e, ó surpresa, o que vimos?

Vimos o primeiro homem que jamais havíamos visto no prédio jogando fora o seu lixo. O prédio era cheio de garotas. Víamos duas, três moças de cada vez na lavanderia, nos elevadores, nas caixas de correio. Há uma lição nisso. Se você realmente deseja encontrar o seu sonho dourado no corredor, não more em prédios com porteiro. O macho da espécie é forte e musculoso, e não se preocupa se o edifício tem ou não porteiro. Nem ao menos tem medo de ser estuprado.

FATO: Há mais homens nos velhos prédios sem porteiro.

Portanto, imaginem a nossa surpresa quando vimos aquele espécime único, num prédio de frágeis mulheres, colocando lixo na lixeira.

— Mãmi, conte de novo como foi que conheceu papai.

— Será que vocês não se cansam nunca desta história?

— Conte de novo, *por favor,* mãmi.

— Ah, está bem. Sua tia Linda e eu estávamos jogando fora aquela abóbora ridícula que tínhamos feito, e lá estava o papai, botando o lixo na lixeira. Estávamos morando naquele prédio já há um mês e meio e nem sabíamos. E agora, vão para a cama, seus diabinhos. Dêem um beijo na mamãe.

No primeiro momento, Linda e eu ficamos excitadas com aquele cara bastante bem-apessoado e alto, ali mesmo no nosso hall, mas a excitação esmoreceu quando reparei que estava jogando o lixo fora todo bem acondicionado e em caixas. O Professor Hinley também jogava o lixo fora assim. Ah, mas que inferno!

— Oi.

— Oi.

— Oi.

— Meu nome é Linda Minsk, e essa é a minha amiga e companheira de apartamento, Sheila Levine.

— Charles Miller e moro no 14-G — disse, sorrindo e nos exibindo as obturações. Eu estava certa. Tremenda bicha.

— Oi.

Esse foi o "oi" de Linda. Por que perder tempo cultivando alguém com lixo arrumado e jaquetas nos dentes?

— Estamos dando uma pequena festa de Halloween amanhã. Por que não aparece, se puder?... Sei que está muito em cima da hora, mas... se puder...

— Sinto muito, já tenho um compromisso, mas se voltar ainda a tempo...

— Ótimo. Nosso apartamento é o 14-L — disse Linda.

— Tchau.

— Até logo.

— Até logo.

Charles Miller saiu da lixeira primeiro e nós ficamos observando-o atravessar o hall. Ele era realmente bem-apanhado. Mesmo sem as jaquetas, teria impressionado.

De volta ao apartamento:

— É, Sheila, talvez ele venha.

— Acalme-se, Linda. Ele é bicha, é gay, é homossexual.

— Como é que você sabe?

— Linda, Linda, quando é que vai aprender? Qualquer homem que bote o lixo numa caixa daquele jeito tem que ser. Aposto que dentro daquelas caixas tinha uns velhos lápis de maquilagem.

— E como é que sabe? Não vou prejulgar ninguém. E daí se ele for gay?... Não significa que não possa mudar se encontrar a moça certa.

Está errado, Linda! Está errado! Muitas moças dedicaram a vida, sim, a vida, a tentar transformar um homem que prefere homens num que prefira mulheres. Eu mesma, a esperta Sheila, caí nessa armadilha. Muitas jovens acharam que eram as únicas, as únicas capazes disso. Não funciona. Ele pode fazer toda a análise do mundo; pode fazer tratamentos de choque e ter o seu amor imutável — ainda assim vai preferir o amiguinho de East Hampton a você. Em algumas moças torna-se um hábito ficar caída por homossexuais. Por quê? Não sei ao certo. Será que têm medo dos homens e ainda não estão prontas para as mulheres? É um passo em falso do ego: "Adivinhe só. Encontrei esse cara, que gostou de homens a vida toda, e agora sou a única garota que conseguiu endireitá-lo."

Não tente, Linda. E que ninguém tente. Não vai funcionar. Vocês poderão ser amigos, talvez consigam ir para a cama um par de vezes, talvez você se case com ele, mas, quando os outros papais estiverem levando os filhos ao jogo de beisebol, esse papai vai se esgueirar para algum bar gay.

No dia da festa, eu estava esfregando o chão da sala de estar quando Linda voltou esplendorosa do salão de beleza. Estava com os cabelos lisos, negros, lustrosos e revirados nas pontas. As ondas haviam desaparecido tragadas por um *Smart-Set,* enquanto os meus ficavam cada vez mais crespos debaixo do *shmata* enrolado na cabeça. Por que não fui ao cabeleireiro? Queria ter o cabelo revirado nas pontas também. Interessante. Por que colocava o apartamento antes de mim? Como uma pobre mãe mártir, sem nunca ter parido uma criança.

Nós duas criamos uma decoração não lá muito artística, com papel crepom preto e laranja pendendo dos lustres e maçanetas, pregado com fita gomada, e espalhamos bruxas, fantasmas e gatos arrepiados de papelão pelas paredes. Sobre o toalete (que também limpei), botamos um cartaz que dizia BRUXA OU CAPETA. Achamos tanta graça nisso que tivemos que nos segurar na pia para não cair de tanto rir.

Nossas risadas acordaram Kate. Pobre Kate, eram apenas quatro e meia. Quase todos os sábados, dormia até as seis ou sete horas, e acordava bocejando como se fosse o raiar do dia.

Vestiu o seu robe hollywoodiano, um robe que comprara numa liquidação da Saks por 69,95, metade do preço — turquesa, com penas de marabu até o chão —, foi até a cozinha (que só eu limpava) e fez um sanduíche de pasta de amendoim — com a minha pasta e o meu pão. Eu odiava isso. Sempre roubava a minha comida, apesar de eu passar todas as noites de sexta-feira botando iniciais em tudo o que comprava. Escrevia S. L. em cada ovo, e as entalhava em cada fatia de pão. Não adiantava nada. Aquela cadela roubava a minha comida.

— Bom-dia, Kate. Quero dizer, boa-tarde, ou melhor, boa-noite.

— Vá se foder, Sheila.

— Escute, Kate, as pessoas vão chegar a qualquer momento e você vai ter que arrumar a sua bagunça no quarto. — Sutiãs e calcinhas sujas pendurados numa cadeira, vestidos sujos, saias sujas, calças compridas amarrotadas por toda parte... o velho estilo Sheila Levine em Franklin Square. — O quarto está uma desordem e tudo que está jogado lá é seu.

— Vá se foder, Sheila. Se eu quisesse viver com uma desgraçada de uma mãe pra me encher o saco, teria ido morar com uma delas.

Do *Women's Wear Daily*:

A festa de Sheila Levine foi absolutamente sensacional. A casa estava toda decorada em estilo Halloween, com as mais encantadoras bruxas e abóboras de papelão que já vi. A comida estava maravilhosa, soberba! Raramente se tem a oportunidade de provar tais batatas-palha e pastinha de sopa de cebola. Claro que o espírito da festa era Tragam suas Bebidas. Que chique!

Duas das três anfitriãs, Sheila Levine, ou Sheilita, como a chamam os amigos, e Linda Minsk, usavam o mesmo modelo, um conjunto negro justíssimo, que reconheci imediatamente como da coleção do porão da Ohrbach's. Foi sem dúvida o acontecimento social mais marcante da estação. Sheila Levine, por falar nisso, não tomou banho antes da festa. Ela não é ótima?

... Greta

Sim, a comprida Linda e a gorda Sheila usaram o mesmo vestido. Éramos uma visão em negro e pérolas, que ambas havíamos ganhado quando fizemos 16 anos.

— Linda, e se ninguém vier?

— São só oito horas. Só devem chegar às oito e meia.

— E se não houver pastinha bastante? E se acabar e as pessoas ainda estiverem com fome?

— Devíamos ter colocado RSVP nos convites.

— E só agora você resolve falar nisso? Por que não falou nisso quando estávamos preparando os convites, pô?

— Não me lembrei.

Às 8h25, a campainha tocou pela primeira vez e Linda ficou paralisada. Eu abri a porta e lá estava Joshua. Nosso primeiro convidado a chegar era uma bicha.

— Oi, Joshua.

— Oi, Sheila.

— Como vão as coisas?

— Bem.

Joshua não me fez qualquer pergunta. Nunca fazia isso.

— O que você tem feito? — continuei.

— Nada de novo.

Não esperava mesmo que me dissesse alguma coisa. Joshua também não respondia a perguntas. Se fosse sair para comprar cigarros e você perguntasse aonde ia, não ia lhe dizer.

— Bem, vamos sentar. As pessoas devem estar chegando a qualquer momento.

E olhei suas mãos vazias. Não trouxera a *própria bebida*. Típico de Joshua.

A campainha tornou a tocar e fui atender. Lá estavam dois *nerds* do Departamento de Assistência Social, e Linda se precipitou para atendê-los. Era bem mais alta que os dois.

— Sheila, este é Larry Hellman e este é Ralph Glazer.

— Olá.

— Olá.

— Este é Joshua.

— Joshua de quê?

— Não uso sobrenome.

Os rapazes estenderam a Linda um saco de papel pardo com uma garrafa de uísque barato.

— Tome, Linda, minha velha. Vamos levar de volta o que não for usado.

E estavam dispostos a isso. Trazer a própria bebida significa também levar a própria bebida quando a festa acabar.

— Por que não nos sentamos? — eu sugeri.

Antes que o fizesse... de novo a campainha. Havia três rapazes parados lá. Estava começando a parecer um jogo de multiplicação. Daquela vez, era o sobrinho da Sra. Cox, do escritório, e dois amigos que eu não conhecia.

— Oi, Henry.

— Oi, este é Harvey Puckett e este é Norman Berkowitz.

— Olá, sou Sheila, e estes são Linda, Joshua, Larry e Ralph, ou seria Ralph e Larry?

— Não, da primeira vez estava certo. Olá.

— Oi.

— Oi.

— Oi.

— Oi.

— Oi.

— Oi.

Linda levou os paletós para o quarto e empilhou-os sobre a cama junto aos outros. Desejei estar escondida por baixo deles. Lá estava eu, sozinha na sala com seis homens, podem contar, seis, e me sentindo horrível e inibida.

— Como vai sua tia?

— Não sei. Você a vê mais do que eu.

— Como vão as coisas lá na Assistência Social?

— Linda não tem contado a você?

— Quer dizer sobre a greve?

— É.

— É, Linda me contou sobre isso.

— Então, por que está perguntando? (Linda, pelo amor de Deus, volte logo, estou afundando.)

— Como vão as coisas, Joshua?

— Já lhe disse. Tudo bem. (Socorro, por favor, alguém me ajude.)

A campainha. Nunca imaginei em toda a minha vida que rezasse para que houvesse moças por trás daquela porta, mas, acreditem, naquela noite estava rezando por garotas. Dois amigos de Kate, parecendo velhos e acabados, como dois fracassos que nunca chegaram a lugar nenhum. Ai, meu Deus, eram horrendos e coroas; calculei que deviam ter quase uns 25 anos.

— Kate está?

— Sim. Não querem entrar, por favor? (Soou igualzinho à minha mãe.)

— Onde está Kate?

— Ela já vem. [Merda! Por que será que fico dizendo coisas como essa?] Alguém quer um pouco de pastinha? — Silêncio. (A festa é um fracasso; está se desmoronando.) — Alguém quer beber alguma coisa?

— Eu quero. O que tem aí? — perguntou um dos amigos de Kate, que também não trouxera nada.

— Temos Coca, refresco de laranja, ginger ale, água e um pouco de cerveja — disse bancando a anfitriã perfeita.

— Mas o que é isso, alguma festa de criança?

Ele se levantou, foi até a cozinha e voltou segurando a garrafa de uísque meio vazia de Larry Hellman e Ralph Glazer.

— Vou tomar um pouco disso *on the rocks*... isto é, se tiver gelo.

— Este é o uísque do Larry e do Ralph.

Estava assustada; suponham que ele se zangasse e me batesse, ou algo assim. Suponham que quebrasse a garrafa e viesse atrás de mim com ela em punho. Suponham que resolvesse manchar o tapete, mas foi para a cozinha, voltando com uma lata de cerveja.

Kate entrou em cena usando um vestido que Mitzi Gaynor usaria para um número de abertura em Las Vegas. Azul-pavão e bem decotado, mostrando um cofrinho entre os seios que eu nunca vira antes, e olhem que já vira um bocado dela — aquela garota não tinha sequer um par de pijamas. Um cofrinho entre os seios, bem ali, na minha sala de estar. Kate foi para junto dos amigos e os três se dirigiram a um canto exclusivo, rindo, falando e se divertindo. E nem se incomodou em apresentá-los.

A campainha. Quatro caras. Por quê? Por que, Senhor Deus que estais no céu, fizestes isso com Sheila Levine? Teria sido tão horrível assim enviar umas duas garotas? Kate no canto, com os dois dela. E Sheila e Linda fazendo sala cercadas por uma dúzia de cavalheiros.

Os últimos a chegar eram conhecidos nossos de Syracuse, quatro rapazes que sofriam de acne e caspa, e que rondavam o dormitório das garotas, inseguros demais para convidar as bonitinhas e sem nenhum interesse pelas feiosas. Ficamos logo bons amigos. Eram nossos *brothers*, aqueles caras, com suas relações platônicas tão chatas.

Telefonema de Syracuse:

— Escute, mãmi, vou levar uns rapazes para passar o fim de semana.

— Paqueras?

— Não, apenas amigos.

— Qual é a diferença?

— Não posso explicar pelo telefone. Quando chegar aí, explico.

— Está certo, você sabe que seus amigos são sempre bem-vindos. Vou preparar um assado bem grande. Meu único desejo, Sheila, era que parasse de ter amigos e arranjasse um namorado.

Apresentamos todo mundo a todo mundo e nos sentamos por turnos como duas Scarletts O'Hara, tentando mantê-los entretidos. Foi muito embaraçoso, sabem? Devo ser uma pessoa realmente fantástica por ter sobrevivido àquilo.

Passou-se cerca de meia hora, um tempo infinito, só nós duas e os doze.

— Têm visto algum show que preste? Têm lido algum bom livro ultimamente?

— Cadê as garotas?

— Devem estar chegando a qualquer momento. Juro que as convidei. São só nove horas. As pessoas costumam se atrasar para uma festa. [Com uma única frase, consegui repudiar todo o grupo.] Alguém quer um pouco de pastinha? — Silêncio, silêncio e mais silêncio. — Linda, posso falar com você um momento no quarto?

E nos trancamos lá.

— Que é que você acha que devemos fazer?

— Não sei, Sheilita, tem um bocado de gente zangada aí fora. Se algo não acontecer rapidamente, vamos perdê-los todos.

— Eles nos odeiam.

— Fique calma, converse, mostre a eles como é limpo o chão da cozinha.

A campainha. Corri para abrir e seis das mais lindas garotas que eu já vira estavam lá, e fiquei feliz em vê-las. Eram todas amigas de Kate, todas atrizezinhas, mas graças a Deus chegaram. A festa começou. A campainha, duas garotas mais, companheiras da UNY. A campainha, mais três. Obrigada, meu Deus, por ter ouvido minhas orações, mas não precisa exagerar. Logo, parecia-se com qualquer outra festa de solteiros em Nova York, três damas para cada cavalheiro.

A festa estava funcionando. Kate se achava cercada por um bando de admiradores, alguns deles — meus amigos — que eu havia voluntariamente trazido. Que coisa mais idiota eu fui fazer. Linda parecia gostar do sobrinho da Sra. Cox e ele dela. Foi ele, na verdade, quem apagou as luzes às dez. E eu era a anfitriã perfeita, preparando drinques, fazendo mais pastinha para salgadinhos de emergência, enxugando bebidas derramadas, esvaziando cinzeiros e ficando realmente contrariada por ter deixado todos aqueles bagunceiros invadirem a minha casa limpa e arrumada.

Sim, a típica festinha. O som tocando Peter, Paul and Mary, um casal namorando no chuveiro, dois caras da faculdade doidaços atirando pipoca um no outro. Uma festinha legal. A polícia chegou mais ou menos às onze e meia.

— Você mora aqui?

— Sim, senhor. (O que ele está fazendo aqui? Houve um assassinato; minha mãe está doente; o jornaleiro não me viu pagar o jornal e foi dar parte. Não é um policial, só está fingindo para entrar aqui e me violentar. Sou parecida com uma conhecida assassina e acham que sou ela. Tem menores aqui tomando bebida alcoólica. Meu imposto de renda estava errado no ano passado; será que vou para a cadeia?)

— Os vizinhos estão reclamando que não podem dormir com o barulho. (Alívio!)

— Sinto muito, vamos diminuir o som, pode ver, estamos dando uma festinha de Halloween. — E abri a porta para que visse que era realmente uma festa e não alguma operação ilegal.

— Não estou interessado no que estão fazendo. Apenas façam menos barulho, antes que a gente tenha que tomar alguma providência. É um aviso.

Ele se foi e berrei o mais alto que pude:

— QUIETOS! TODO MUNDO! FIQUEM QUIETOS. ERA A POLÍCIA. A PO-LÍ-CI-A!

Ninguém ouviu uma palavra do que falei; continuaram a fazer a maior algazarra. Pelo resto da noite, fiquei preocupada que a polícia voltasse para me levar em um camburão contendo um assaltante, duas prostitutas e uma mulher que tivesse acabado de assassinar a mãe porque não queria ser professora.

— Já está na hora de pegar as maçãs.

Ninguém me escutou mais uma vez ou preferiram me ignorar. As maçãs ficaram jogadas à toa no pote grande em cima da mesa.

Era meia-noite e meia e a música estava mais alta ainda, apesar de eu haver abaixado o volume por três vezes. As pessoas formavam pares, falando baixinho e trocando carícias, e eu estava carregando lixo para a cozinha.

— Oi — disse uma voz masculina. Quem seria o dono dela?

Voltei-me, joguei a cabeça para trás *à la* Rita Hayworth e disse:

— Oi.

Meus olhos toparam com uma versão mais gorda e mais jovem de Manny Levine. Cabelo crespo, óculos de aros pretos encavalados no clássico nariz judaico, camisa, gravata preta e estreita, jaqueta esporte marrom pintalgada com diminutos fios de todas as cores do arco-íris, calças marrons, com pregas, imaginem, e um cinto com a inicial N na fivela, mocassins marrons e meias amarelas. Ali estava, pessoal, tudo o que eu havia deixado para trás, em casa. O Sr. e a Sra. Manny Levine convidam para o casamento de sua filha Sheila com O Senhor N., no Bufê Horowitz, domingo, 14 de novembro, às 16h42. RSVP.

— Oi. Qual o seu nome?

— Sheila Levine, uma das garotas que mora aqui.

— É, imaginei logo que devia morar aqui. Ficou a noite toda arrumando a bagunça.

— E você, quem é? Aposto que seu nome começa com N.

— Como é que sabe? É Norman, Norman Berkowitz. Como sabe que meu nome começa com N?

— Adivinhei.

— Está brincando. Como adivinhou?

— Um passarinho me contou.

— Vamos, como foi?

— Está gravado no seu cinto.

— Ah, tá. Gosta de morar em Manhattan?

— Adoro. Há tanta coisa para fazer. É o centro cultural do mundo. É tão bom ter ao seu alcance todos os concertos, museus e teatros. (Não vira uma só tela, não ouvira uma única nota de música ao vivo, nem assistira a um show desde que mudara para a cidade.)

— Gosta de museus?

— Muito. É por isso que gosto de morar aqui; ficam tão acessíveis.

— Gostaria de ir a um museu comigo? (Meu Deus, com quem estou me metendo? Disse-lhe apenas que gostava de museus e ele já tornou isso tão pessoal, esse tal Norman Berkowitz de calças pregueadas. Não, não gostaria de ir a um museu com ele. Não estou nem um pouco interessada. Não gosto nem mesmo de ficar aqui parada na cozinha com ele.)

— Gostaria muito. (Que mais podia dizer, eu pergunto? Podia dizer "sim, mas, por favor, não use calças com pregas e suma com todos esses fios pintalgados da sua jaqueta"?)

— Que tal no próximo sábado à tarde? (Ah, não, está ficando muito específico, e não me sinto nem um pouco atraída por ele.)

— Bem, acho que o próximo sábado seria um problema. Sabe, talvez tenha de fazer compras e acho que tenho um compromisso. Meu patrão pode precisar de mim, pois andamos muito ocupados. Minha mãe pode vir até a cidade e eu teria que acompanhá-la; eu a vejo muito pouco desde que me mudei para Nova York.

— E que tal na semana seguinte?

— Ótimo.

Dizer "ótimo" para Norman foi como uma espécie de sinal e sua cabeça fez "clique". Já que íamos nos encontrar dali a duas semanas, podíamos namorar e ele arrastou-me para a escuridão da sala. Seus planos não combinavam com a claridade da cozinha. Sentou-me no colo e ficou meia hora me beijando até que o amigo que viera com ele quis ir embora.

— Até — disse Norman, o nerd. — Venho apanhá-la sem ser esse sábado o outro. A que museu gostaria de ir?

— Não sei. Há tantos que nem sei por qual começar.

— Que tal o Metropolitan?

— Ótimo. Há uma semana que não vou lá. Devem ter alguma nova e maravilhosa exposição.

Abri a porta para eles e lá estava a polícia de volta.

— Algum problema, seu guarda?

Estava um pouco mais abalada dessa vez porque já recebera uma advertência. Dessa vez, vou para a cadeia. Contrato um advogado solteiro, que vai se apaixonar por mim quando eu estiver depondo no tribunal.

— Os vizinhos estão se queixando que não podem dormir por causa do barulho que estão fazendo aqui neste apartamento. Tratem de parar com isso.

Rapidamente, girou nos calcanhares e marchou hall abaixo. Seu colega, que ficara em silêncio o tempo todo, seguiu-o logo atrás, lançando-me um olhar severo para que eu soubesse que o outro não estava brincando.

O pior barulho vinha do aparelho de som. Fui até lá e puxei a tomada da parede. Ninguém reagiu. Alguns casais se separaram porque ficaram entediados de só se tocarem. Tocar-se com um som rolando era outra coisa.

Duas e trinta. A festa estava realmente se esvaziando. Algumas garotas iam embora com sujeitos que haviam conhecido lá, outras saíam sozinhas. Os caras tinham conseguido apalpar seios nus a noite toda e depois acharam muito trabalho levar umas garotas até em casa, no Bronx. As que mais me davam pena eram as que tinham vindo com amigas e iam embora sozinhas, já que as outras haviam arranjado um rapaz para levá-las. Elas teriam que enfrentar uma corrida de táxi muito cara e sem rachar. Isso sem falar na inveja que qualquer uma sente nessa situação.

Quatro e dez e todos já haviam partido, menos Joshua, que nos pediu para deixá-lo dormir no sofá. Por que não? É tão in, tão moderninho, tão atual, dividir o apartamento com um rapaz. Gostamos tanto da idéia que Joshua, com sua jaqueta de camurça suja, tornou-se parte quase permanente do sofá *chartreuse* — nosso único móvel decente. Viera do porão da casa de Linda, onde fora colocado quando a mãe dela resolvera redecorar.

Quando o último convidado partiu, fechamos a porta. Por mais que quisesse limpar a desordem, simplesmente não conseguia encará-la. Que bagunça. Uma mixórdia de preto e laranja por toda parte, copos de papel e cigarros. Como puderam fazer uma coisa dessas comigo?

— Foi uma festa ótima, não foi, Sheila? Você parecia estar se divertindo com aquele sujeito da jaqueta cheia de pontinhos coloridos. (Ela reparou. Será que brilhavam no escuro?)

— Ele é legal.

— Pediu para sair com você?

— Sim. Vamos a um museu, sem ser esse sábado o outro. E que tal Henry?

— Vou vê-lo amanhã, e depois de amanhã, e no dia seguinte, e todos os dias da minha vida. (Está apaixonada. Ah, não, está apaixonada. Encontrou alguém e vou ter que fingir que é maravilhoso; e não é. É uma merda. Estou com ciúme, com tanto ciúme por minha melhor amiga ter encontrado alguém que podia até me matar.)

— Linda, você está parecendo apaixonada.

— Ahhh... Sheila. (Está! Posso ver isso, está enfiando as duas pernas na mesma calça do pijama. Tenho vontade de desmaiar. Por que isso não aconteceu comigo? Sou seis meses mais velha e conheci Henry Cox antes dela. Por que o convidei?)

Linda adormeceu muito antes de mim, com um desgraçado de um sorriso estampado no rosto. Fiquei deitada, rezando para achar alguém rapidamente, ou, se não fosse possível, para que não desse em nada o caso de Linda e Henry. Deus, me arranje um namorado ou tire o dela.

Assim que Kate adormeceu, levantei-me e desliguei o ar-condicionado. Tenho um problema de sinusite, na verdade, uma coriza. Linda e Kate queriam o ar ligado a noite toda — e eu não. Queria apenas que funcionasse uma parte da noite e depois fosse desligado na hora de dormir. Se ficava ligado, eu acordava lá pelas três de nariz escorrendo. Linda acabou desistindo. Toda noite, antes de deitarmos, era desligado. Kate chegava tarde — imagino que ficasse acordada até a madrugada fazendo travessuras com rapazes, que eu gostaria de estar fazendo — e ligava-o. E eu acordava toda santa noite de nariz escorrendo.

A campainha tocou e resolvi ignorá-la. Não conseguia dormir, mas estava cansada demais para me levantar. Tornou a tocar e arrastei meu pobre corpo cansado até a porta.

— Quem é?

— Charles Miller.

— Quem? (Estava sussurrando para não acordar o meu precioso Joshua, que dormia como um anjo no sofá.)

— Charles Miller. Sou o vizinho do apartamento 14-G. Nós nos conhecemos na lixeira.

Resolvi abrir a porta. Charles Miller estava parado lá, acho que com seu companheiro de apartamento, ambos em grande gala, perucas, esmalte de unha, bolsas, pernas depiladas e tudo o mais. Estavam fantásticos, absolutamente fantásticos.

— A festa ainda tá rolando?

— Não, sinto muito, todo mundo já foi embora. Já fomos dormir. — Parei de falar e fiquei olhando de olhos arregalados.

— Tá legal, foi só uma tentativa. Até outra vez.

— Tudo bem, boa-noite.

— Boa-noite.

Atravessaram o hall andando à perfeição — nada daquele andar cômico que geralmente têm os homens quando usam saltos altos. Fiquei imaginando se fariam amor antes de dormir.

Voltei para o quarto e Linda acordou.

— Quem era, Sheila?

— Seu amiguinho do 14-G. Estava todo paramentado, até com bolsa de couro de cobra. Acredita agora que é bicha?

— Não.

— Mas que história é essa? Ele estava parado na nossa porta de sutiã e tudo!

Norman, tal como havia prometido, veio me buscar a uma hora. Meu primeiro encontro em Nova York como uma pessoa livre e independente e quem é que arranjo? Ah, como gostaria de poder dizer que não se julga um livro pela capa. Esta é uma declaração, caros amigos, que não posso fazer. Norman usava uma jaqueta marrom cheia de pintinhas e, dentro, havia um homem cheio de pintinhas até vo... deixa pra lá.

Fomos ao museu como tínhamos combinado. Doris Day também ia a museus, lembram-se? Será que alguma vez foi com algum Norman? ("Olhem o figurino, seus idiotas, ele não pode estar usando uma jaqueta marrom cheia de pintinhas. Tinha que estar usando um terno azul-marinho, com colete e listras finas.") Andamos pelo museu falando sobre arte renascentista, impressionista, expressionista e outras coisas mais, etc., e Norman me trouxe em casa, sem gastar um centavo comigo, nem um mísero centavo. Usei o meu próprio bilhete no metrô tanto na ida como na volta e não o convidei a entrar.

(Eu) — Muito obrigada. Foi muito agradável.

(Norman) — Também achei. Que tal na próxima semana?

(Eu, pensando) Tá brincando? Fala sério? Nunca mais quero vê-lo na vida. Pegue suas pintinhas e desapareça. Você faz com que até o prédio pareça cafona.

(Eu, falando) — Gostaria muito, Norman, mas não posso; tenho que lavar a cabeça na semana que vem.

(Norman) — E que tal a outra?

(Eu, pensando) Saia já deste prédio. Basta você para transformar este prédio de luxo num pardieiro.

(Eu, falando) — Sinto muito, mas vou para Franklin Square sem ser esse fim de semana, o outro.

— Eu podia ir até lá; aí a gente dava uma volta no parque ou coisa assim. (O grande gastador ataca de novo.)

(Eu, já incapaz de pensar) — Tá bem.

Norman mergulhou à procura de meus lábios e deu-me o beijo mais nojento, longo e molhado que já levei. Beijou-me bem ali, em pleno hall, às seis e meia da tarde, com gente em volta jogando o lixo fora e ele me beijando.

Ó Deus, Norman conhecendo minha mãe!

De Franklin Square:

— E então, Sheila, como foi o encontro?

— Chato, horrível, nojento.

— Ele pediu para sair com você outra vez?

— Pediu. Eu não suporto ele. É repulsivo. Há alguma coisa de errado com ele. É judeu demais.

— Pois parece uma boa pessoa. Quando é que vai vê-lo outra vez?

— Daqui a duas semanas; ele vai me encontrar aí.

— Aqui?!?

Ela não consegue acreditar. É a primeira vez na minha vida que vou levar à casa de meus pais um bom rapaz... judeu demais. Ela fica em estado de choque.

— Ele irá no sábado e vamos passear pela ilha ou qualquer coisa assim.

— Claro, querida, e pode usar o meu carro, se quiser.

Use o carro, as minhas roupas, a minha casa, estou com os olhos marejados de lágrimas. Você me tornou uma mulher feliz. Trouxe para mim um genuíno rapaz judeu demais.

Ouçam o que digo, nunca levem um rapaz para conhecer a mãmi se não estiverem loucas por ele. Mal Norman cruzou a soleira, foi amor à primeira vista. Norman e minha mãe se apaixonaram. Ruthie, Madeline, todas vocês, ouçam — Norman e Bernice Levine se apaixonaram. É verdade.

— Norman, meu caro, o que você deseja? Por que não tira o casaco e fica mais à vontade? Norman, não quer um suco gelado? Claro, pode botar os pés aí em cima. Gosto de ver as pessoas confortáveis. Acho tão interessante que você seja professor do terceiro ano, Norman, conte tudo a respeito. É um desafio? Todas as menininhas ficam apaixonadas por você?

E as pestanas dela batiam, estava com o sutiã que lhe realçava os seios e usava a mais recente peruca lançada. Não havia como negar, estava flertando com Norman Berkowitz. Era como uma pequena viagem de volta ao tempo em que era Bernice Arnold.

E sua afeição não foi desperdiçada. Norman se apaixonou por ela completa e totalmente.

— Sra. Levine, sua sopa é simplesmente deliciosa... A senhora decorou tudo isso sozinha?... Não posso acreditar que fez todas aquelas pinturas no quarto.

Aqueles dois estavam certamente loucos um pelo outro. Ela o convidou para o jantar e ele aceitou. Convidou-o para pernoitar, mas felizmente Norman não podia ficar. Tinha que alimentar seus gatos. (Não é uma coisa atraente?) Foi convidado a voltar no fim de semana seguinte — sem me consultar —, apenas convidado. Norman aceitou alegremente, apertou a mão de meu pai e beijou Bernice no rosto. Levei-o até a estação para que tomasse o trem de volta ao Brooklyn, que era o lugar dele. O trem já estava quase chegando, mas ele conseguiu me agarrar e me beijar antes de saltar do Cadillac. Senti o cheiro das iscas de fígado de minha mãe em seu hálito.

Naquela noite...

— Gostei muito de Norman. Ele é um ótimo rapaz.

— Pois eu não o suporto.

— Você não é obrigada a casar com ele. Dê-lhe apenas uma chance. É melhor um pássaro na mão do que dois voando.

— Então é isso o que você pensa dele? Uma espécie de urubu ou um chinelo velho?

— Não, acontece que gostei muito dele.

Estou certa que sim, Srta. Arnold, vimos um bocado de suas maravilhosas pernas naquele dia.

Norman apareceu no fim de semana seguinte, e nos vimos no outro, no outro e no outro. Naquela ocasião, eu tinha dois maus hábitos. Roer as unhas e me encontrar com Norman Berkowitz. Não havia mais nenhum outro convite. Linda estava apaixonada por Henry Cox, por isso não estava com um bom astral, e eu estava começando a acreditar na teoria do pássaro na mão. Decidia nunca mais tornar a vê-lo e uma velha amiga telefonava para me contar que estava usando um anel de noivado com um brilhante de dois quilates. (Descobri mais tarde que alguns deles eram de *um total* de dois quilates — um punhado de brilhantinhos cravados juntos para parecerem um brilhante grande.) Dois meses depois de nosso primeiro encontro, decidi que ia aceitar sua proposta de casamento, usar o anel durante algum tempo e atirá-lo em sua cara quando aparecesse o Príncipe Encantado.

O que pode ser dito sobre fazer sexo com Norman que já não tenha sido dito antes? Nós nos beijávamos e apalpávamos um bocado, mas Norman continuava a proteger a minha virgindade. (Eu sei, eu sei.) Fazíamos de tudo, menos vocês sabem o quê. Por que fui deixar aquele bestalhão me tocar? Eu simplesmente não sei dizer: "Por favor, não! Eu não quero!" Ninguém acredita em mim quando digo essas coisas. Grace Kelly diz "Por favor, não", e ninguém se aproxima dela.

Sheila Levine diz a mesma coisa e as pessoas vão em frente. Eu nunca — e Doris Day que me perdoe — esbofeteei alguém. Eis aí Sheila Levine, ela contenta-se com o que pode.

Os agarramentos duraram muitos meses. Norman chegava ao ponto de me despir, de me tocar, esfregar e beijar. Saca como era a sensação? Comecei a ler Margaret Mead, imaginando se havia escrito sobre os hábitos particulares dele.

CARA ABBY,

Venho me encontrando com um rapaz há sete meses e não o suporto. Ele me dá vontade de vomitar. Contudo, tenho um problema. Ele não fode comigo. O que devo fazer?

SRTA. QUERO-FODER,
Franklin Square e Manhattan

Sentimentos misturados. Odiava Norman, não podia suportá-lo, mas era uma mulher ardente e cheia de espinhas. Estava também tendo sonhos estranhos: Norman rasgava minhas roupas, impaciente demais para se preocupar com botões. Sentia a sua respiração quente em minhas costas, e pela primeira vez ficava excitada, excitada como nunca antes. Todo o meu corpo gritava: "Me come... me come." E ele fazia isso bem ali, no tapete. Ficava em estado de choque — nunca esperara uma tal alegria, um tal êxtase de qualquer homem. Depois que terminava, ele me acariciava docemente, e eu suspirava de satisfação. Fico só imaginando: Será que vai ser assim... tão bom?

Tá bem, agora vamos ao que realmente aconteceu: meus pais haviam saído. No momento em que saíram para assistir a um filme bem longo, como nos informaram, Norman começou a agir de acordo com as mesmas regras de sempre; começou a apalpar, começou a me despir e começou a se despir para mais apalpadelas e beijos. Eu estava começando a enlouquecer com tudo aquilo, por isso quem começou fui eu, confesso. Mãmi, pode pular esta parte, se quiser. Tornei-me agressiva. Agarrei vocês sabem o quê com uma intenção bem definida.

— Por favor, não! (Esse aí foi ele, pessoal, não eu. Fico surpresa que ele não tenha me esbofeteado.)

— Está tudo bem, Norman?

— Não, não está. Não posso fazer isso com você.

— Tudo bem. (Outra agarrada, não muito forte, mas decidida.)

— Não está tudo bem.

— Norman, está tudo bem.

— Não está. Nunca me perdoaria por isso.

— Norman, está. Não sou virgem.

— Mas eu sou.

É a verdade. A pura verdade. Àquela altura dos acontecimentos, estava segurando o pênis de um macho virgem em cima do tapete de chenile verde-abacate de minha mãe, bem ao lado do sofá *chartreuse* de veludo dourado todo amassado.

— Tá brincando?

— Não estou, não. Nunca fiz isso.

— Bem, e por que não faz agora? Vá em frente.

— Estou com medo.

Ele está com medo. Eu estou lá, nua, implorando a Norman Berkowitz que trepe comigo, e ele está com medo.

— É tranqüilo, Norman. Norman, você está chorando? [Senti pena dele, juro. Ele estava chorando, mesmo que negasse. O pobre-diabo estava apavorado como uma pobre virgem.] Vamos lá, Norman. Eu mostro pra você.

Eu o ajudei a ficar em cima de mim, e no minuto em que seu corpo me tocou voou espermatozóide pra todo lado. Imagine só em cima do quê, mãmi.

Ainda bem que era um filme muito comprido e, depois de um café e alguns discos, tentamos de novo. E dessa vez conseguimos. A primeira vez de Norman. Eu me senti como uma puta velha, e ele adormeceu em cima de mim. Sabem que por um louco instante senti-me culpada por ter tirado sua virgindade?

# Europa

FATO: As moças que estão tendo uma vida sexual satisfatória ficam em Nova York. O resto quer passar as férias de verão na Europa.

Norman era um chato, meu trabalho exigia muita datilografia e minha amiga Madeline ia se casar. Eu já estava em Nova York há nove meses e parecia que simplesmente não estava no centro dos acontecimentos. Achei que talvez as coisas melhorassem se mudasse meu nome de Levine para Le Vine. Virou Le Vine por trinta dias e nada aconteceu. Não sei, quem sabe deveria ter mudado de Sheila para Sheilah?

Linda também não andava muito feliz naquela época. Depois de todos aqueles meses, descobrira que Henry Cox votara em Nixon, e não em Kennedy.

— Linda, não consigo compreender. Não se termina um namoro só porque ele não votou no mesmo candidato que você.

— Você não compreende, Sheilita. Ele votou em Nixon. Eu não posso ir para a cama com um homem que tenha votado naquele sujeito. Simplesmente não posso.

Andou melancólica por algumas semanas até que, certa tarde, voltou para casa cheia de prospectos de turismo.

— Sheilita, quanto você tem no banco?

— Não sei... uns 241 dólares.

— Ótimo! E quando são as suas férias?

— O Sr. Holland é muito legal nesse ponto. Os Esquilos só começam a cantar em setembro. Posso tirar duas semanas quando quiser, eu acho.

— Ótimo! Tenho duas semanas e há um milhão de vôos charter através da Associação dos Alunos da UNY que podemos arranjar e que custam apenas 180 dólares ida-e-volta; podemos gastar cinco dólares por dia e nossos pais podem nos dar um dinheirinho extra.

— Vamos, sim! Mas, Linda, eu não quero fazer aquela típica viagem de turismo, só visitando igrejas e museus. Eu quero realmente conhecer o povo.

— Eu também. Não suporto a idéia de fazer uma daquelas excursões que visitam 16 países em 14 dias.

— Certo. Temos, então, apenas duas semanas. Vamos só a Londres, Paris e Roma.

Estávamos morrendo de vontade de conhecer a Europa? Mal podíamos esperar para ver o Louvre? Imaginando como seria a Via Apia? Na verdade, estávamos era morrendo de vontade de sair de Nova York e nos apaixonar por um François francês ou um Toni autenticamente italiano. Pois é, vimos *A Fonte dos Desejos*. Tudo o que tínhamos de fazer era voar para lá — todos os solteiros da Europa estariam no avião. Não que fôssemos nos casar com eles. Voltaríamos e casaríamos com o velho rapaz americano, como Sandra Dee sempre fez. Mas por que não ter uma aventura louca com um homem que nos beija a mão?

*Vôo 204A. Embarque imediato para Londres.*

Era um aeroporto muito movimentado. Para cada passageiro que embarcava, havia três para a despedida. Os Minsk estavam lá, beijando e abraçando Linda, dizendo adeuses tristes e alegres ao mesmo tempo. Meus pais estavam lá, insistindo que, se não seguisse todos os seus conselhos, seria roubada, estuprada e deportada.

— Sheila, não se esqueça de se hospedar apenas em hotéis de categoria e botar papel higiênico nos assentos.

— Sheila, esconda o seu dinheiro em algum lugar. Não fique andando com ele e não o deixe no quarto.

— Sheila, se tiver algum problema, vá à embaixada americana mais próxima. Eles vão cuidar de você. Lembre-se, é um direito seu. Você é uma cidadã americana. Para isso pagamos impostos de sobra.

— O que vai fazer se perder todo o seu dinheiro?

— Vou na American Express.

— O que deve fazer se por acaso precisar de mais dinheiro?

— Telegrafo para casa.

— O que vai fazer se o assento do toalete for sujo?

— Vou à embaixada americana.

Então, como se tivesse ensaiado, meu pai afastou-se sorrateiramente e minha mãe chegou bem perto para me sussurrar:

— Sheila, você sabe que confiamos em você, *MAS,* Sheila, você vai para o estrangeiro, e um bocado daqueles homens tira vantagem das moças americanas bonitas. Não deixe que um gringo a toque você sabe onde.

— Mãmi, eu não sei onde.

E ela me lançou um olhar safado. Quando parti dos Estados Unidos, minha mãe tinha no rosto uma expressão safada.

Entramos no avião — Sheila e Linda, duas boas amigas — para vermos juntas a Europa. Duas jovens que haviam planejado na Rua 13 exatamente como seriam suas férias, uma com roupas do dia-a-dia e a outra com uma aparência maravilhosa.

No ano que havíamos passado em Nova York, Linda desenvolvera muito o bom gosto, a espécie de gosto que só as moças de NY têm. Sabia combinar os acessórios, acrescentar uma echarpe, colocar um cinto, jogar a bolsa sobre o ombro. Sabia exatamente como vestir o pretinho básico. Não comera nada, estava magra como uma modelo e desenvolvera o seu discernimento, seu *savoir faire.* Eu engordara uns três quilos desde que "deflorei" Norman, e acessórios não faziam parte do meu vocabulário. E daí? Linda sentou-se junto à janela e eu no meio. Ao meu lado sentava-se um desses tipos quietos e que estão sempre lendo, vestido com camisa esporte e calças de veludo. Conseguiu olhar através de mim, o que não era fácil, diretamente nos olhos de Linda. E começaram a conversar por sobre o meu estômago.

— Esta é a sua primeira viagem? (Ele)

— Sim. Estou tão animada. (Linda)

— Eu também. (Eu)

— Você vai adorar. Tenho ido sempre, já faz cinco anos, e cada vez gosto mais. (Ele)

— Você já foi cinco vezes? Que maravilha! (Linda)

— Maravilhoso! (Eu)

— Como é o seu nome? (Ele)

— Linda. E o seu? (Linda)

— Charles. (Charles)

— O meu é Sheila. (Eu, Sheila)

Será que tenho de contar que, quando me levantei para ir ao banheiro, ele sentou-se em meu lugar? Será que preciso contar que, quando aterrissamos, Charles pegou a sua bagagem e a de Linda e que eu me arrastei com a minha pela alfândega até o táxi? Será que tenho de contar que ele sugeriu uma pequena pensão, muito agradável, muito limpa e muito barata, com café da manhã incluído e quartos adjacentes? Será que preciso contar que Linda e Charles percorreram a cidade juntos dia e noite, nos braços um do outro, com seus cachecóis londrinos esvoaçando na brisa? E será que tenho de contar que vi a Torre de Londres, o Parlamento, o Palácio, Soho, Picadilly Circus, etc., etc., etc., sozinha, num ônibus de turismo? Será que tenho de contar que há um bocado de desconhecidos nos meus slides?

Mesmo apesar de ter visto Londres sozinha, eu me apaixonei pela cidade. Senti que tinha de viver lá um dia. Talvez conseguisse persuadir Frank Holland a abrir uma filial em Londres. E, se não conseguisse, talvez pudesse arranjar um emprego no Parlamento ou coisa parecida. Talvez uma boa moça fosse útil à Rainha. Para ela, eu até bateria à máquina.

— Bem, Srta. Levine, parece ser o tipo de moça que gostamos de ter aqui no palácio. Sabe datilografia?

— Sim, majestade.

— Bata à máquina esta carta para a Escócia. Ela é minha, tá.

Meu maior medo era que Charles, por amor a Linda, fosse nos seguir até Paris. Na nossa última noite em Londres, estava fazendo as malas e ouvindo o pinga-pinga das minhas roupas secando. Linda voltou, atirou-se na cama e anunciou que estava tudo acabado.

— Por quê, Linda? Não vá me dizer que ele votou no Nixon?

— Votou no Kennedy. Chequei isto logo no primeiro dia.

— E o que há de errado, então?

— Ele não gostou de *O Apanhador no Campo de Centeio.*

— Esta é a única razão?

— Mas você não compreende, Sheila? É o meu livro favorito. Já li dezessete vezes. Nunca poderia me casar com alguém que não ame Salinger. Não quero que esse tipo de homem seja o pai dos meus filhos.

No mesmo instante em que vi Paris, soube que queria viver lá um dia. Na primeira noite, pensei em trocar de novo meu nome para Le Vine. Por que não podia ser uma americana em Paris? Voltaria a Nova York, trabalharia por mais um ano, economizaria todo o meu dinheiro — não entraria uma única vez na Ohrbach's durante o ano inteiro — e poderia voltar para a minha Paris. Viveria na Rive Gauche a pão e queijo e talvez, ocasionalmente, um hambúrguer de um fast-food americano, usaria um bocado de suéteres de gola rulê pretas e teria aquele ar divino de esfomeada.

Claro que minha mãe seria contra a idéia, a princípio. Iria provavelmente soluçar no aeroporto. Mas tudo seria perdoado quando conhecesse Jacques, o meu marido judeu-francês, e Pierre e Martine, dois amores de crianças que iriam à escola de mochila e usariam meias azul-marinho o ano inteiro.

Minha mãe ficaria particularmente encantada quando eu a apresentasse à minha melhor amiga, Brigitte Bardot. (Ficamos amigas porque ambas tínhamos casa em St. Tropez e usávamos o mesmo tamanho de biquíni.)

Linda odiou Paris.

— Linda, como pode odiá-la? Nunca ouvi uma coisa dessas. Como se pode odiar uma cidade inteira?

— Simplesmente não me diz nada.

— Mas ela é belíssima. Tem que admitir que é bonita. O Louvre, as Tuileries, a Torre Eiffel. Para onde quer que se olhe, é bonita.

— É legalzinha.

— Legalzinha? Nunca, mas nunca mesmo, ouvi alguém dizer que Paris é legalzinha.

Bem, era óbvio por que Linda estava de mau humor. Recebera, através do escritório da American Express, uma carta de 16 páginas de Henry Cox, onde ele se desculpava profusamente por ter votado em Nixon, e como compreendia agora que tolo tinha sido. Linda não sentiu nenhuma compaixão por Henry Cox, achou até que ele era bem pior por não manter suas convicções, e queria atirar a carta na pira do Túmulo do Soldado Desconhecido. Não conseguimos chegar perto o bastante, por isso ela a atirou na cesta de lixo lá no alto da Torre Eiffel.

Quando voltávamos ao hotel (o Montana — nós o descobrimos no *Europa por Cinco Dólares por Dia*) na noite anterior à nossa partida, dois franceses feiosos num Peugeot nos berraram uma obscenidade em francês. Foi como mágica, melhorou imediatamente o estado de espírito de Linda. No nosso último dia na Cidade-Luz, Linda sorriu, tirou centenas de fotos e assobiou *I Love Paris.* E, quando já estávamos no avião para Roma, me disse:

— Sabe, Sheilita, eu gostaria realmente de viver aqui algum dia. Talvez faça o meu mestrado em artes na Sorbonne ou coisa assim. Poderia viver com pouco dinheiro na Rive Gauche e comer pão com queijo. Não seria ótimo?

Houve problemas em Roma. Em primeiro lugar, mandei um cartão-postal para Norman. Não tivera notícias dele e resolvi mandar um cartão, pombas. Nunca mandei um postal para um cara que não me arrependesse.

CARO NORM,

Bem, já estamos em Roma. Já recebi três propostas — de um lorde inglês, um duque francês e um conde italiano. (É brincadeira.) Sério, gostaria de viver em Roma um dia.

Até breve,

SHEILA

Tentei meter a mão na caixa do correio para pegá-lo de volta.

Em segundo lugar, Linda e sua última conquista desapareceram por horas a fio. Fico nervosa só em me lembrar.

Linda e eu estávamos jantando um prato de *prix fixe* em um pequeno restaurante perto do hotel. Era lindo: até mesmo o ar em Roma é diferente. Eu me sentia uma mulher do mundo e ao mesmo tempo não acreditava que estivesse realmente lá. Parecia que o meu lar ficava logo ali na esquina. Linda estava começando a se lembrar da Assistência Social, e eu de Frank Holland e seus discos. Havíamos decidido, durante a viagem, que íamos arranjar novos empregos assim que voltássemos. Estávamos nos desperdiçando. Éramos boas demais para aqueles tipos de trabalho. Tínhamos estado na Europa!

— Preciso voltar logo pra cá.

— Podíamos voltar no próximo verão.

— Não, Sheila, não apenas nas férias. Eu tenho que morar aqui.

— Eu também. Acabei de escrever a Norman exatamente a mesma coisa. Se você não quer o seu espaguete, eu como.

Dois sujeitos em quem nem havíamos reparado vieram até nossa mesa perguntar se podiam sentar conosco. Já repararam que quando dois caras abordam duas moças, automaticamente o mais alinhado escolhe a mais alinhada?

Eram americanos — nada menos que do Meio-Oeste — com camisas sociais, calças cáqui e tudo o mais. O de Linda chamava-se Rick de Tal, e o meu era Joe, apenas Joe. Antes que me desse conta, Linda e Rick se foram para algum lugar ignorado. Joe e eu, na traseira da sua Honda, fomos a um bar freqüentado por um bocado de universitários americanos, e reparei pela primeira vez ser mais velha que o meu companheiro, o que era assustador. Sempre pensei em mim como muito, muito jovem. E ali estava Joe cumprimentando adolescentes de camiseta — Dartmouth, Rochester, Ithaca, etc. Todos falavam da escola no outono. Aos 22 anos eu me sentia cheia de rugas.

— Sheila, qual é a sua escola?

(Engolindo em seco e muito baixinho.)

— UNY. — Fiquei nervosa. E se alguém do grupo tivesse me visto colar grau?

Linda e Rick não apareceram, e Joe não parecia nem um pouco preocupado. Eu, naturalmente, comecei a me preocupar quando voltamos ao hotel e Linda não estava lá. Joe ficou esperando comigo, já que ele e Rick ainda não tinham decidido onde iam passar a noite. (Como é possível ser assim?) Ficamos sentados nas cadeiras duras e desconfortáveis do pequeno saguão, esperando, esperando, esperando.

Bem, sou a primeira a admitir que tenho tendência para entrar em pânico, que fico transtornada por qualquer motivo. Mas se a melhor amiga que vocês têm no mundo saísse de moto com um estranho em um país estrangeiro, e fossem três e meia da manhã, não ficariam em pânico? Pois eu fiquei.

— Joe, acho que devíamos fazer alguma coisa ou chamar alguém. Qualquer coisa.

— Mas o que podemos fazer? Quem podemos chamar? — perguntou ele, mas permaneceu despreocupado.

— Que tal a embaixada americana?

— Às três e meia da manhã?

Quando me levantei para fazer alguma coisa — não sei o quê —, entra o Rick sem a Linda.

— Joe, por onde você andava? Ficamos te esperando no Mark's.

— Onde está Linda? — perguntei.

— Eu não sabia que íamos voltar ao Mark's. Você não me disse.

— Onde está Linda? — perguntei novamente.

— Eu disse a você. Gritei na hora que estávamos saindo do restaurante.

— Onde está Linda? — de novo.

— Eu não ouvi.

— Onde está Linda? Onde está Linda? — mais uma vez.

— Deixa disso. Procurei você por toda parte. Estou exausto e temos que sair para Madri de manhã.

— ONDE ESTÁ LINDA? — berrei.

— Quem?

— Linda, a garota com quem você saiu.

— Eu a deixei aqui no hotel logo depois do cinema.

— Você tá brincando comigo! Ela não está aqui. Estou nervosíssima.

O que esses garotos não-judeus, um Rick e um Joe, sabem sobre nervosismo? Aposto que aqueles dois tinham mães louras, sem peito, e muito controladas, que não ficavam nervosas nem mesmo quando eles coçavam a catapora.

— Eu a deixei aqui e acho que ela subiu. Vamos, Joe, vamos sair cedo, mesmo que você não acorde.

— Adeus, Sheila, foi um prazer conhecê-la.

— Foi um prazer. Obrigada pelo drinque e por tudo. Obrigada.

Subi e fiquei sentada na cama, olhando para as paredes. Não precisa ficar nervosa. Linda foi obviamente seqüestrada pela Máfia, que queria que ela dirigisse um bordel ítalo-judaico-americano. A embaixada americana... telefone para a embaixada, Sheila. A pobre Linda está provavelmente caída em alguma rua escura, fraca demais para se mover por causa de uma terrível dor de barriga. Telefone para a embaixada americana. Acharam que ela era uma espiã e está agora sendo torturada pelos fascistas, que querem lhe arrancar segredos. Vamos, telefone para a embaixada!

De novo no saguão. Telefonei para a embaixada, e estava todo mundo dormindo. E se a Itália declarasse guerra aos Estados Unidos? A embaixada americana só saberia de manhã.

O homem do balcão viu a aflição estampada no meu rosto.

— *Polizia*?

— Sim, por favor, *polizia*.

— *Polizia*? (E discou para lá.)

— Não falo italiano. Pode dizer a eles que minha *amico, monamie*...

Ele sabia o que eu estava dizendo. Tinha me visto esperar horas no saguão do hotel. Falou com a *polizia* e me fez sinal para que ficasse calma. Sorri para ele e continuei sorrindo. Era a única maneira de deixá-lo ver que estava grata pelo que tinha feito. Um bocado de sorrisos e de *grazie. Grazie. Grazie. Grazie.*

A *polizia* chegou e comecei a *graziá*-los sem parar. Falaram por longo tempo com o porteiro, aos risos e abraços, divertindo-se enquanto a minha Linda estava provavelmente amarrada na Fontana di Trevi. Finalmente, fizeram-me sinal para que os seguisse. Eu fiz-lhes sinais também: "Devo ir junto?" E eles me fizeram mais sinais: "Sim, sua débil, deve vir também."

O gerente falou:

— Vá *polizia*.

— Ai-ai, sinto muito ter provocado toda essa onda. Eu realmente não quero ir. Sinto muito, mas por que não vamos todos dormir e eu telefono para a embaixada americana quando eles acordarem?

Eles não compreenderam uma sílaba e fui metida no carro da *polizia*. Para que fui começar tudo aquilo? Eu, Sheila Levine, a caminho de uma delegacia de polícia. E com a minha sorte costumeira, não fui parar lá e, sim, num grande prédio iluminado no centro da cidade. Luzes por toda parte e gente andando por todos os lados como se fosse pleno dia.

Parecia um grande hospital. Será que estavam me levando lá por acharem que Linda estava doente? Não! Não era um hospital. Estávamos em uma sala muito iluminada e muito fria onde algumas pessoas choravam. Havia outros *polizia,* um homem de jaqueta branca e um bocado de gente dormindo em mesas. Espera aí... o que é isso... SOCORRO... essa gente não está dormindo. A pequena Sheila Levine, de Franklin Square, Long Island, Nova York, estava no necrotério romano. Pô, mas que choque! A *polizia* apontava e fazia perguntas, eu estava me sentindo enjoada e achando que só podia estar tendo um pesadelo, aquilo tudo não podia estar acontecendo comigo. Tapei os olhos, mas lançando rápidas olhadelas aos ex-italianos que jaziam nas mesas. Tudo era muito feliniano. Aquelas caras. Graças a Deus, havia poucas mulheres e Linda não estava lá. Tudo bem, não é ela, pode fechar a gaveta. Não, não é a minha amiga. Feche a gaveta. Não, não precisa abrir outra. Obrigada, em todo caso. Olhei em torno. Todo o resto das pessoas olhava e se benzia, e resolvi me benzer também. Quando em Roma, faça como os romanos. Sinto muito, rabino, mas como pode ter sido um pecado, se o sinal-da-cruz veio do Velho Testamento?

Levaram-me de volta ao hotel. Já era dia claro e a Srta. Minsk estava sentada no saguão.

— Sheila, onde é que você andava? Estava muito aflita e já ia chamar a polícia.

Caímos nos braços uma da outra, chorando, exaustas e aliviadas.

— Por onde eu andava? Eu estava te procurando.

— Conheci um rapaz, Gary, que está hospedado aqui mesmo no hotel. Falamos horas a fio, e ele votou em Kennedy e adora Salinger.

— Mas até as seis da manhã, Linda?

— Não reparei que era tão tarde. Desculpe.

— Tudo bem. Preciso conhecer Roma melhor.

— Você realmente gostaria de viver aqui um dia?

— Não. Eu gostaria de morrer aqui. Eles têm um necrotério fantástico.

*Vôo 432 para Nuove York.*

Naturalmente, Charles também estava no avião, já que participava do vôo charter dos alunos da UNY. Ele e Linda se ignoraram durante toda a viagem, o que não foi fácil, já que estávamos novamente nos mesmos lugares, e eu, claro, no meio outra vez, o que tornou as coisas mais fáceis para os dois e mais difíceis para mim.

As duas semanas haviam passado tão rápido que mais pareciam um sonho breve.

— Não posso acreditar que tenham acabado.

— Temos que voltar, Sheila.

— No ano que vem, você deve estar provavelmente casada e virá com o seu marido.

— É. (O que ela quer dizer com esse "É"? Por que não diz "Você provavelmente também estará casada, Sheila, e virá com o seu marido"? Gostaria de saber por que não disse isso.)

— Já estamos no apartamento há um ano. Mal posso acreditar. Passou tão depressa. Lembra-se de quando encontramos o cara que mora do outro lado do corredor, e você não quis acreditar que ele era gay?

— Você não tem provas.

— Lembra-se da festa de Halloween...

— E de todos aqueles rapazes...

— E da noite em que ficamos do lado de fora sem poder entrar...

— A primeira noite que passamos lá...

— Tem sido ótimo. Muito divertido. Fico contente em não ter me casado assim que saí da escola. Olhe só o que já fizemos: arranjamos emprego, temos o nosso próprio apartamento e conhecemos a Europa.

— É, eu sempre quis ter o meu próprio apartamento antes de tomar um rumo definitivo, pois assim posso saber o que quero. Entende o que quero dizer?

— Sei exatamente como se sente. Quero dizer, sinto-me como se tivesse vivido, sabe o que quero dizer?

— Sei. Claro que sei.

Estávamos fazendo racionalizações, preparando-nos para o nosso segundo ano de solteira em Manhattan. Em nossos planos originais devíamos estar àquela altura pelo menos noivas. Tínhamos ouvido falar de uma amiga atrás da outra que havia encontrado o seu príncipe. Aos 22 anos, já estávamos nos dizendo que ainda não era tarde demais, que as coisas não aconteciam tão depressa como esperávamos, mas que aconteceria a nós como a outras. Ainda tínhamos um bocado de amigas solteiras à procura. É que nenhuma de nós esperava ficar procurando tanto tempo.

Alfândega: relógios, perfumes, luvas e rendas, tudo declarado porque eu tinha medo. Linda trouxe um monte de roupas ilegais. Minha valise foi revistada, a dela não.

Do lado de fora, vi meus pais, e meus olhos imediatamente procuraram por Norman. Não estava lá. Fiquei desapontada. Norman ao menos era alguém para odiar, e isso é melhor do que nada.

— Oi...

— Oi...

— A viagem foi maravilhosa. Vou contar tudo a vocês. Tenho um bocado de slides, cartões-postais e tudo o mais. Cadê o Norman?

— Ele tirou férias também. Foi com os pais para Atlantic City. Vamos embora, levamos vocês até Nova York.

Linda chegou para cumprimentá-los.

— Sheila, o Charles está com o carro aqui. Ele vai nos dar uma carona, se você quiser.

Pude ver o alívio estampado no rosto de meu pai, que dirigia cerca de 110 quilômetros por dia e ficava feliz por não ter que fazer aquela viagem num fim de semana.

— O Charles, o cara que você não suporta?

— Não o suporto, mas é uma carona. Assim, meus pais podem ir para casa por Throg's Neck.

— Falou.

Botamos a bagagem no carro, Linda e Charles sentaram-se na frente, eu no lugar habitual: sozinha no banco de trás. Ninguém disse uma palavra. Estávamos cansadas e pensando no que faríamos a seguir. Devíamos trocar de emprego? Devíamos procurar algo mais interessante? Devia parar de ver Norman porque as pessoas vão achar que estamos namorando? Devo vender o casaco de pele e fazer uma plástica no nariz?

Saltamos na esquina e conseguimos nos arrastar e à nossa bagagem até lá em cima, sem qualquer ajuda das pessoas a quem demos caixinha no último Natal. Bastou um olhar ao nosso apartamento e vimos que tínhamos sido roubadas.

Mais do que isso — fôramos saqueadas. Cortinas arrancadas, lençóis atirados por todo lado, papel higiênico por toda parte, a televisão sumida, o som idem, marcas de pés nas cúpulas dos abajures. Oh, Deus, não! Estou tão cansada. Por que não roubam uma pessoa quando ela está com energia bastante para suportar?

— Pare de chorar, Linda.

— Está tudo um caos. A casa toda está de cabeça para baixo. Onde está Kate? Onde está Joshua? Graças a Deus que estava com o meu anel de opala. Virou tudo uma puta zorra.

— Pare de chorar, Linda. Quem é que podemos chamar?

— Meu pai.

— Largue esse telefone, Linda. Seu pai vai dizer à sua mãe, que vai dizer à minha, que vai contar a meu pai, e, antes que a gente se dê conta, você vai estar em Parsippany e eu em Franklin Square.

Ela desligou e, mal pôs o fone no gancho, tocou o telefone.

— Sheila?

— Sim, mãmi?

— Está tudo bem? Tenho uma sensação estranha de que devia ter levado vocês até aí. Estou com a sensação de que algo aconteceu. — A mulher, decididamente, era uma bruxa. Trezentos anos atrás teria sido queimada em uma fogueira. Hoje em dia é vidente.

— Está tudo bem, mamãe. Não se preocupe.

— Certo. Por que não relaxam um pouco? Liguem a televisão ou o som e relaxem.

(Como ela podia saber?)

— Tá bem. Até logo.

Voltei-me para minha amiga:

— Linda, vamos chamar a polícia. [É assim que se chama neste país, não é? Quanto vale um dólar? Não é fácil ser uma experimentada viajante.] Eles vão resolver tudo. Já devem ter prendido o cara que fez isso e estão com todas as nossas coisas à espera. — Eu realmente acreditava naquilo.

— Chame você, Sheila. Você é ótima nessas coisas. (Pergunta: Como é que me tornei ótima nessas coisas? Resposta: Não tendo homem. Assim aprendi a falar com a polícia e consertar vasos sanitários.)

411...

— Informações, o que deseja?

— Informações, gostaria que me desse o número de telefone da delegacia mais próxima de minha casa, na Rua 13 Oeste, 25, Edifício Mont Parnasse.

— Quer que faça uma ligação direta? É uma emergência?

— Não sei.

— Como não sabe?

— Um minutinho, vou perguntar à minha amiga. Linda, é uma emergência?

Ela encolheu os ombros.

— Minha amiga também não sabe. Acho que não é.

— O número é 555-1090.

— Obrigada.

555-1090.

— 28ª Delegacia de Polícia, em que podemos ajudar?

— Meu apartamento foi assaltado e...

— Sim?

— Queria dar queixa ou coisa parecida.

Eles vieram. (E mostrando os distintivos.)

— Sou o Sargento Riley e este é o Sargento Kelly. [Mais irlandeses, só pode ser brincadeira.] Você deu parte de um assalto?

— Sim, nós estávamos fora, viajando pela Europa, e fomos roubadas.

— Você é dançarina?

— Não. (Dançarina?)

— Muitas dançarinas são roubadas. Dão aulas particulares em casa e os estudantes as roubam.

— Não, não tem nenhuma dançarina aqui.

Fizeram algumas perguntas, tais como os nossos nomes e se eu suspeitava de alguém.

— O que está faltando?

— Acho que as duas coisas mais valiosas são a televisão e o som. (Só eu respondia. Linda estava lá sentada, completamente inerte.)

— Tem os números de série?

— A televisão era uma Emerson ou uma RCA. Acha que pode achá-la?

— Tá de brincadeira comigo? Não sabe os números de série?

— Não. (Linda ficou zangada por eu não saber.)

— Não há a menor chance de ver suas coisas de novo.

— Não podem verificar nas lojas de penhores? Fizeram isso uma vez em *Dragnet*...

— Nada vai aparecer, e, se você acha boa essa sua idéia... deixa pra lá.

— Bem, de qualquer maneira, obrigada.

— Tem sorte de estar viva. Boa-noite.

— *Grazie*... quero dizer, obrigada. Acabamos de chegar da Europa.

Riley e Kelly olharam-me como se eu fosse uma louca, e fiquei contente por estar planejando me mudar do país.

# O Segundo Ano

SE ACHAM QUE as coisas melhoraram, é meu dever informar a vocês que tive um segundo ano bem podrão em Nova York.

Norman esgueirou-se de volta à minha vida. Não achei que isso pudesse acontecer, já que estivera na Europa, mas aconteceu. Retornei ao conforto de ter um encontro no sábado à noite e não precisar fazer dieta. Via-o agora às terças, quintas, sábados e domingos. Nas terças e domingos, fazíamos tudo para não termos que conversar. Nas quintas, quando Linda estava estudando Religiões Orientais na UNY, e aos sábados, quando tinha encontros com Rapazes em Ascensão, trepávamos. Eu colocava o diafragma e trepávamos. O que aconteceu aos bons e velhos tempos do sorvete feito em casa e das camisinhas? Lembra-se, Madeline, como em todas as nossas conversas sobre sexo costumávamos falar sobre os rapazes que carregavam camisinhas?

Por isso, pergunto: quando? Quando isso passou a ser função feminina? Parece que foi no mesmo ano em que os macacões entraram na moda. Vista-os, mas lembre-se de que, se usá-los, as camisinhas estão fora de questão. E eu, como todas as outras garotas, fui ao meu ginecologista, paguei dez dólares, fiquei com vergonha da enfermeira e consegui minha proteção. (Os ginecologistas estão todos no negócio da proteção — espalhem geral.)

Linda voltou ao trabalho na Assistência Social porque era do tipo que lhe permitia procurar outro. Andava apaixonada novamente, agora por um cara chamado Ivan Lumak, um advogado contratado pelo Comitê de Fuga do Recrutamento Militar. Era tudo o que Linda sempre desejara. Boa-pinta, alto (como Linda, tinham que ser altos), alourado, de olhos verdes e queixo forte. E era politizado. Linda precisava ter alguém com consciência social. Ivan ainda tinha outro atributo: era rico e independente. Seu pai era o Lumak dos Sutiãs Veste-Bem, dono de uma pequena fortuna. Linda tirara a sorte grande — alto e rico. Até a mãe dela estava encantada.

— Linda está saindo com os Sutiãs Veste-Bem — era o comentário geral em Parsippany.

Dessa vez fiquei horrivelmente enciumada. Eu tinha, e estou admitindo isso pela primeira vez, uma queda por Ivan Veste-Bem Lumak. Era duro, muito duro, vê-lo o tempo todo. Meu coração reagia de verdade, com taquicardias e tudo o mais. Bastava ele sorrir e eu ficava sem fôlego. Um alô dele ao telefone e quase entrava em coma. Um simples "como vai" e ficava meio fora de mim por 24 horas. Vocês têm uma pálida idéia da tortura que era, da dor? Noite após noite, eu os via sair de braços dados. Eu era como um abutre à espera do momento em que Linda o largasse.

O que querem que se faça quando se está louca e insanamente apaixonada pelo namorado de sua melhor amiga? Tentei tirá-lo de minha cabeça e não adiantou. Ele visitava Linda um bocado e eu não saía tanto assim; lá estava eu, pronta para lhe abrir a porta. Tentei ficar longe dele. Quando aparecia, esforçava-me para ficar no meu quarto, mas não conseguia. Aparecia como que sem querer, toda maquilada e com o roupão de plumas de Kate.

— Oh, desculpe. Não sabia que estava aqui, Ivan [respiração ofegante]. Vou só preparar uma xícara de chá. Sou ótima cozinheira, não é mesmo, Linda?

— Sheila é ótima. Faz uma lasanha fantástica. (Ou Linda não sabia o que eu estava tentando fazer, ou não me considerava uma ameaça.)

— Gosta de lasanha, Ivan?

— Adoro.

(Tum... tum... tum. Pare com isso, coração.)

— Para você, faria com o maior prazer. Que tal amanhã? Será que gostaria de comê-la hoje? Posso botar uma roupa e ir até a mercearia comprar umas coisas e...

— Não, obrigado, Sheila. Linda me serviu uma comida congelada que, por sinal, deixou queimar. (E beijava a mão que arruinara seu jantar.)

— Bem, vou para o meu quarto ler um pouco de Voltaire e cerzir as meias. Linda, quer que arrume a sua cama?

— Não, não precisa. Vou desarrumá-la mesmo de qualquer jeito.

— Bem, *bon soir.*

— Boa-noite, Sheilita.

— Boa-noite, Sheila.

Boa-noite! Ele me disse boa-noite. Acho que não posso agüentar.

O pior em tudo aquilo é que Linda não gostava dele tanto assim. Estava sempre o criticando.

(Tirando a roupa) — Ivan é tão chato às vezes.

(Eu, deitada na cama) — Sei o que quer dizer. É terrível quando as pessoas são chatas. Eu não as agüento nem dez minutos.

— E é pão-duro. Tem todo aquele dinheiro, sei que tem, e terminamos sempre jantando comida congelada no apartamento dele.

— Mas que horror. Isso é péssimo. O que vai fazer, Linda? Deixar de vê-lo? (Por favor!)

— Não sei. Há tantas coisas nele que me irritam. Como essa história de que é muito liberal, mas não acho que seja. Acho que gosta só de que o chamem assim. Sabe o que eu acho? Que no fundo seus valores são típicos da classe média.

— Você está certa. É incrível como vocês não combinam. Fico surpresa que esteja com ele todo esse tempo.

— Mas, por outro lado, há algo nele que me agrada.

— É mesmo?!? Acho que não é um fã tão grande do Salinger como diz que é.

Dizem que tudo é válido no amor e na guerra. Tentei por várias semanas encontrar-me casualmente com ele, perto do trabalho e da casa dele.

— Oi, olá, Ivan.

— Oi, Sheila, o que está fazendo por aqui?

— Meu dentista fica logo ali na esquina. Vou fazer o meu check-up.

— Estou tão feliz por encontrá-la. Se soubesse quanto tenho desejado estar com você nestes últimos meses. Continuei a ver Linda só para poder te ver.

— Ó Ivan.

— Shhh, não fale nada. Venha, Sheila. Até que enfim. Esqueça o check-up. Seus dentes, como todo o resto de você, são lindos.

... Fantasia.

Realidade...

Finalmente me encontrei com ele na frente de seu prédio.

— Oi, olá, Ivan.

— Oi, Sheila, o que está fazendo por aqui?

— Sempre compro filé mignon aqui perto. Eles têm o melhor filé da cidade. [Agindo como se acabasse de ter uma bela idéia. Lâmpada acesa sobre a cabeça.] Escute, que tal se eu comprasse uns bifes de filé e fizesse um para você, com batata assada, iogurte, cebolinhas e uma salada?

— Parece ótimo. Bem que gostaria, mas estou exausto. Vou esquentar um congelado e ir para a cama.

— Que tal amanhã à noite?

— Acho que não dá.

— Tchau.

— Tchau, Sheila.

Certo, Norman é um bom rapaz, é verdade, mas não me estimulava de jeito nenhum. Aos 22 anos não me achava madura o bastante para me prender a ele. Não que tivesse outra escolha — não havia nenhuma proposta à vista. No Natal, ganhei dele uma echarpe de lã e não um cintilante anel de brilhante, com uma pedra pequena porém perfeita. E, se não ganhei, como poderia atirá-lo na cara dele? Como ia chamar as amigas e dizer-lhes que rompera o noivado e cancelara o casamento, quando nada disso despontava no horizonte?

É, Norman é um bom rapaz, mas era ruim de cama, dava uns presentes mixurucas e não se podia levá-lo a qualquer lugar. Não é verdade — Norman era o tipo de rapaz que não se podia levar a lugar *nenhum*. Ivan encaixava-se em qualquer lugar, Norman não. Em janeiro do segundo ano em que estávamos morando em Manhattan, Kate arrumou um papel num show off-off-Broadway. Fazia o quarto papel em uma produção chamada *Renascimento,* em que tinha que usar uma grande capa preta, um bocado de maquilagem branca, e dizer um monte de "foda-se" e "que merda". Naturalmente, ficamos todos muito orgulhosos dela. E o que tudo isso tem a ver com Norman?

Linda e eu fomos convidadas para a noite de estréia. Tivemos que pagar entrada, mas era agradável ser convidada de qualquer maneira. Fazia-nos vibrar. Também fomos convidadas para a confraternização depois da peça. Bem, uma festa de noite de estréia não é exatamente aonde se leva um rapaz de jaqueta marrom toda pintalgada. Ali estava a minha chance. Podia ir sem Norman — só para ver como me saía. Provavelmente, algum cara maravilhoso ia me abordar, começaríamos a conversar, ele me levaria para casa, ficaria com o número do meu telefone; aí eu começaria a sair com ele e a deixar de ver Norman gradualmente. Fiquei imaginando se deveria convidá-lo para o casamento.

Convidei Joshua para ir comigo. Não era difícil falar com ele. Estava passando pelo menos três noites por semana no nosso sofá. Nas outras, ia a festas. E não me refiro aos sábados à noite ou a ocasiões especiais. Quero dizer quatro, cinco, seis noites por semana. Nem ao menos procurava emprego, não havia tempo para isso. Entre preparar-se e ir a festas, não tinha tempo para mais nada.

E, assim, Joshua, usando calças de veludo bege, camisa azul-clara e jaqueta de camurça marrom, Sheila, com um vestido sem graça de gola rulê verde e a capa de pele da formatura, Linda, maravilhosa, com os cabelos escuros cascateando sobre um vestido de malha cor de ameixa, e Ivan, o Belo, vestindo não-me-lembro-mais-o-quê, tomaram um táxi e foram, pela neve suja de janeiro, até o porão da Igreja Memorial Judson assistir a *Renascimento.*

Gostava de sair com Joshua. Não abria portas, não puxava cadeiras para a gente se sentar nem segurava a minha mão, mas era muito bonito. E já fazia muito tempo que eu não era vista com qualquer coisa apresentável.

Peça estranha, aquela. Um bocado de gente representando um bocado de símbolos. Uma dessas coisas cerebrais que enchem mortalmente o saco, mas que as pessoas têm medo de revelar para não serem classificadas de estúpidas pelos pseudo-intelectuais. Vamos apenas dizer que havia um bocado de frases do gênero "A Mãe-Terra impera sobre nós". Kate e cinco atores e atrizes resvalavam pelo palco de pés descalços e maquilagem branca, ajoelhando-se e berrando.

No intervalo:

— Adoro o uso que o diretor faz do movimento abrupto, em oposição direta à fluidez do texto do autor. (Joshua)

— Sinto que o autor tenta nos comunicar que o bem e o mal existem em todos os homens. (Sheila)

— Com o emprego das máscaras, que eu acho brilhante, o que estão realmente exprimindo é que todos os homens são iguais. (Ivan — puxa, ele é lindo)

— O tema me parece ser a fraternidade, como se todos nós pudéssemos usar o "renascimento" ou a fraternidade que existe dentro de nós. Se todo mundo visse esta peça, o mundo seria um lugar melhor. (Linda)

O segundo ato de *Renascimento* era igual ao primeiro — um bocado de gente maquilada se ajoelhando e berrando. A peça terminou com os seis atores enfileirados à beira do palco com os braços estendidos, enquanto as luzes passavam do verde para o vermelho, de volta ao verde e depois — apagar das luzes. Aplausos... aplausos... aplausos... Os atores cumprimentaram — um a um — o público, com reverências dramáticas... Aplausos... aplausos. Em seguida, fizeram uma curvatura em uníssono, ainda muito tensos, sem sorrisos e enxugando o suor. As luzes se acenderam, e a platéia, cerca de 24 pessoas, todas amigas ou parentes dos membros da equipe, e mais uns dois padres que sempre iam a essas produções da igreja retiraram-se em silêncio.

Nos bastidores, Kate bancava a estrela no robe de plumas. (Será que Ivan ia reconhecê-lo?) Retirando a maquilagem com o clássico *cold cream* usado pelas estrelas há mais de um século, levantou-se graciosamente da improvisada mesa de camarim para nos cumprimentar. Kate tinha estilo. Havia três moças no camarim, que obviamente funcionava como uma sala de catecismo, e ela era a única a ter rosas de caule longo.

— Fico tão contente que tenham vindo. (Soava como Julie Andrews na noite de estréia de *Camelot*.)

A festa era em um sótão, o primeiro e último em que já estive. Há sempre rumores sobre sótãos, tais como — um amigo meu tem um sótão fantástico de frente para o parque de Washington Square por cinqüenta dólares por mês.

Todos falavam bem da peça, e nosso anfitrião era o diretor. Não era o tipo de festa que se espera pelos críticos dos jornais, porque não era do gênero a que os críticos comparecem. É do tipo em que o diretor fica prometendo aos atores, que estão trabalhando sem receber, que o crítico off-Broadway do *New York Times* vai aparecer na próxima quarta-feira.

Joshua e eu nos separamos assim que chegamos lá. Afinal, não queríamos fazer concorrência um ao outro. Ele enveredou para o diretor e eu para os amendoins. Linda e Ivan estavam empenhados numa conversa íntima e intensa em um canto, por isso fiquei bebendo o meu refrigerante, comendo meus amendoins e tentando me misturar às pessoas. Suportei três conversas.

A número um foi com um jovem temperamental de suéter de gola rulê que achei atraente. Admito que fui eu quem a começou.

— Oi, o que achou da peça? Eu gostei muito.

— Achei pretensiosa.

— Sei o que quer dizer.

— Sobrecarregada demais.

— Sei o que quer dizer.

— Se fosse eu quem a tivesse dirigido, teria sido bem diferente. Entende o que quero dizer?

— Entendo. Você é diretor? (Se sente insultado e se afasta.)

... Fim da conversa número um.

A número dois foi com outra moça solteira, do Departamento de Teatro da UNY, Pesha Pinkus, assistente de uma compradora de bolsas femininas. Essa foi ela quem começou, e não há nada pior do que se deixar envolver por uma longa conversa com uma moça numa festa. Toda garota solteira sabe que cada minuto gasto falando com outra moça é um minuto desperdiçado.

— Oi. (Pesha Pinkus falando)

— Oi. (Aqui Sheila Levine)

— O que há de novo?

— Nada de especial. (Sheila Levine tentando livrar-se da conversa.)

— Estou trabalhando no Bonwit's e é uma moleza. Posso tirar o tempo que quiser para o almoço e... [Meu Deus, como vou me livrar dessa mulher e circular? CIRCULAR! É a coisa mais importante para fazer numa festa. A única chance. Há um cara lá de copo vazio...] O horário é ótimo e minha chefe também. Sabe tudo sobre bolsas. Descobriu uma de falso crocodilo... [O cara está se movimentando, está circulando, está falando com outro sujeito, graças a Deus.]

— Desculpe, Pesha, tenho que... (Pesha, por favor, isto é muito importante para mim. Tem um cara bem ali.)

— Espere, preciso te contar quem eu vi outro dia. Lembra-se de Bob Lankey? Topei com ele no metrô, na linha do Brooklyn, ou talvez na 5, mas, de qualquer jeito... [Me deixa, Pesha, me deixa!] Vi logo que era Bob Lankey no minuto que botei o olho nele. [*Tenho* que circular, Pesha, por favor, não me sobra muito tempo nesta festa, querida.] Rimos muito sobre aquela vez...

— Desculpe, Pesha...

— Não gostaria de saber do que estávamos rindo?

— Não.

... Fim da conversa número dois, fim da amizade de Pesha e fim da chance de arranjar bolsas com desconto. Fugi direto para a conversa número três.

— Oi. (Eu falando com o rapaz engraçadinho que vira antes. Não me dirigi diretamente para ele — fui levando uma tigela de amendoins. O caminho para o coração de um homem é através de seus amendoins.)

— Oi. (Um sorriso amigável, e eu me joguei.)

— Assistiu à peça de hoje?

— Não, mas minha mulher assistiu. (Epa. Não estou acostumada com isso. Sou jovem demais para reconhecer os casados.)

— E o que ela achou? (Como vou sair dessa numa boa?)

— Ela não gostou. Você gosta de cenas?

— O quê? (Eu não sabia bem "o quê". Lembrem-se de que me formei em arte dramática e, para uma bacharel bastante ingênua desta arte, uma cena é parte de uma peça que se representa diante do pessoal do departamento. Estava numa festa em que há um bocado de gente de teatro, com algumas exceções, claro, como Pesha e suas bolsas. Achei que estava sendo descoberta. Adeus Gravadora Frank Holland. Alô, off-off-Broadway. Saudações à off-off-Broadway?)

— Uma cena... está interessada?

— Acho que sim. (Que nome devo adotar? Sheila Lee?)

— Ótimo! Minha mulher adora cenas. (Sinto-me confusa.)

— Sua mulher gosta de cenas? (Estou sem graça porque sinto que estou fazendo perguntas idiotas.)

— É, mas não gosta de lésbicas. Você é lésbica?

... Fim da conversa número três e fim da festa.

Joshua estava entediado, Linda e Ivan já tinham ido embora, portanto, até-logo-obrigada-foi-ótimo.

Por que, entre todas as noites da minha vida, escolhi essa para prospectar? Por que é diferente de todas as outras?... Não é, e esse, meu bem, é que é o problema. Foi a típica noite de uma moça solteira na cidade — uma saída com um amigo gay e uma peça chata. Quem é que vocês acham que sustenta a off-off-Broadway?

... A moça solteira.

FATO: As *Yentas* de Long Island sustentam a Broadway, mas são as solteiras, que não têm nada pra fazer numa noite de quinta-feira, que compram uma entrada mais barata de teatro.

E aonde leva tudo isso? A nada, simplesmente nada — à perda de toda uma vida e a um bocado de dinheiro jogado fora com entradas. Andei imaginando durante o último ano e meio, toda vez que ia a uma festa, que se não estivesse com Norman encontraria o Príncipe Encantado. Fui sem ele, criei uma inimizade, fiquei amarrada a uma garota que falava demais e me ofereceram uma cena. Ou seja: Nada.

Ah, Madeline e Ruthie, o que vocês, senhoras casadas, estavam fazendo naquela noite? Cozinhando um assado, berrando com os garotos para irem para a cama e adivinhando a que horas iriam deitar-se, já que são pessoas noturnas e eles são diurnos? Parece divino. Fizeram amor? Odiaram seus maridos naquela noite porque freqüentaram a faculdade e ficam metidas em casa, presas o dia inteiro com algum garoto malcheiroso de dois anos, que vocês adoram, mas com quem berraram a tarde toda? Desejaram, em vez de estarem sentadas junto ao marido no sofá *chartreuse* de veludo dourado vendo um filme na televisão, passear pela cidade com um simpático homossexual? Sejam honestas, meninas. Querem a sua diversão. Estão cansadas, mas não desejam uma troca qualquer. Não vão trocar o seu homem e a sua sala de jantar pela vidinha da velha Sheila.

Uma semana depois da estréia de Kate em *Renascimento*, ela nos comunicou que ia morar com o diretor. Assim, de sola — do nosso apartamento para o sótão dele. Sem nem se importar com os nossos sentimentos. (Estou parecendo cada vez mais a Sra. Levine.)

— Por que vai se mudar?

— Estou com vontade. Ele me pediu para viver com ele, e resolvi que vou.

— Você não pode nos deixar assim.

— Por que não? Posso fazer o que bem me der na telha. Quem é que vai me impedir?

— Adeus, Kate.

No *New York Times*: "Duas garotas judias procuram uma terceira para dividir o seu novo e moderno apartamento no Village. $60 por mês. Tel. 555-8342."

O anúncio estava errado, não é mesmo? Telefone errado. A culpa era deles e tornamos a repeti-lo no domingo seguinte. Devo admitir que continuava errado. Devia dizer, para sermos honestas com os leitores: "Duas garotas judias e Joshua procuram uma quarta."

Recebemos vários telefonemas.

Primeiro:

(Eu) — Alô.

(Ele) Respiração ofegante.

(Eu) — Alô?

(Ele) — Qual é o tamanho dos seus peitos? (Mais respiração ofegante e clique.)

Segunda chamada:

(Eu) — Alô.

(Ele) — Queria chupar sua bucetinha. (Clique.)

Oito ligações de garotas judias e oito de tarados. O que me pergunto é: existem tarados que só telefonam para garotas judias?

Já tarde, no sábado à noite, recebemos telefonemas de moças que compravam o jornal de domingo acabado de sair das gráficas, e telefonemas no domingo de manhãzinha. Todas perguntavam a mesma coisa: quantos quartos? Respondíamos "um", e diziam "adeus". Todas essas moças judias perguntavam a mesma coisa e desligavam. Duas vieram pessoalmente, mas acharam pequeno demais e se foram.

No domingo seguinte, no *New York Times*: "Duas moças judias desejam dividir apartamento com outra. Bonito, mas pequeno, um quarto. 555-8343."

Mais chamadas. Dessa vez, entrevistamos um enxame delas. Já encontraram alguém que nunca viram antes e com quem talvez tenham de conviver? Como se descobre se é limpa, cooperativa e bem-educada? Olha-se para ela, e se tem unhas limpas e não parece que vai arruinar a sua vida social por causa de seu longo e belo cabelo louro natural, aceita-se. Aceitamos Charolette Whooper e foi um grande erro.

Charolette era limpa, mas nada cooperativa ou cortês. O aluguel estava sempre atrasado, fazia chamadas de longa distância que se recusava a pagar e trepava em casa. Sim, a Srta. Whooper trazia os seus admiradores para casa, ao Mont Parnasse, levava-os para o quarto — que era o nosso quarto — e trepava. Fazia isso com freqüência e prolongadamente. Linda, Joshua e eu passamos longas noites no sofá *chartreuse* esperando que o zíper das calças fosse fechado e que certas pessoas se retirassem.

Linda e eu fomos literalmente chutadas do nosso próprio apartamento. Tínhamos que nos livrar da ativa Srta. Whooper e também tomar uma importante decisão — nosso contrato terminava em setembro. Como aconteceu isso? Não esperava viver com Linda um contrato inteiro. E o que fazer agora? Linda tinha perspectivas de casamento toda semana, e as recusava porque eles votavam em Nixon, ou eram pró-Johnson, ou vestiam-se mal. E havia uma novidade — não tinham a menor chance se não adorassem o terceiro álbum dos Beatles. Eu ainda estava imaginando quando Norman ia fazer o pedido para que pudesse cuspir-lhe no olho, mas, até aquela ocasião, nada.

Estávamos um pouco mais velhas, um pouco mais sábias e muito mais melancólicas, graças a Charolette. Como foi acontecer isso? Por que nos preocupávamos com outro contrato em vez de imaginar que tipo de pasta compraríamos para os nossos maridos no Dia dos Namorados? Não estávamos exatamente em pânico, mas refletíamos a esse respeito. Estava acontecendo — o amor e o casamento estavam nos deixando para trás.

— Temos que nos livrar de Charolette, Sheilita.

— Nosso contrato termina daqui a alguns meses, de qualquer jeito. Por que não procuramos um outro lugar para morar? Só para nós duas, para que, se uma de nós se casar, a outra não tenha tanto trabalho? Será bem mais fácil encontrar uma pessoa para dividir do que duas.

— É. (Esse era Joshua, que obviamente não tinha a menor intenção de renunciar ao sofá *chartreuse*, onde quer que estivesse.)

Foi Linda quem decidiu que devíamos procurar no Upper East Side, pois o Village estava cheio de bichas e garotada. A garotada eram jovens da mesma idade que tínhamos quando fomos para lá. Aprovei a idéia porque ela parecia estar por dentro das coisas àquela altura. Na verdade, aprovava as idéias de qualquer uma que fosse magra.

E, assim, foi impossível voltar à Europa. Passamos as férias inteiras procurando uma pechincha no Upper East Side. Alguém sempre sabe de alguém que tem um lugar absolutamente fantástico pertinho de Sutton Place, com janelas do teto ao chão e balcões, aluguel tabelado em — ouçam só isso — cem dólares por mês.

Procuramos por doze suados dias. Somente eu estraguei três vestidos de linho com manchas de suor. Enfrentamos as mesmas mentiras dos anúncios classificados e fomos derrotadas pelas mesmas corretoras.

— Não sei, realmente não sei. É menor que o nosso atual apartamento e só trinta dólares a menos...

— Depende de vocês. Certamente já devem ter procurado bastante. [Era fácil deduzir isso pelo estado das minhas axilas.] O que posso dizer é que, quando se resolverem, o apartamento já estará alugado.

— Tá bem.

Direto para Franklin Square...

— Mãmi, paguei um depósito por um novo apartamento. (Mãmi, faça alguma coisa. Me tire de lá. Arranje o melhor advogado do país, me tire de lá e arranje um apartamento para mim.)

— Boa sorte. Onde fica?

— Na Rua 77 Leste, nº 201. (Eu o detesto, mãmi, me tire de lá, por favor. POR FAVOR!)

— Que chique.

— Nem ao menos sei se gosto dele. (Arranje o advogado.)

— Você sempre se sente assim no começo. Estou certa de que vai adorar. Seu pai e eu vamos lhe dar de presente cem dólares para a nova casa e quero que compre algo bem bonito para o apartamento.

Fiquei tão desapontada que ela não gritasse, berrasse e conseguisse o meu dinheiro de volta. Mas o que estava acontecendo, caramba?

Avisamos a Charolette que estávamos de mudança. Ela ficou com o apartamento e arranjou uns seis estranhos para morar lá. Sete pessoas que eu mal conhecia estavam herdando o contact com o qual tinha forrado pessoalmente as prateleiras da cozinha.

Alugamos novamente um "Faça Você Mesmo sua Mudança", e todos os amigos nos ajudaram. Dissemos às nossas mães que não precisavam vir e não vieram. (Será que não me amam mais?) Assim, fui eu que tive que limpar os banheiros, e Norman colocou as fechaduras nas portas. Com os cem dólares que ganhei de meus pais, comprei cinco almofadões, uma nova colcha de cama, cortinas e um abridor de latas elétrico. (Assim, podia chegar mais depressa à comida.)

Não foi como a nossa primeira mudança. Linda teve um encontro na primeira noite. Eu lavei o cabelo. Nada de excitante. Doris Day teve apenas um apartamento em Nova York antes de se casar.

Eu não queria trabalhar eternamente para Frank Holland, e por muitas razões. Tinha que datilografar, e isso já era razão de sobra. E não encontrava nenhum homem no trabalho — um bocado de Esquilos, mas homem que é bom, nada. Já estava em Nova York há quase dois anos e nada acontecia, minha gente.

Comecei a procurar emprego e olhava todos os anúncios. Precisa-se de moça com nível superior. Não havia aprendido a lição e voltei às agências de emprego. Conheci um bocado de novas Srtas. Burke, a quem disse que não queria bater à máquina. Nem a irmã de Rose Lehman me arrumou algo. Rose mudara-se para uma zona chique de Great Neck e ficara toda metida ou era isso que minha mãe dizia. Ela e mamãe falavam-se pouco, e a única maneira de conseguir um contato com a irmã dela, Fran, seria ir até o Texas e tentar esbarrar com ela.

Pensei em ir para a Califórnia sondar o mercado de trabalho por lá...

"Imagine, Darryl, que Sheila Levine está vindo para cá à procura de trabalho."... "Não me diga! Vamos usá-la em nosso próximo filme. Pode trabalhar como assistente de direção e ser também a protagonista."

Não consegui me decidir a ir. Não estava fazendo nada aqui, mas podia também ficar sem fazer nada lá. Minha vida social não era grande coisa, mas quem disse que poderia ser maravilhosa lá?

Se minha mãe teve um chilique quando me mudei para setenta quilômetros de distância, imagine o que faria se me mudasse para cinco mil? Isso resolveu a questão. Fiquei. Afinal, Nova York ainda seria a Cidade da Diversão sem mim?

"Eu, Prefeito Lindsay, gostaria de agradecer pessoalmente a Sheila Levine por ficar em Nova York."... Flashes dos fotógrafos... "Prefeito, por favor, beije novamente a Srta. Levine. Gostaríamos de mais uma foto."

Finalmente, apareceu um emprego. Minha prima Mindell, que viaja um bocado, conheceu um escritor a bordo de um navio ou algo assim, e ficou com o número de seu telefone. Mindell, que mora em Riverdale, telefonou-lhe um dia, quando estava em Nova York, e ele a convidou para nada mais nada menos que um chá. De qualquer forma, Mindell, abençoado seja o seu coração judeu, fez menção ao fato de que tinha uma prima muito inteligente (eu, lógico!), e o escritor disse que estava procurando alguém naquele momento para fazer pesquisas para seu próximo livro.

E a prima Mindell, "que viaja um bocado" (é só assim que todo mundo na família se refere a ela), disse a minha mãe que a sua Sheila devia apressar-se em dar um telefonema ao escritor. E foi o que a sua Sheila fez. O secretário do escritor, um homem (que piada), disse-me que o Sr. Swernson, o escritor, me receberia na quinta-feira, às quatro. E como explicar isso à Sra. Cox e a um bando de Esquilos?

— Sra. Cox, preciso sair mais cedo na quinta porque vou me casar. — Forçado demais.

— Sra. Cox, preciso sair mais cedo na quinta porque tenho hora no médico. — Nunca, ela faria perguntas.

— Sra. Cox, preciso sair mais cedo na quinta porque estou procurando outro emprego. — Honesto, mas estúpido.

(Na quinta) — Sra. Cox, acordei esta manhã com uma terrível dor de cabeça, estômago embrulhado, a garganta doendo e 38 de febre. Estou com manchas no rosto, vomitando e com laringite. Acho que o médico talvez me mande para o hospital... Sim, amanhã estou aí.

Sr. Swernson, lá vou eu! Lá vou eu, com pesquisas sobre o senhor e sua obra.

Swernson, Randolph. Nascido em 1912. Escreveu mais de uma centena de livros sobre viagens. (Minha prima Mindell viaja um bocado.) Algumas de suas obras mais famosas são: *Espanha, Terra dos Sonhos*; *França, o País da Beleza*; *Itália, Realidade e Fantasia*; e *Suécia, um País Quente de Clima Frio.*

A caminho de lá, no metrô, fiquei pensando (é difícil pensar com todas essas candidatas a Miss Metrô olhando para a cara da gente — uma negra, uma porto-riquenha, uma anglo-saxã e uma boa moça judia) — e, então, a pequena Sheila finalmente chegou lá — Garotas em Ascensão da *Cosmopolitan,* Garotas em Ação da *Glamour,* Pessoas Estão Comentando da *Vogue*... Sim, as pessoas estão comentando sobre Sheila Levine, co-autora do último livro de Randolph Swernson. Co-autora talvez não, mas dedicado a... Este livro é dedicado a Sheila Levine, meu amor e minha esposa. Nûnca poderia tê-lo escrito sem ela. E as dedicatórias cresceriam à medida que tivéssemos filhos. Este livro é dedicado à minha querida esposa, Sheila Levine Swernson, e a nossos queridos filhos, Medea e Zacharia.

Imaginem a minha imensa surpresa quando descobri que o nº 262 da Rua 62 Leste era uma casa, uma legítima casa nova-iorquina, sabem como é? Toquei uma pequena e refinada campainha.

— Srta. Levine? — disse o secretário baixo e esbelto (que piada).

— Sim, ela mesma — respondeu a senhorita em questão, tapando com a bolsa o botão do casaco que faltava.

— Sente-se, por favor — ele disse. — O Sr. Swernson vai recebê-la em um minuto.

Será que devo tirar o casaco? Quando alguém nos convida a sentar, significa que devemos tirar o casaco? Fiz várias tentativas tímidas e finalmente me decidi. Foi então que o secretário voltou para me ajudar a tirá-lo e viu, estou certa, que faltava um botão.

Deve ter pensado: "Mas que desmazelada! Meu namorado, que é enfermeiro (gracinha!), ia morrer de rir se visse isso."

A sala em que fiquei esperando era ricamente decorada. Ricamente! Velho e novo-rico para todos os lados. Antigüidades sem um arranhão. Isso é que era riqueza. Um bocado de prataria por toda parte, pequenos troféus e livros encadernados em couro. Nem uma mancha nos estofados. Isso sim é que é riqueza. E quadros com placas com o nome do artista. Quantas pessoas vocês conhecem que têm quadros com placas assim? Objetos do mundo inteiro. É, o homem fazia um bocado de compras.

— Alô, Sr. Swernson. O que vai ser hoje?

— Tem por aí algum relógio de seis mil dólares? E vou levar aquele elefante de jade. Vai ficar ótimo junto à caixa de prata inglesa e ao vaso Waterford de Dublin.

Era um consumista. Antigüidades podem ser herdadas, mas não se herdam estofados impecáveis. Será que era o secretário quem os escolhia entre um bocado de amostras?

Mais de meia hora mais tarde, ele me pediu que o seguisse até o andar de cima, ao estúdio do Sr. Swernson. Então, ele tinha um estúdio. Não uma alcova-estúdio, mas um de verdade. Meu Deus! Imagine se, quando morrer, ele se lembrar de mim no testamento... "E à minha querida amiga e assistente-pesquisadora deixo o elefante verde de jade e 35 milhões de dólares."

Estava atrás de uma enorme escrivaninha, sentado em uma enorme *bergère* estofada de couro, igualzinho no cinema. Tive uma sensação de *déjà vu*. Talvez, em outra encarnação, tivesse sido uma mulher rica... ou uma candidata a emprego.

— Srta. Levine, encontrei Mindell em minha última travessia e ela lhe fez muitos elogios. [Fiquei calada, ouvindo, sem dizer palavra. Não era bonito, tinha uns 45 anos e pele ruim. Mas, gente, ele era de fato imponente.] Eu estou procurando uma pesquisadora para o meu próximo livro, *"Lichtenstein, um Pequeno Grande País"*, e preciso de uma pessoa criativa. [Criativa — isso é comigo. Finalmente, você me encontrou.] E, naturalmente, preciso de alguém que saiba datilografia. [Meeerda!] Tenho certeza de que vai achar o trabalho interessante. Por que não fala com meu secretário para acertar os detalhes?

Fui conduzida a outro escritório. Já tinha acabado a entrevista? Aquilo era tudo? O secretário, Sr. Henley-Jones (mas de onde vinha aquele hífen?), disse-me que poderia começar em duas semanas e me apresentar às quatro horas da tarde do dia 25 de outubro. E até logo, Srta. Levine, obrigado por ter vindo.

Saí de lá um bocado confusa. Será que estou empregada? Acho que sim. Será que eu disse que aceitava o emprego? Acho que não. E que tipo de trabalho é? Quem se apresenta ao trabalho às quatro horas da tarde? Não sei. Qual é o salário? Ai, meu Deus, não sei, não tenho a menor idéia. Deve ser alto. Pense em todas aquelas antigüidades. Mas lembre-se, às vezes, as pessoas ricas são mesquinhas. É melhor eu telefonar para o Sr. Henley-Hífen-Jones. Será que vai me achar uma idiota por perguntar? Será que eu deveria simplesmente me apresentar na data marcada? Que diferença que faria o salário? Era o tipo de trabalho que eu estava procurando. Mas sou uma moça solteira que se sustenta, preciso saber quanto pagam.

— Alô, o Sr. Henley-Jones pode atender?

— Quem deseja falar com ele?

— A Srta. Levine.

— Um momento, por favor. (Será que o secretário tem um secretário? Ou há um mordomo por lá?)

— Aqui fala Henley-Jones. (Não acham incrível? Ele, provavelmente, é de Oklahoma e não passou da oitava série.)

— Sr. Henley-Pausa-Jones, estava imaginando se precisaria de mim para alguma tarefa antes que eu comece o trabalho, talvez um serão ou coisa assim.

— Isso não será necessário, Srta. Levine.

— Não seria nenhum incômodo para mim, telefone-me, se for preciso, e também [soando bem casual] meu contador me perguntou quanto vou ganhar. Ele tem de saber, já que se ocupa de toda a minha parte financeira. Eu não preciso, mas ele sim.

— Pode dizer a ele que o salário é de 95 dólares por semana. E, agora, desculpe-me, Srta. Levine, mas tenho vários assuntos a tratar.

— Certamente, Sr. Henley-Pausa-Jones.

NOVENTA E CINCO POR SEMANA. MERDA. PUTA QUE O PARIU. VIADINHO. BOSTA. Três anos em Nova York, três aumentos do Sr. Frank Holland, já ganhando 135 por semana e de volta a 95. Aquele puto do Swernson. Ele tem dinheiro, com todas aquelas antigüidades. Pois que empenhe aquele elefante. Não vou trabalhar por 95 dólares. Não posso. Tal ordenado significa levar para casa apenas 65 dólares, e só o aluguel do apartamento custa 165. Não posso fazer isso. Tenho que me sustentar. Sou solteira, sabem. Frank Holland é boa gente e talvez as coisas melhorem por lá. Ouvi algo sobre os Esquilos fazerem um especial para o Natal no ano que vem. Talvez possa participar e conhecer algumas pessoas e entrar para a televisão. Ai, meu Deus, de volta a Frank Holland e aos anúncios classificados.

PREZADO SR. SWERNSON,

Lamento informá-lo de que não posso aceitar agora o emprego que me ofereceu. Talvez mais tarde possa trabalhar para o senhor.

Sinceramente,
SHEILA LEVINE

Merda.

# Fire Island

NOSSO TERCEIRO ano em Nova York foi um fracasso total. Linda teve vários romances, todos fracassados. Norman era um fracasso. O trabalho era um fracasso. Eu era um fracasso. O trabalho de Linda era um fracasso, e Joshua, ainda instalado no nosso sofá, reforrado de veludo cotelê vermelho, outro fracasso. Até o estofamento do sofá era um fracasso.

Tá bem, era preciso fazer alguma coisa. Não se pode ficar sentada sem fazer nada no meio do fracasso. Portanto, trouxe para o apartamento uma boa seleção de vinhos, a dois dólares e vinte e cinco a garrafa. Já não andava tanto com Linda porque sua aparência era boa demais. Quando já estava a ponto de suplicar à revista *Glamour* que fizesse em mim uma Transformação Glamour, um milagre aconteceu, uma resposta às nossas orações. Apareceu uma saída. Charles Miller, o cara do lixo arrumadinho do Edifício Mont Parnasse, materializou-se à nossa frente e nos disse que, por 273 dólares cada, podíamos dividir uma casa com mais seis pessoas para passar o verão em Fire Island.

Se estão imaginando por que Charles Miller e seu companheiro queriam dividir uma casa conosco, a explicação é simples. No ano anterior, Charles dividira uma casa em Cherry Grove com cinco caras e, uma noite, roubaram-lhe o amante nas dunas. Ele simplesmente não queria competição naquele ano e achou que se fosse para uma parte careta da ilha, como Ocean Bay Park, não teria de se preocupar em perder o namorado (ou as roupas do namorado), e poderia relaxar.

Fire Island! Fire Island fim de semana sim e outro não, com quatro pessoas numa casinha, soava divinamente. Fire Island era para nós o que Atlantic City fora para nossos pais... Fire Island — o Playground Americano.

Se estivéssemos interessadas, tínhamos que dizer a Charles imediatamente. Já havia seis pessoas no negócio — ele e o companheiro; Mark Marks, um sujeito de quem nunca ouvíramos falar; Agatha Horowitz, uma garota de quem nunca ouvíramos falar; e os Pontie, um casal que se mudara para o nosso antigo apartamento, depois que Charolette Whooper fora despejada. Sempre que eu via os Pontie, eles tinham acabado de brigar e ela estava sempre de olhos vermelhos e rímel escorrendo.

— Não sei, Linda, o que você acha? Fire Island com toda essa gente? Nós mal os conhecemos. Podem ser do tipo que gostam de orgias e bagulho. Podem ser uns porra-loucas.

— Sheila, tudo o que sei é que minha prima Rhoda alugou uma casa lá no verão passado com doze pessoas e, dos doze, recebeu três propostas de casamento.

Três propostas! Estava disposta a pagar até quinhentos dólares para entrar naquele negócio. Que lindo, uma casa em Fire Island. Todo mundo estava fazendo isso e eu não teria que ouvir me dizerem: "Sheila, querida, por que não vem para casa este fim de semana? Está tão quente em Nova York."

E poderia escapar de Norman. Ia perder dez quilos, comprar um maiô que me favorecesse, empacotar minhas coisas e partir.

"Lá vêm aqueles veranistas, Isaac. Vêm todo ano para cá, achando que são os donos do lugar. Gostaria que houvesse uma lei proibindo a vinda deles."... "Algum dia vamos ter, Maria. Tenha paciência. Um dia vamos conseguir."

A casa que Charles tentou arranjar primeiro não deu certo. O proprietário a alugara a uns bagunceiros no ano anterior, que praticamente destruíram uma cabeceira de cama de duzentos anos. Por isso preferia deixá-la vazia a alugar para um grupo novamente.

Charles ofereceu-se para ir até a ilha tentar arranjar outra, mas não houve chance. Nós sete queríamos ir junto. Por 273 dólares, a gente quer saber o que se está conseguindo, não é mesmo? E assim, num domingo frio de março (março é a estação da caça), com camadas e mais camadas de suéteres, nós nos mandamos para a ilha, de balsa. Fazia frio e Charles Miller e o companheiro logo se aconchegaram. Os Pontie sentavam-se em lados opostos da embarcação.

Não precisávamos dos classificados do *Times* ou do jornal local — que tinha colunas com nomes como "Pés Descalços e Carroças" —, pois há inumeráveis agências de locação em Fire Island prontas para alugar os minúsculos bangalôs, prometendo colocar mobília onde não há nenhuma, tecendo loas às lareiras que queimavam madeira de verdade e empregando termos que agradavam aos naturais de Manhattan, como rústico e pitoresco. Queríamos o rústico e o pitoresco!

Vimos diversos bangalôs, todos com nomes como "A Pequenina Lila", "Doce Lar" ou "O Refúgio de Nana" (Cherry Grove tem nomes melhores. O que eu mais gosto é "Clube do Bolinha"). É possível oito estranhos encontrarem a casa ideal? É difícil. "A Pequenina Lila" não tinha geladeira, e todos concordamos em vetá-la — eu em primeiro lugar. A "Casa de Areia" tinha uma lareira, mas ficava no quarto. Seria possível fazê-lo de sala de estar? Não, não funcionaria e não era justo que alguns pudessem aquecer os traseiros enquanto os outros não. O "Esconderijo de Hilda" ficava bem defronte ao cinema e, já que era o único da ilha, seria muito barulhento quando acabassem as sessões. Bem lembrado pela Sra. Pontie. O Sr. Pontie discordou, o que a fez chorar.

Acabamos encontrando um lugar, "O Refúgio do Papai". Um pouco mais caro do que queríamos pagar — mais dezessete dólares por pessoa, e nem tão maravilhoso assim. A areia do último verão ainda estava espalhada no assoalho e a casa era menos mobiliada do que esperávamos — três cadeiras de ferro batido com assentos de lona rasgados e quatro camas duplas. Mas era a melhor delas e, naturalmente, a corretora disse que havia um outro grupo bastante interessado, que já estava com um cheque de reserva deles, mas que nós parecíamos muito mais respeitáveis. Duas garotas sedentas de homens, duas bichas loucas, um casal em litígio, uma garota vestida com um poncho espalhafatoso que mais parecia que era muda e um cara que jogava pontas de cigarro no chão de todas as casas que vimos. Parecíamos mais respeitáveis do que o quê?!?

E assim viramos condôminos, condôminos, devo acrescentar, que perderam a balsa da tarde e tiveram que esperar, sem nada o que fazer, por horas e horas até a próxima. Olhei para o grupo e refleti pela primeira vez que ia dormir em uma casa com todas aquelas pessoas estranhas. Não eram o meu pai, minha mãe ou minha irmã Melissa. Eram todos estranhos, com exceção de Linda. Descobri, mais tarde, conversando com outras pessoas, que chega sempre o momento em que a gente atenta para o fato de que vai compartilhar o vaso sanitário com todos esses estranhos.

Havia dois grupos: o A e o B, assim chamados pela amiga muda — mas quanta imaginação! O grupo A era formado por Linda, eu, Agatha Horowitz e Mark Marks. Os dois felizes casais: os Pontie e os Charles Miller, formavam o grupo B. Nosso grupo era o do primeiro (A), fim de semana, o que aparentemente parece uma grande vantagem, mas ouçam o que eu digo: não é. Se tiverem alguma escolha, prefiram o B, pois, quando chega a sua vez, o lugar já está todo em ordem e se tem um agradável e relaxante fim de semana, aconchegante e confortável.

Quando se é o primeiro no revezamento, é preciso limpar a casa toda, e adivinhem quem não conseguiu botar os pés na praia porque estava faxinando tudo? Quando se chega primeiro, fica-se congelado, porque ninguém se lembrou de verificar se a casa tinha aquecimento e não se trouxe uma manta ou agasalhos. Quando se vai em primeiro lugar, não há água quente, porque o aquecedor está desligado, e a gente é judia e não entende nada sobre aquecedores. Procura-se para baixo e para cima um eletricista e paga-se uma fortuna. E querem saber qual a pior parte? Compram-se os artigos básicos — sal, pimenta, açúcar, papel higiênico, orégano, geléia e manteiga.

Aprendi logo na primeira semana que a comida era ridiculamente cara na ilha — por exemplo, cinqüenta cents por um tomate. Tenho certeza de que Happy Rockfeller não pagaria cinqüenta cents por um tomate. O que se precisava fazer — caso se quisesse comer, e vocês bem sabem que eu queria — era comprar os mantimentos no continente e trazê-los na balsa, o que não é mau. Há uma porção de garotos bronzeados com os cabelos descoloridos pelo sol esperando, com seus carrinhos vermelhos, a chegada da balsa para ganhar um dinheirinho carregando a bagagem. Eu levava a comida e descobri que, por mais que gostasse de sorvete de chocolate com menta, ele nunca ia chegar lá inteiro.

O primeiro fim de semana foi calmo. Linda gostou de Mark Marks, Agatha ficou no canto dela e eu estava ocupada demais limpando e fazendo compras para poder ter a mesma sorte de Rhoda, a prima de Linda. Mas não estava tão apressada assim. Estava frio demais para ir à praia, o que me deixou feliz. Ganhava mais duas semanas extras para entrar melhor num maiô.

Da segunda vez que o grupo A foi, vi que precisávamos estabelecer algumas regras na casa. O grupo B zoneou geral. Não desligaram o aquecimento e, à revelia do A, tinham permitido que estranhos usassem a casa durante a semana; e um deles continuou lá no nosso fim de semana.

Colei na porta da cozinha, onde todos podiam ver:

1. OS CONDÔMINOS DESTA CASA DEVEM TER CONSIDERAÇÃO PARA COM OS OUTROS, DEIXANDO A MESMA LIMPA QUANDO PARTIREM.

2. LEMBROU-SE DE DESLIGAR O AQUECEDOR? ENTÃO LEMBRE-SE DE QUE GÁS CUSTA DINHEIRO E DE QUE TODOS OS CONDÔMINOS SÃO RESPONSÁVEIS PELA CONTA.

3. LEMBROU-SE DE DESLIGAR TODAS AS LUZES? ENTÃO LEMBRE-SE DE QUE ELETRICIDADE CUSTA DINHEIRO E DE QUE TODOS OS CONDÔMINOS SÃO RESPONSÁVEIS PELA CONTA DE LUZ.

4. TEVE CONSIDERAÇÃO PARA COM OS PERTENCES ALHEIOS? ENTÃO, POR FAVOR, NÃO ASSE NA LAREIRA O MARSHMALLOW DOS OUTROS.

5. SE CONVIDAR PESSOAS PARA FICAR NA CASA, É FAVOR INFORMÁ-LAS DE QUE TERÃO QUE PAGAR DOIS DÓLARES POR NOITE PARA COBRIR AS DESPESAS DE LUZ E GÁS.

6. NÃO ENCHA A CASA DE AREIA.

7. PERGUNTE-SE ANTES DE PARTIR: FIZ TUDO O QUE TEM QUE SER FEITO ESTE FIM DE SEMANA?

A lista foi retirada por algum pervertido e foi colocado em seu lugar um "FODA-SE" bem grande. Fiz várias outras listas, que xeroquei enquanto a Sra. Cox fazia xixi, e continuei a pregá-las.

No quarto fim de semana do grupo A, Linda e Mark Marks estavam apaixonados e viviam se esgueirando para as dunas — Linda já não tinha mais marquinha de biquíni e estava superbronzeada por inteiro; daí tirem suas próprias conclusões. Fiquei conhecendo Agatha Horowitz muito melhor, o que era legalzinho, mas não valia 290 dólares.

Agatha era professora, mas não do tipo comum. Era uma especialista em dicção que se revezava entre as escolas de seu distrito, no centro do Brooklyn. Tinha de convocar os meninos e ensiná-los individualmente, o que lhe dava grande satisfação.

— Gostaria de ir à praia comigo, Sheila? (Agatha tinha uma voz doce e sempre carregava um livro grosso. Todo mundo levava para a praia livros grossos. Eu levava *Declínio e Queda do Império Romano,* porque queria atrair um intelectual.)

— Quero, sim. Espera eu botar o maiô. (Agatha me deu confiança bastante para usar um. Tinha também umas gordurinhas.)

Ficávamos sentadas na praia, olhando e nos queimando, sem perceber o que estávamos fazendo. Eu lia sem parar o primeiro parágrafo de *Declínio e Queda do Império Romano,* sem nunca sair dele.

Se você não tem nada melhor a fazer a não ser ficar olhando, Fire Island é um ótimo lugar para isso. A areia é muito branca e a água muito azul. Há táxis que passam na beira da praia e bandos de lindas crianças correndo. Todas de cabelos escorridos, o que reforçava o meu desejo de não casar com Norman. Ele tem cabelo crespo, eu também, e nossos filhos nunca sairiam parecidos com os que eu via lá. Esqueça Norman. Nunca mais o veja. Mas espere um pouco! Não atire fora o que tem na mão antes de conseguir outro. Esqueça o Norman — mas espere mais um pouquinho.

Agatha e eu chegamos a conhecer algumas pessoas. A praia ficava cada vez mais cheia, e nossas toalhas começam a ficar cercadas por outras. Toalhas são como pontes, e o grupo ficava cada vez mais interligado. "De onde você é?"... "Eu moro na Rua 67 Leste."... "O que você faz?" ... "Conhece Leslie Rutley, ela é de Franklin Square." ... "Qual é a escola que você está cursando?"... "Conhece Harriet Busk? Ela estudou lá."... "Em que rua está morando aqui?"... "É bem perto da nossa."... "É o seu primeiro ano aqui?" ... "É sim, é maravilhoso."... "A cidade está um horror."... "Conhece Fulana?"... "Conhece Beltrano?"... Um bocado de geografia judaica. Conhecemos muita gente agradável, mas em grupos. Nada de relacionamentos individuais.

Os que já tinham estado lá no ano anterior falavam sempre sobre o passado. Todos achavam que havia sido muito melhor do que o atual. Àquela altura, no outro ano, já na terceira semana de julho, as coisas estavam realmente esquentando. Tomava-se banho nu e havia jogos de vôlei também sem uniforme. Banho nua? Vôlei nua? Eu mal tomava banho de chuveiro nua. Se querem saber a verdade, só as pessoas com corpos maravilhosos estavam saudosas do strip-tease.

Todos sentiam falta dos jogos de vôlei (com roupa ou sem roupa). Por quê? Porque vôlei é um esporte judaico. É divertido, e ninguém se machuca.

Então, os novatos da ilha perguntaram aos que estiveram lá no ano anterior por que tudo era tão bom naquela ocasião e tão mau nesse ano. A explicação foi simples: as pessoas do ano passado eram mais interessantes, o que fez com que os novatos se sentissem melhor, mais à vontade. Houve um minuto de silêncio, até que uma garota enrolou o maiô até a cintura para não ficar marcada pelas alças, tipo para quebrar o gelo. Voltamos às perguntas: "Conhece...?"

No fim do dia, eu ainda não tinha idéia de como o império romano declinara e caíra. Quando já estávamos nos preparando para ir embora, a garota que despira o maiô até a cintura (evitei olhá-la a tarde toda) nos convidou para tomar uma sangria por volta das seis.

Agatha e eu voltamos ao "Refúgio do Papai" e nos trocamos, tentando parecer casuais e tomando grandes precauções. Linda e Mark juntaram-se a nós. Linda estava bronzeada, eu esturricada. Estava maravilhosa vestida com jeans desbotados e os meus nunca chegavam a desbotar — ficavam apertados antes disso.

Fomos a duas casas e jantamos batata-palha e creme de abacate; dez de nós, lá pelas tantas, acabamos no Flynn's Hotel, Bar e Restaurante, bebendo Coca-Cola e cerveja e ainda tentando descobrir se tínhamos amigos em comum.

Isso era Fire Island. O dia todo na praia e social à noite. Um bocado de fisionomias estranhas por todo lado, algumas vezes na cama da gente.

No quinto fim de semana que passei na ilha, alguém se apaixonou por mim; me achava linda e queria manter um relacionamento *pra sempre*. Talvez vocês até conheçam essa pessoa... Agatha Horowitz.

"Mãmi, esta é Agatha Horowitz. Estamos apaixonadas."... "Querido, mas o que vem a ser isso? Já ouvi falar de dois rapazes fazendo coisas juntos. Dizem até que é muito comum, mas duas moças?"

Para que fique bem claro, a idéia de uma relação lésbica me repugnava. Não tinha nem tendências nem desejo. A última vez que andei de mãos dadas com uma garota foi na quarta série. Costumava andar de mãos dadas com Ruthie, mas qualquer garotinha faz isso; e Sheila Levine havia superado completamente esse estágio. Por isso, a questão era: o que fazer com Agatha? Sabem, o problema é que ela começara lentamente, antes que eu percebesse o que estava acontecendo e o que ia acontecer, e me comportava amigavelmente. Devo ter dito umas mil coisas que a estimularam.

— Sheila?

— Sim, Agatha?

— O que você acha de mim? (Pensei que sofresse de um complexo de inferioridade, ou coisa parecida, e precisasse de uma força.)

— Acho você uma ótima garota. (A coisa certa para dizer, não é? A coisa certa para dizer a qualquer garota, menos a uma sapatão.)

Pápi, explique à mamãe o que é sapatão.

— Só isso?

— Uma ótima moça, Agatha. Quero dizer, agradável, amiga, gentil e boa gente. (Não sabia a essa altura quais as intenções da apaixonada Agatha.)

— Acho você formidável, também.

Mais tarde, naquela mesma noite, estávamos nos vestindo para ir a uma daquelas reuniões das seis.

— Sheila? (Que brilho era aquele nos olhos dela?)

— Sim, Agatha?

— Está mesmo com vontade de sair hoje? Achei que talvez nós duas pudéssemos ficar por aqui, conversando, e... quem sabe. (Eu não sabia.)

— Estou morrendo de vontade de ir. Podíamos conversar mais tarde?

— Tá legal. Então, eu vou também.

Estava realmente com vontade de ir, pois tinham me falado que a reunião era numa casa bem legal. Como acontecia com as turmas de estudantes nas universidades, havia casas boas e ruins em Fire Island. E era também um velho princípio meu nunca desistir de um grupo. Nunca se sabe quando um cara de Aquário, cujo destino é casar-se com você, vai pintar.

Quando chegamos lá, Agatha não me largava. Mesmo que o Príncipe Encantado estivesse por lá, não ia conseguir chegar perto. Novamente o Flynn's e de volta para casa, com Agatha ainda a meu lado, ou melhor, mais do que a meu lado, roçando em mim. Posso estar exagerando agora que sei quais eram as intenções dela. Posso estar imaginando coisas, mas, que Deus seja testemunha, aquela garota *estava* se esfregando.

Quando voltamos para casa, afofei as almofadas, dei uma varrida (o aspirador de pó não funcionava. Não havia um único que funcionasse em toda a ilha) e comecei a me despir sob observação.

— Sheila?

— Sim, Agatha?

— Você disse que a gente podia conversar mais tarde.

— Só um minuto, deixe eu vestir uma coisa mais confortável. Vamos conversar um pouco, se você quer.

Enfiei minha linda camisola de flanela vermelha e branca, com renda de nylon e laçarotes, quente e funcional como eu.

— Sobre o que você quer falar, Agatha?

— Sheila?

— Sim, Agatha? (Todas as nossas conversas pareciam começar assim.)

— Não sei se tem reparado, mas ando muito deprimida ultimamente. (Mal a conhecia, por isso não havia reparado realmente, mas, quando alguém diz que está deprimido e fica se esfregando em você, a gente acredita, não é mesmo?)

— Qual é o problema? (Enquanto isso, estava pensando: será que ela tem problemas? Devia era saber que problemão tenho eu. Talvez, se lhe contasse, os dela não parecessem tão grandes. E por que se limitar a Agatha? Se o contasse a milhares de moças elas ganhariam um novo ânimo. Será que existe alguma fundação que patrocine isso? Será que não me patrocinariam? Podia fazer uma turnê pelo país — um *one woman show.* As luzes se apagam, a audiência se cala, e eu apareço num simples vestido azul. Pigarreio e começo: "Então, vocês acham que têm problemas...?")

— Sheila?

— Sim, Agatha?

— Tive um caso muito sério que acabou, mas eu não queria que terminasse. — E enterrou a cabeça no travesseiro, chorando.

— Como é que pode ter certeza de que tudo acabou? Talvez ele esteja só dando um tempo. Você pede desculpas e tudo pode ficar bem de novo.

— Não. Acabou. (Soluços... soluços... e mais soluços.)

— Você pode encontrar outra pessoa.

— Eu encontrei, mas acho que não gosta de mim.

— Como é que você sabe?

— Essa pessoa parece não querer estar junto de mim tanto quanto eu quero estar junto dela. (Soluços...)

— Mas você está fazendo suposições, Agatha. Talvez a outra pessoa goste tanto de você quanto você dela. Vai ver que é tímida também. Por que não pára de fazer um jogo com ela e lhe diz quais são os seus sentimentos?

— É muito difícil.

— Sei que é, Agatha, mas é a única maneira de você saber a verdade.

— Sheila, eu te amo.

— Obrigada, Agatha. Estou certa de que, se seguir o meu conselho, tudo vai dar certo.

— Sheila, você não está entendendo. É você que eu amo. É você que eu quero. Será que não sente nada por mim? (Essa agora!)

Excelente. Estava apenas no meu quinto fim de semana e já recebera uma proposta. Nossa! Como é que garotas fazem isso com garotas? O que quero dizer é que sei *como* fazem, mas não sei como podem *fazer* isso.

E aprendi uma coisa — atenção, tomem nota disso —, mãmi, ouça também, nunca se sabe se a dona da mercearia que lhe dá uns biscoitinhos de brinde não vai resolver lhe passar uma cantada. Eis a minha observação:

FATO: NÃO É FÁCIL LIVRAR-SE DE UMA LÉSBICA.

Tive que trocar o grupo A pelo B. Linda e eu trocamos com os Pontie. Linda não se importou, porque odiava Mark Marks desde que descobrira que os pais dele tinham votado no Nixon. A Srta. Minsk estava ficando cada vez mais difícil. Tive que trocar o número do meu telefone, pois Agatha Horowitz me telefonava três vezes por dia para saber o que havia de errado com ela, pois eu não tinha nenhum interesse em lhe acariciar os peitos. Mais tarde, tive de arranjar um telefone fora da lista, o que era inconveniente para Linda, que arranjou outro só para ela. Dois aparelhos num conjugado com alcovas!

Quase precisei me mudar. Durante muitas manhãs, quando olhava pela janela, via táxis sujos, ônibus sujos, gente suja e Agatha Horowitz de mente suja. Ficava parada do outro lado da rua, olhando para a minha janela. Tive que comprar cortinas *blackout*.

Agatha fazia comigo exatamente o mesmo que eu fazia quando tentava esbarrar "acidentalmente" em Ivan, o Belo. Saía do nº 1.650 da Broadway, depois de ter xerocado o dia inteiro músicas dos Esquilos, e lá estava ela, na calçada do prédio.

— Ei, oi, Sheila. Estava indo para a casa de uma amiga que mora aqui perto e...

— Ótimo, Agatha, também estou indo para a casa de uma amiga. (Podia ver o sofrimento refletido em seus olhos em lugar do brilho. Não é fácil ser objeto de um amor.)

— Quer tomar um café ou alguma outra coisa? (Bem que eu tomaria café, mas não queria nada com o "alguma outra coisa".)

— Seria ótimo, Agatha, mas estou atrasada. Combinei com essa amiga de pegarmos uma sessão mais cedo no cinema, e temos que estar lá às seis e trinta e dois. [Olhava então para o relógio e fazia uma expressão de horror.] Ai, meu Deus, estou atrasada! Tchau, Agatha. (E lá saía eu correndo para esbarrar direto na ponta afiada de algum guarda-chuva. E me permitam fazer uma pergunta: como é que a Doris Day, com toda aquela aparência, nunca esbarrou com uma Agatha Horowitz?)

Os telefonemas se sucediam. (Ela sempre conseguia descobrir o meu número fora da lista.)

— Sheila?

— Sim, Agatha?

— Por que você não gosta de mim?

— Agatha, eu gosto de você. Você é uma ótima pessoa. Apenas eu não quero... você sabe... ter essa espécie... você sabe... de relacionamento.

— Como é que sabe?

— Eu não sei. Quero dizer, não é uma questão de preconceito. Estou certa de que deve ser ótimo para algumas pessoas. Deve ser fantástico quando se curte isso. Mas, palavra de honra, Agatha, eu nunca curti ou vou curtir essa espécie de coisa.

— Como é que pode saber se nunca experimentou? Eu também achava isso alguns anos atrás. Costumava até sair com rapazes. Foi quando encontrei essa moça, Maxine, uma pessoa muito delicada. Ficamos amigas e nosso relacionamento amadureceu e logo, logo, Sheila, eu quis fazer amor com ela e foi fantástico.

Duzentos e noventa dólares, sem contar a fortuna que gastei em mantimentos, e acabo com Agatha Horowitz pendurada no meu telefone toda santa noite. Uma coisa devo dizer — prometeu que me ligaria quando voltássemos para a cidade e cumpriu.

O grupo B ficou com o Dia do Trabalho, que é sempre um fim de semana frenético, já que é a última chance antes que acabe o verão. Se não se encontra alguém até o Dia do Trabalho, significa que se passou o verão sem um romance de verão.

Ninguém dormiu. (As pessoas fodem, mas não dormem.) Todo mundo foi para a praia de manhãzinha bem cedo, tentando acentuar o bronzeado para que durasse até o inverno. Houve uma troca maciça de endereços e telefones. Antes daquele fim de semana, esperávamos rever as pessoas na ilha. E, agora, sabíamos que se perderiam por Manhattan, Bronx e Staten Island também, a menos que os anotássemos em nossos caderninhos de endereço de páginas azuis e bordas douradas. Uma moça hiperativa tentou recrutar pessoas para alugar uma casa na ilha no próximo verão e não teve sorte. Ninguém estava disposto a admitir que voltaria.

Houve uma porção de festas, as últimas, com gente tentando desesperadamente esticar o fim de semana. Fomos convidadas para as seis, as sete, que começaram a se transformar em três e quatro. Ninguém queria simplesmente deixar escapar o verão.

No Dia do Trabalho tínhamos a responsabilidade de fechar o "Refúgio do Papai". (A desvantagem do grupo B.) Apagamos as luzes, limpamos a casa e desligamos o aquecedor.

Trinta e nove pessoas tomaram a última balsa de volta, com sacolas de palha, lençóis e travesseiros pendurados nos braços. Íamos voltar no ano seguinte.

# O Casamento (Mas Não o Meu)

VOLTAMOS a Fire Island no verão seguinte... e no outro. Éramos nós, então, que dizíamos: "A ilha estava muito mais divertida no ano passado."

Não voltamos no quarto ano. Já tínhamos colado grau. Fire Island era para a garotada. "Reparou como o pessoal que vem para cá é cada vez mais jovem?"... "O lugar está cheio de moleques de ginásio."... "E está ficando tão barulhenta."... "E quem agüenta gente estranha metida dentro da nossa casa dia e noite?"... "A ilha tá ficando tão suja."

Estávamos envelhecendo. E por isso seguimos o padrão de outros nova-iorquinos experientes de nossa idade: fomos para East Hampton.

O pessoal de Hampton — gente um pouco mais velha e um pouco mais abonada. Era preciso ter carro, ou não havia como circular. Linda pôs-se em campo, conseguiu uma ótima casa e um grupo interessante. Eu me limitei a ir e passar todos os fins de semana em East Hampton durante todo o verão, sem botar maiô uma única vez. As pessoas tinham começado a usar biquínis diminutos, minúsculos biquínis, inundando as praias.

Foi um agradável e relaxante verão, com poucos almoços e jantares para ir. Norman foi até lá umas duas vezes e ficou ridículo com os jeans que comprei para ele para que se parecesse com todo mundo. (Nunca ficaria parecido com todo mundo. Não queria deixar crescer costeletas, bigode ou qualquer outra coisa.) Descobri, depois que o verão terminara, que as pessoas da nossa própria casa estavam praticando sexo grupal. Isso não era justo, meninos, e também meti o bedelho.

Não há telefones em Fire Island, o que é uma bênção quando se tem uma mãe como a minha.

— Não tem telefone? Sheila, querida, mas o que vai acontecer, que Deus me livre, se eu tiver que me comunicar com você? — dizia, pelo menos uma vez por semana.

Há telefones em Hampton, o que foi um tremendo alívio para ela. Assim, podia me ligar nos fins de semana para me lembrar que eu continuava solteira. Eu a fiz jurar por Deus que não me telefonaria a menos que fosse uma emergência.

— E se eu tiver que avisá-la de que não vamos estar em casa o dia inteiro?

— Mãmi, isso não é uma emergência.

— E se eu não estiver me sentindo bem?

— Não é uma emergência.

— E o que você chama de uma emergência?

— Morte. Isso é uma emergência.

Em um domingo à noite, justamente na hora em que estava tirando do forno a minha famosa quiche, ela ligou.

— Sheila querida?

— Sim, mãmi? (Estava realmente assustada. Tinha dito "só em caso de morte".)

— Tenho novidades para você. (Pelo jeito que falou, pensei que houvera um assassinato em massa no quarteirão e ela era a principal suspeita.)

— Diga.

— Sua irmã ficou noiva e vai se casar em outubro.

Pior, muito pior do que assassinato. Como é que ela pode se casar antes de mim? Como a Luci Baines fez isso com a Lynda Bird? Eu não vou. Vou me esconder, vou para a Califórnia me esconder lá, e ninguém vai conseguir me achar. Não vou lhe desejar felicidades. Espero que alguma coisa horrível aconteça e que não se case. Vou contar ao futuro marido que há casos de loucura na família e que, por certas coisas que Melissa andou fazendo, estamos convictos de que ela a herdou.

Mãmi, como pôde fazer uma coisa dessas? Não deixe que isso aconteça comigo. Não me obrigue a ir ao casamento com todas aquelas pessoas me perguntando quando vai ser a minha vez. Não sei quando vai ser: não tenho vez! Mãmi, não a deixe casar primeiro, não a deixe fazer isso, por favor!

Quando consegui me recuperar da histeria inicial, pude pensar com mais clareza e cheguei à seguinte conclusão:

Melissa é magra e vai se casar; portanto, pessoas magras se casam. Foram meus primeiros pensamentos. Na Estrada de Ferro de Long Island, o ritmo das rodas pareciam repetir: "Sheila, perca peso... Sheila, perca peso... Sheila, perca peso..." E comecei a ouvir a voz de Joana D'Arc que me dizia que podia perder pelo menos uns dez quilos. Era tudo tão simples. Mesmo que não me casasse no mesmo instante em que ficasse magra, pelo menos iria magra ao casamento. Os magros parecem ter uma escolha.

— Mãmi, estou fazendo dieta...

— Será que está se alimentando o suficiente?

Sim, mãmi, estou certa de que tô, certa de que como mais que o suficiente. Já comi o suficiente para alimentar toda a cidade de Trenton, Nova Jersey, mãmi. Se colocassem em fila todos os chineses do mundo, não teriam comido tanto quanto eu comi no bufê do último *Bar Mitzvah* a que compareci. Se ao menos parasse de comer por um dia... um dia apenas... toda a população faminta da Índia seria alimentada. E ainda pergunta se estou devidamente alimentada? Por que pergunta isso agora, mãmi? Por que não perguntou isso quando eu era um bebê e ficava me atochando de comida? Quando eu era bebê, você chorava se eu não comesse, e me disse tantas vezes que minhas perninhas eram tão fininhas que você chorava no consultório do médico. Costumava dizer que eu não tinha traseiro nenhum. Bom, dê só uma olhada! Há um bocado de carne lá agora, mãmi!

Você não só chorava, como também organizava um circo completo para me obrigar a comer. Enquanto me forçava a engolir suas colheradas, fazia um joguinho comigo. Esta é para a mãmi, esta é para o pápi, esta é para a vovó, esta para o vovô, esta para Nana, esta para Tia Phyllis, esta para Tio Larry. E assim por diante até chegar ao parente mais longínquo que se tem lembrança para que seu apetite de adulto ficasse satisfeito. E quando eu comia tudo, a alegria era grande. Havia comemorações nas ruas. Batam palmas, batam palmas todos, Sheila comeu todo o pratinho.

Quando era pequenina, era a guerra que funcionava. Havia crianças morrendo de fome na Europa, por isso eu tinha que comer; e quando cresci mais um pouco, você me consolava das minhas frustrações com comida. "Toma, queridinha, não se preocupe por não conseguir enfiar o fio na conta. Toma um biscoitinho."

Sabe o que é mais cômico, mãmi? Foi como mudou de atitude. Bum! Quando minha irmã Melissa nasceu, sua atitude mudou completamente. Você declarou: "Sheila me deu tanto trabalho que essa vou deixar por conta própria. Se quiser comer, que coma. Se não quiser, muito bem também. Estou cansada de me exasperar."

Não foi justo. Por que não empanturrou Melissa também? Por que não me deixou sem comer também? Muito bem. Sabe o que dizem da sua querida Sheila? "Tem um rosto tão bonito. Se ao menos perdesse uns oito quilinhos, seria uma beleza." Merda! Sou membro da Geração Diet Pepsi. Durante minha vida, já perdi esses oito quilos umas sete vezes, o que dá mais de cinqüenta que insistem em voltar, porque espero sempre que alguém bata palmas toda vez que como.

O excesso de peso é uma das razões pelas quais vou me suicidar. Estou cansada de dietas, cansada de olhar todas as outras mulheres de biquíni. Seria capaz de enfiar uma faca em meu peito, mas provavelmente ela nunca conseguiria atravessar toda a gordura até chegar ao coração.

Ouvi falar de um Doutor (escrevo com maiúscula porque, para uma moça judia, um doutor é um Doutor) chamado Dr. Sheldon, que dava toneladas de moderadores de apetite para garotas como eu, dispostas a gastar dez dólares com a primeira consulta e cinco nas subseqüentes, por aquelas pílulas coloridas nas suas caixinhas brancas.

O casamento era dali a treze meses. Telefonei ao bom doutor e marquei uma consulta o mais rápido possível, terça às doze. Portanto, segunda à noite era a Noite da Despedida Alimentar. É quando como tudo em que posso botar as mãos por saber que vou começar uma dieta no dia seguinte. Já houve muitas delas. Comi salada de batata com batata noisete, mortadela e requeijão com pão de centeio; picadinho de fígado e sorvete de chocolate. E uma lata inteira de leite condensado.

— Não consigo compreender, enfermeira. Quero dizer, não tenho a menor idéia de como engordei tanto de repente. Deve haver alguma coisa de errado com minhas glândulas, ou é hereditário ou algo assim. Não sou de comer muito.

— Sra. Levine [eu a odiei], tire os sapatos, por favor, e suba na balança para podermos verificar o seu peso.

Subir na balança?!? Bem no meio da tarde e toda vestida? Não! Não pode fazer uma coisa dessas comigo. Sou uma cidadã americana e tenho meus direitos! Subi na balança sem olhar. Podia perceber que movia o pesinho dos cinqüenta para os setenta quilos. Estava com mais de setenta. Ai, meu Deus, se ao menos não tivesse comido toda aquela lata!

— Setenta e dois. Muito obrigada. (Obrigada por quê? Por estar com modestos 72 quilos e ir me arrastando para o Dr. Sheldon?)

Anotou dados para a ficha médica, minha pressão, e me perguntou, sem piscar um olho, se havia casos de obesidade na família. Eu não era obesa. Tinha uma gordurinha ainda infantil... ou talvez de pré-gravidez?

Fiquei esperando numa pequena sala de espera com uma porção de cadeiras dobráveis, umas diante das outras. Sentadas lá havia um monte de gordas (algumas ocupavam duas cadeiras). Eu era a mais esbelta do grupo. Que alívio! Era como ser, de repente, a irmã magra. Uma mulher bem do tipo leite condensado quis saber o que eu fazia lá com um corpo como o meu.

Ouvimos uma conferência sobre como comer peixe e frango sem a pele e como não comer nada que não estivesse na lista (havia umas três coisas lá) e levantar as mãos se houvesse retenção de líquidos. A conferencista era uma mulher de 67 anos com um corpo de modelo. Poxa, eu ia fazer direitinho tudo o que ela dizia. Cada uma recebeu uma caixa com pílulas vermelhas, marrons, cor-de-rosa e verdes. Tomem todas e não esqueçam as vitaminas. Só para garantir, tomamos juntas nossa pílula cor-de-rosa antes de ir embora.

Adivinhem. Tenho tendência para reter líquidos. Mais essa ainda. Quando voltei uma semana depois para me pesar, estava vestida com roupas mais leves, sem jóias, e cortara uns dois dedos de cabelo. Tomara fielmente minhas pílulas e perdi um quilo e meio, o que não era o bastante para o Dr. Sheldon. Por falar nisso, onde diabos andava o grande Dr. Sheldon? Já tinha ido duas vezes ao consultório e não o vira uma única vez. Talvez sofresse de excesso de peso e tivesse vergonha de mostrar a sua bunda grande.

A senhora reorganizou as minhas pílulas — deu-me mais ainda, porque retinha líquidos. Claro que retenho líquidos. E retenho todo o resto também. Tomei as novas pílulas amarelas, urinei um bocado, e mal podia esperar para voltar ao consultório.

Deixem-me contar-lhes umas coisinhas sobre pílulas de dieta. Provocam uma reação psicológica na gente. Se por acaso vocês são parecidas comigo, tomem uma pílula e tentem desafiá-la um dia inteiro. A gente fica se repetindo: pílula, você não vai conseguir mudar minha vida nem meus hábitos alimentares. Vou provar ao Dr. Sheldon e a todos os fabricantes que não funcionam. Vou tomá-las, vou comer, e ponto final.

Elas funcionam — me deixaram maluca, completamente maluca. Subia pelas paredes, gritava com a Sra. Cox, chutava carteiros e batia a porta de propósito nos dedos do porteiro.

— Sheilita, detesto me meter, mas há alguma coisa errada com você?

— NÃO, LINDA, POR QUE ISSO AGORA?!!?!! POR QUE ESTÁ SEMPRE ME FAZENDO PERGUNTAS CRETINAS?!?! ESTÁ SEMPRE SE METENDO E FUÇANDO MINHA VIDA!!! ME DEIXA EM PAZ. VÁ EMBORA E ME DEIXA EM PAZ.

— Sheila, posso ir aí hoje à noite?

— CALA A BOCA, NORMAN, CALA ESSA BOCA E ME DEIXA EM PAZ.

— Sheila, querida, é mãmi. Como vai?

— PORRA, MÃE, POR QUE INSISTE NESSAS PERGUNTAS PESSOAIS?

Na quarta consulta, tinha perdido seis quilos e cinco amigos.

Alisei o cabelo e mandei dobrar as pontas, que se partiram, mas pombas, eu gostei. Fui à manicure e comprei cílios postiços, que eu usava, mas que nunca consegui colar direito. E aí, o que aconteceu?

Qual é uma das primeiras coisas que se faz quando se perdem seis quilos? Vai se fazer compras no sábado, um ritual em Nova York. As garotas de Nova York sabem onde e como encontrar as coisas. Linda, pelo menos, sabia, e me deu as dicas.

Bolsas e boas luvas forradas de pele a gente encontra na Ohrbach's, e também botas no segundo andar, se não se pode pagar as da Lord & Taylor, que são mais caras, e parecem mais caras. Boas coisas custam bom dinheiro, Ohrbach's para meias, Saks para cintos, acessórios e liquidações. E Saks também para cremes anti-rugas. É, eu estava também entrando nos hidratantes. Altman's — não, apenas um traje sob medida ocasional. Mais acima na rua até a Bonwit's, e depois até a Bloomingdale's. Que Deus abençoe a Bloomingdale's, onde sempre se acha o que se quer, mesmo que não se ache em nenhum outro lugar. Do porão às butiques, examinamos tudo — em todas as prateleiras. Comi uns quatro ou cinco pretzels no caminho e engordei um quilo.

Linda achou tudo que precisava... e nas liquidações. Eu tive que procurar sem parar por coisas tão simples como calças compridas pretas. Linda comprou acessórios que a agradavam. E eu apenas o que precisava — em tonalidades simples. Um chapéu que disfarça a neve, um suéter que não amo exatamente, mas que é lavável. Linda parecia saída de uma butique, e eu da máquina de lavar.

Arrastamos os pacotes de volta ao apartamento, andando a pé todo o caminho. Pensei:

"Meu Deus, não devia ter gasto todo esse dinheiro... E daí? Foi a crédito... Nem vai ver as contas até o outro mês... É, mas não devia comprar a crédito... É uma tolice... A gente recebe as contas de qualquer maneira e se sente uma pobre desgraçada... Bom, vou pagar aos poucos... Não, não posso fazer isso... Isso é endividar-se... E eu nunca, nunca, me endividarei!... Não seria melhor desistir dos cartões de crédito e pagar tudo à vista?... Por que me preocupo tanto? Linda não se preocupa por ter acabado de comprar uma carteira Gucci de vinte dólares... E se eu perder o emprego e não puder mais pagar o apartamento e morrer de fome? Essas calças são lindas... Será que devo ir à Bloomingdale's na terça à noite e procurar uma blusa que combine?... Posso comprar com o cartão."

Bem, logicamente não consegui manter o peso. Duas semanas mais tarde, a única coisa que ainda me servia era o chapéu. Se podem mandar homens à lua, por que não podem curar a obesidade aqui mesmo no nosso quintal?

Em abril, exatamente seis meses antes do casamento, Linda mudou-se para viver com um peleiro francês de cinqüenta anos (igualzinho ao cinema), e Joshua mudou-se para lá. Eu não o via há quase um ano, desde que se "casara" com um cara. Uma noite, apareceu inesperadamente, sabendo por instinto que havia lugar no apartamento. Eu o recebi de braços abertos e recomecei a comprar frangos inteiros e não em pedaços.

Pobre Joshua. Ele voltou ao sofá conversível exatamente quando eu estava ficando realmente desesperada. Ele me encarava como uma doce irmã, uma tia ou uma mãe. Que doçura. Mas eu o encarava como uma fachada.

É engraçado como preferia Joshua a Norman. Se a gente os medisse por uma escala de um a dez, ambos receberiam nota quatro e meio. Norman era chato na cama e Joshua nunca dormia comigo, mesmo que dividíssemos o mesmo quarto. Norman tinha um emprego chato que pagava pouco. Se casasse com ele, nunca poderia comprar roupas na Saks para meus filhos. Joshua não trabalhava. Tinha sempre cerca de dois dólares no bolso, que arranjava ninguém sabia onde. Não tinha emprego, mas poderia ser uma estrela um dia e eu poderia deslanchar. Norman era feio e Joshua muito bonito, mas passava horas diante do espelho só para se reassegurar da beleza.

Norman isolava-se das pessoas, Joshua vivia à custa delas. Joshua não faz perguntas, Norman sempre faz as erradas. Norman gostava de piadas sujas, Joshua gostava das de Lenny Bruce. Norman usava esferográficas, Joshua canetas-tinteiro. Portanto, Norman era de plástico, Joshua de couro legítimo. Um era heterossexual, o outro homossexual. É... sem dúvida, uns quatro pontos e meio para cada um. Mas Joshua não era chato.

Lembram-se de quando Linda gostou de Charles Miller? Lembram-se de que discuti sobre as garotas que se casam com gays só porque querem um marido? Eu, Sheila Levine, estava disposta a sair da igreja de braço dado com Joshua mesmo sabendo que o noivo era mais bonito que a noiva, e mesmo que não estivesse interessado em dormir com ela. É, eu teria feito isso.

— Joshua?

— Sim?

— O que será que os vizinhos pensam sobre nós dois... vivendo juntos e tudo o mais?

— Eu acho que eles não pensam nada.

— Mas e se pensassem, o que seria?

— Não sei.

— Acho que eles achariam que estamos trepando.

— E daí que pensem isso? Isso a incomoda?

— Não, nem um pouco. E nem me incomodaria se pensassem que estamos apaixonados, noivos, ou coisa assim.

— Sheila, não se preocupe com isso. Eles têm mais em que pensar.

— E você, o que acha?

— O que quer dizer com isso?

— Não é engraçado, só nós dois aqui... sozinhos todo o tempo... ou quase? É como se fôssemos noivos, casados, ou coisa assim.

— Você quer que eu me mude? Posso me mudar quando você quiser. Posso ir morar com aquele cara.

— Não, não, gosto de ter você aqui, Joshua. Alguma vez já sentiu vontade de ter filhos... ou de casar, para que pudesse ter filhos ou algo assim?

— Sim, já andei pensando sobre isso. Acho que algum dia gostaria de ter filhos.

— Já pensou em se casar alguma vez? Com alguém que compreendesse você e tudo o mais, e o deixasse em paz?

— O que quer dizer com isso?

— Alguém que gostasse de você e de quem você gostasse, e com quem se entendesse e tudo o mais.

— Esse tipo de coisa não funciona.

— O que *você* quer dizer com isso?

— Esse tipo de casamento não funciona. A mulher acaba ficando preocupada que as crianças não tenham um exemplo masculino para seguir. Sheila, eu durmo com homens. Você não me quer de verdade.

— Quero sim, Joshua. Não me importo que durma com homens. Você poderia ainda dormir com eles quando quisesse, eu não me importaria. E podíamos ter filhos.

— Sheila, você é uma moça da classe média. Do que você precisa é de um bom rapaz judeu. Ora, Sheila, você não me quer de verdade.

— Quero, sim.

E ele mudou-se. Um dia, cheguei em casa e ele não estava lá. Muitas vezes, quando chegava ele não estava, mas daquela vez, realmente não estava mais lá. Suas coisas tinham sumido. Estava tudo vazio.

QUERIDA SHEILA,

Eu a estou salvando de mim. Algum dia, quando estiver casada e com três garotinhas correndo à sua volta, virei lhe fazer uma visita. Você estará casada com um homem que vai fazer amor com você e, quem sabe, com outra mulher, e eu me sentirei feliz por você.

COM AMOR
JOSHUA (vulgo, Alan Goldstein)

E Linda mudou-se de volta. Descobriu que o peleiro francês, Bernard Le Berjeau, era na realidade Bernie Goldblum, do Bronx. A mulher dele telefonou para ela e contou tudo.

— E sabe Sheilita, não fiquei tão transtornada que tivesse mudado o nome e tentado uma vida nova. Mas quando descobri que ele não tinha uma opinião formada sobre o conflito árabe-israelense, fiquei com o estômago revirado.

Minha mãe estava realmente pesarosa. Não havia planejado que Melissa se casasse tão cedo, mas... Disse-me muitas vezes quanto sentia, e cada vez que dizia isso, eu a agredia:

— POR QUE SENTE TANTO? SE EU QUISESSE ME CASAR, TERIA CASADO. E AGORA ME DEIXA EM PAZ.

Psicanálise. Surpreendentemente, o casamento de Melissa e o fato de ir procurar ajuda profissional para a minha mente perturbada aconteceram na mesma época.

Sabia que precisava de ajuda. Toda vez que pensava no casamento de Melissa, espirrava, tossia, ficava com um tique nervoso no rosto e tropeçava na rua. Tive a ligeira impressão de que algo estava me perturbando.

Joshua me falara uma vez sobre a Clínica William Alanson White, no nº 20 da Rua 74 Oeste. Tentei, mas havia uma lista de espera e eu estava toda cheia de tiques nervosos, e quando a gente fica cheia de tiques nervosos não espera seis meses.

Acreditem, eu não podia arcar com o tratamento. Mas também não podia arcar com um tique no rosto àquela altura do campeonato. Tá bem, lá fui eu... a três médicos diferentes, e não consegui me comunicar com nenhum.

O médico número um — vai ficar anônimo, não porque

prefira omitir o seu nome, mas porque é um péssimo psiquiatra. Era semifreudiano; acreditava em Freud, mas falava comigo. Por trinta dólares a sessão, queria ao menos que me fizesse perguntas.

— E, doutor, se quer realmente saber a verdade [não, o que ele quer são mentiras], o que está realmente me incomodando é o casamento de minha irmã. Isso não é ridículo? Ha-ha-ha! Não é simplesmente ridículo... uma moça crescida e solteira como eu, sem qualquer perspectiva de um casamento a curto prazo... não é uma bobagem, ridículo quando se pensa nisso, que eu fique tão transtornada com o casamento de minha irmã? Não é uma tolice? Quero dizer, afinal, é apenas um casamento. Não estou com inveja ou coisa parecida. Não compreendo por que estou tão transtornada. O senhor compreende?

— Sheila, já faz um mês que vem aqui. Meu palpite é de que está fugindo da idéia de casamento.

Mas que *esperto*! Pareço por acaso uma moça que está fugindo do casamento? Pelo amor de Deus, propus casamento a Joshua — e o Dr. Esperto acha que estou fugindo do altar.

Dr. Escroto. Vamos, podem rir do nome à vontade: Ganha uma fortuna, mora na Park Avenue, e vocês estão rindo.

"O que quer ser quando crescer, Escrotinho?"... "Quero ser um grande psiquiatra, morar na Park Avenue e cobrar 35 dólares por hora."

— E, doutor, toda vez que penso no casamento de minha irmã, sinto ânsia de vômito. Fico com essa sensação de engasgo na garganta e não sei a causa. Estou muito feliz pela porra da minha irmã, que está se casando antes de mim. Estou muito feliz por aquela putinha de merda.

O Dr. Escroto também era semifreudiano. Fazia-me deitar no sofá e falar um bocado dos meus sonhos.

E chegou à seguinte conclusão — estão prontos? Vou lhes dizer em uma só frase o que me custou 490 dólares para descobrir — não gosto de mim mesma, portanto, como posso esperar que os outros gostem? É, o Dr. Escroto foi de grande ajuda. E não apenas me disse isso, como também que tinha um novo sócio com quem ia dividir os pacientes, e que achava que eu me sairia bem com o novo médico — o Dr. Hirshfield.

— Dr. Hirshfield, meu problema na realidade é que me sinto rejeitada. Achava que o Dr. Escroto gostava de mim, e ele me disse que eu ia ser sua paciente e isso me deixou realmente me sentindo um pouquinhozinho rejeitada.

Custou-me cerca de trezentos dólares recuperar-me da rejeição do Dr. Escroto, e o Dr. Hirshfield não me foi de grande ajuda. Era jovem e até bonitinho, à maneira dos psiquiatras. Quero dizer, se estivesse fazendo um filme em que a Natalie Wood se apaixonasse por um, procuraria um tipo como ele. O meu grande problema com ele é que usava aquela enorme aliança de casamento, da qual eu não conseguia tirar os olhos.

Talvez algum dia façam um Fundo Sheila Levine, dedicado à moça solteira e o que a faz feliz. Dr. Hirshfield, gostaria de nomeá-lo médico-chefe desta pesquisa e que usasse o dinheiro como lhe aprouvesse. Faça tudo o que quiser, tem carta-branca. Apenas, por favor, tire a aliança.

Melissa estava se casando com um bom partido judeu. Um rapaz esplêndido, família esplêndida, pênis esplêndido. Sra. Richard Hinkle, era o que minha irmã ia ser. Não ia ter nada a ver com babadores de bebê, e sim dedicar-se ao setor de imóveis. Esplêndido. Os pais moravam em Lawrence, Long Island. Muito bom. E deram aos noivos de presente de noivado mil dólares. Muito bom. Sheila ia ser dama de honra. Muito bom? Não, não era. Nem ao menos fora chegada à minha irmã, jamais gostara dela. Por que as mães judias forçam os filhotes uns aos outros? Posso ouvi-la dizer: "Melissa, sei que Sheila ficaria muito magoada se não fosse sua dama de honra."

Não, não ficaria nem um pouco magoada... Nem me convidem para o casamento... Eu ficaria felicíssima... Nem mesmo acho que vou estar na cidade na ocasião... Estou certa de que Melissa não se incomodaria de jeito nenhum... Eu mal a conheço. Ela não passa de uma mera conhecida minha. Não quero lhe dar um presente.

— Pare de dizer tolices, Sheila. Claro que você está convidada. Você é irmã dela.

Então, por que eu sou gorda e ela é magra? E por que na festa dos meus 16 anos só havia garotas? (é, eu não tinha namorado.) E por que a dela foi mista, no porão, com os rapazes metendo a mão no decote das garotas?

Minha mãe se importava comigo. Comprou-me um vestido duas vezes mais caro que o de Melissa. *Lindju*. Todo em chiffon azul, para combinar com as toalhas de mesa, os centros, as outras damas de honra, as velas azuis e os pombinhos: "Melissa e Richard".

Norman ficou só observando os preparativos do belo casamento. Não é ótimo... que Melissa se case?

Minha mãe e Norman conversando:

— Sabe, Norman, ando muito ocupada. Não é fácil planejar um casamento. Tenho que convidar Fulano, Beltrano, é, vou te contar... (suspiro) ... mas não me incomodo. Estou feliz em fazer isso pela minha Melissa, e farei o mesmo pela minha Sheila, quando se casar.

(Insinuações... e mais insinuações.)

— Que bom, Sra. Levine. Se houver algo que eu possa fazer, é só me pedir.

(Case com a mais velha, seu bestalhão. Isso ajudaria!)

Meu pai e Norman conversando:

— Sabe, Norman, estou muito feliz com o casamento de Melissa, e ao mesmo tempo triste. Não é fácil casar uma filha. Vai descobrir isso quando tiver as suas. Estou muito contente em poder dar a Melissa e a Richard um ótimo presente de cinco mil dólares e ficarei *muito* contente de poder dar o mesmo a Sheila, talvez até um pouco mais.

E uma piscadela. (Insinuações... e mais insinuações.)

— Que ótimo, Sr. Levine.

E já que não estou mais disposta a recusá-lo, Norman e Sheila conversam:

— O que acha do casamento de Melissa e Richard? Estou achando ótimo. Quero dizer, ele não é o meu tipo, mas é o dela, e os dois parecem muito felizes. Acho que algum dia vou dar o mesmo passo e me casar também, mesmo que não tenha tido vontade durante todos esses anos.

(Insinuação.)

— É verdade.

Minha mãe e eu conversando (não, minha mãe falando e eu ouvindo):

— Norman algum dia falou em casamento? Acho que vocês têm saído juntos há um tempo enorme. Vocês dois se conhecem tão bem. Eu estou só imaginando se alguma vez falou em casamento ou coisa assim. Acho que devia falar nisso ou parar de fazê-la perder tempo.

— DEIXE-ME EM PAZ! PELO AMOR DE DEUS, DEIXE-ME EM PAZ. ELE JÁ ME PEDIU UM MILHÃO DE VEZES. EU É QUE NÃO QUERO ME CASAR E ME SUJEITAR COMO A MELISSA, QUE, NA VERDADE, NÃO PASSA DE UMA FANCHONA. DEIXE-ME EM PAZ!

— Pare de gritar. E o que quer dizer “fanchona”?

Sheila e o psicanalista conversam:

— Doutor, não sei o que há de errado comigo. Gosto da minha irmã e me sinto feliz por ela. É verdade! Mas estou tendo esses sonhos em que eu mato ela, amarro numa árvore e toco fogo nela. Eu a vejo morrendo queimada e fico lá, parada, rindo. O que acha que significa?

— O que você acha, Sheila?

— Não sei. Não tenho idéia. Amo a escrota da minha irmã.

Sabem que cheguei a ponto de orar para que algo horrível acontecesse e não houvesse mais casamento? Minha prece era simples: por favor, Deus, não deixe Melissa casar.

Minhas preces ficaram sem resposta. Os convites foram expedidos, o bufê foi contratado e os presentes chegavam sem parar. Trezentas pessoas declararam: "Sim, temos o maior prazer em assistir ao casamento de Melissa, sentar no calorento templo e comer rosbife frio."

Deus, por favor, não deixe que ela se case.

Voltei ao Dr. Sheldon para pegar mais pílulas. Achava que, pelo menos, tinha de ficar magra para o casamento.

— Ora ora, Sra. Levine, estávamos aguardando sua volta. Achei que não era do tipo de desistir. Suba na balança, por favor... Oh, Sra. Levine, engordamos novamente, hein?

Uma semana antes do casamento. Os vestidos estavam sendo ajustados. Havia retratos da noiva para o jornal. E eu rezando um bocado. Por favor, meu Deus... E algo terrível aconteceu. O tio de Richard Hinkle morreu de repente. Teve um derrame e morreu. No fundo, uma bênção, diziam. Será que foi por minha causa? Pedi a Deus que parasse com esse casamento, mas não rezei para que acontecesse uma coisa dessas. Mais culpa.

"Não está certo fazermos um casamento pomposo quando o único irmão do Sr. Hinkle morreu. Não está correto."... "Ele teria desejado que o casamento fosse celebrado."... "Não é correto."

Ó meu Deus. Não é culpa minha. Meu analista disse que não é minha culpa.

"Telefone para todo mundo. Diga a todos que a cerimônia foi cancelada."... "Tio Herman teria preferido que fosse celebrado."

— Olhem, vamos fazer uma cerimônia discreta no apartamento do rabino. Vamos cortar a lista de convidados, convidar apenas os parentes e amigos mais próximos. Vocês sabem que temos vários amigos mais chegados do que a família.

E os Hinkle convidaram apenas os mais chegados, mas era difícil fazer a peneira.

Nunca se viu coisa igual. Tentem visualizar a cena. Cinqüenta e três pessoas metidas dentro do apê do rabino, que não passa de um pequeno escritório — talvez 4x4m. Façam só uma idéia. As flores não tinham sido canceladas e se empilhavam pelo quitinete. Espalhadas pelos corredores de acesso havia mais cinqüenta pessoas. É o que acontece quando se diz a duas senhoras judias para convidarem apenas os parentes e amigos mais próximos. Havia gente por toda parte. Podiam ter celebrado aquela merda de casamento no templo. Havia 53 pessoas suarentas dentro do apê, e jamais saberei como conseguiram se espremer lá.

Todo mundo estava mal-humorado, inclusive Melissa, que fez uma careta quando o rabino lhe disse que beijasse o noivo. E ele pisou no meu pé, em vez de pisar na taça. Tudo acabou rapidamente. Houve os cumprimentos e todos trataram de sair. O feliz casal, que pernoitou no hotel do aeroporto e foi passar a lua-de-mel em Porto Rico e Ilhas Virgens, vai residir no Queens.

"Muito obrigada por sua presença."... "Sheila, querida, você está ótima. Quando é que vai se casar?" (Vá à merda!) "Sheila, eu não a reconheci. Você está ótima. Bonita o bastante para ser a noiva."... "Obrigada por terem vindo."... "Ted, veja só quem está aqui. É Sheila. Parabéns, Sheila. Mal podemos esperar para dançar em *seu* casamento."

Não sei como sobrevivi àquilo tudo. Realmente, não sei. E com Norman sempre a meu lado ainda por cima. Não voltei a Manhattan depois da cerimônia. Fui para a minha velha casa, para o meu velho quarto, e chorei... foi só isso... apenas chorei.

# Basta!

NESSA VOCÊS não vão acreditar... O telefone toca.

— Alô.

— Alô, Sheila? [A voz parece familiar, mas não sei quem é.] Sheila, é Agatha Horowitz. (Bem, agora eu sei.)

— Como vai, Agatha?

— Muito bem, Sheila. Penso em você o tempo todo.

— Muito obrigada. (E?...)

— Estava pensando se por acaso mudou de idéia sobre mim e todo o resto.

— Bem, para dizer a verdade, Agatha, não. Você é uma ótima pessoa, mas realmente não me sinto... você sabe.

— Então, provavelmente, você nunca mais vai ouvir falar de mim. Não vou mais incomodá-la.

— Mas não é que você me incomode, Agatha.

— Sheila, já que você não quer nada comigo, vou me casar. Vou me casar com um rapaz chamado Gary. (Ela vai se casar? *Ela* vai se casar?)

— Mas que bom, Agatha. Meus parabéns. (Eu vou morrer. Olhe, por que não dá esse cara, Gary, para mim, e arranja uma garota que goste de você como você realmente é, Agatha?)

— Se por acaso mudar de idéia, Sheila...

Ela vai se casar. Agatha Horowitz está com a lista de presentes na Tiffany's.

Quase um mês depois do telefonema, recebi um embrulho de presente — um lindo bracelete de ouro da Cartier. O cartão dizia: "Acho que vou amá-la para sempre... Agatha." E gravado na pulseira: "De A.H. para S.L. Para sempre." E o que mais podia fazer? "Obrigada, Agatha, pela linda pulseira, mas não mudei de idéia. Não tenho o menor desejo de tocar você em lugares que eu também tenho. Sinceramente, Sheila Levine."

Devolvi o bracelete uma vez e foi mandado de volta. Comecei a usá-lo, mas sempre me deu coceira.

Vocês fazem uma idéia do que seja isso? Fazem alguma idéia do que seja ser uma garota — mulher — jovem de 27 anos, procurando desesperadamente um marido em Nova York? Só sabe quem já passou por isso. Não pode conhecer realmente a dor, o desespero, o desapontamento e o medo. Só se perguntando "Quando?" e "Isso é vida que se leve?"

Eu a odiava. Fazia tudo o que as outras solteiras faziam — marcava encontros. Se não tivesse um encontro com

Norman, entrava em pânico. Tinha que arranjar uma maneira de fazer a noite passar de qualquer jeito. Os telefonemas entre garotas se sucedem nos aparelhos dos escritórios: "Oi, o que você vai fazer hoje à noite?"... "Que tal a gente jantar junto e depois ir ao cinema?"... "Vamos ver um show?"... "Por que você não aparece lá em casa?"... Deus me livre de ter que ir para casa sozinha. Que Deus nos livre a todas de termos que ir para casa sozinhas.

Existem os compromissos de última hora, aqueles que significam "dorme lá em casa hoje. Não quero ficar sozinha". Ai, meu Deus, quantos desses já tive? E pior ainda, quantos foram rompidos no último instante porque minha amiga tinha um encontro com um rapaz? "Sinto muito, Sheila, mas hoje não vai mais dar. Um rapaz me convidou..." Não que ela gostasse dele. Na maioria das vezes, não gostavam, fossem quem fossem. Qualquer cara é preferível a ter que sair sozinha com outra mulher. E nada de considerações uma com a outra... Um entendimento tácito... Vamos nos ver hoje à noite, se não pintar nada de melhor.

E aquelas noites horríveis, quando ia sozinha para casa com guloseimas da Horn & Hardart, totalmente deprimida. Acabava me enchendo de comida e pendurada no telefone, ligando para todo mundo. Ligando para qualquer um.

E os domingos, quando se fazem todos aqueles programas culturais debaixo de neve, enquanto as pessoas casadas ficam em casa, na cama. Todos aqueles eventos que melhoram nosso padrão de cultura e nos tornam incapazes de casar com alguém que não seja de Nova York.

Conheci uma vez um sujeito de Cleveland que não sabia a que restaurantes ir ou o que estava passando na Broadway. Não servia absolutamente para uma figura sofisticada como eu.

Algumas vezes, era a minha vez de dizer "sinto muito" a uma amiga porque um cara me convidara para sair — nada de interessante, apenas um cara. Nenhum deles me levava a lugares fantásticos ou me comprava presentes fantásticos. (O de Agatha Horowitz foi o melhor que já recebi.) Não me estimulavam, nem na cama, nem fora dela. Tinha um encontro às escuras atrás do outro e nenhum deles era melhor que Norman. Estava me afogando em areia movediça.

E começa-se a se dedicar à política. Bater na porta das pessoas, tentando convencê-las a votar, lamber a cola dos envelopes nos comitês do Partido Democrata porque sua língua não tem mais nada a fazer. Está certo, é por uma boa causa, mas, na verdade, está se fazendo aquilo porque não se tem mais nada que fazer.

E havia as noites em que Norman aparecia e que eram imutáveis. Tão chatas. O chato do Norman com sua trepada chata.

Falávamos sobre casamento, ou melhor, eu falava, como minha mãe fazia com a amiga (a mãe do garotinho).

— Norman, tudo isso é uma tolice, uma tolice completa. Você passa quatro noites por semana aqui. Estamos praticamente casados. Por que não vamos em frente e fazemos isso logo de uma vez?

— Fazer o quê?

— Você sabe... casar. (Lá vou eu, fazendo propostas de novo.)

— Agora não. (Agora não? E por que agora não? Está por acaso levando uma vida de playboy lá no Brooklyn?)

— É só que acho tudo isso uma tolice. Quero dizer, você paga um aluguel, e eu outro. E o que dá para um dá para dois. Ha-ha-ha.

— Sei não.

Naquele ano, as coisas realmente mudaram. Linda saiu da minha vida; foi passar umas férias em Los Angeles e arranjou um emprego de modelo ou coisa parecida. Estava vivendo com um jornalista muito importante e não perdemos contato. Sempre havia um interurbanozinho, uma carta breve... Estou bem, e você? Achei que estava apaixonada por esse cara, mas imagine que é a favor da pena de morte... Aparecia em Nova York de vez em quando e ficávamos horas rindo dos bons e velhos tempos.

— Lembra-se de quando ficamos presas do lado de fora do apartamento?

— E da festa do Halloween?

— E dos nossos vizinhos de frente e de Fire Island?

— Ah, Linda, acho que estamos ficando velhas?

— Não somos velhas. Nem chegamos aos trinta ainda.

— Estamos quase lá. Já estou usando hidratantes.

— Sheilita, também estou usando, e um xampu tonalizante também.

— Não estou vendo nenhum cabelo branco.

— É porque estou usando o tal xampu.

— Estamos envelhecendo, Linda.

— É mesmo.

— E como é que nunca nos casamos?

— Nunca encontrei um sujeito que fosse normal. E não estou brincando. Podia ter me casado um milhão de vezes, mas nunca encontrei um sequer que fosse normal.

— Sei o que quer dizer com isso. Todas as garotas que conheço parecem normais, e os caras são todos malucos.

— Com quantos você já dormiu?

— Não sei...

— Dê um palpite.

— Não sei... dez... vinte.

— Eu com treze... só para quebrar a dúzia. Não posso acreditar nisso. Sabe, quando nos mudamos para Nova York, eu era virgem.

— Eu também. (Quase.)

— Treze sujeitos e nenhum orgasmo... Já teve algum?

— Sim, acho que sim.

— E como é que sabe?

— Não tenho muita certeza. Eu disse que *acho* que sim.

— E como é?

— É... não sei. Disse que não tinha certeza... uma espécie de lampejo quente e frio ao mesmo tempo.

— Tenho o direito de ter um orgasmo. É um direito meu. Vou me casar com o primeiro que me faça ter um.

— Mesmo que ele tenha votado no Nixon?

— Se votou nele, é incapaz de provocar um orgasmo. Vou me casar com o primeiro que me provocar um.

— Eu também.

— Pensei que já tivesse tido.

— E eu disse que não tinha muita certeza.

Ah, Linda, o que nos levou a imaginar que tudo teria um final feliz?

Troquei de emprego e de apartamento. É. Aluguei um caminhão de mudanças e me mudei para a Rua 39 Leste, onde havia um porteiro — seguro, mas nada chique. Descera ao nível de não ter companheiras de quarto nem quarto também: apenas uma peça única para tudo. Resolvi ser professora, como mamãe sempre sonhara, o que era como tornar-se uma freira. Já que não conseguira nada no mundo real, resolvi lecionar, lembrando-me da aposentadoria e de tudo o mais. Ensinava inglês à sétima série no Lower East Side, o que não era fácil; os garotos eram mal-educados, mas o trabalho tinha as suas compensações. O salário era bom — com férias no Natal, na Páscoa e no verão. Sim, mãmi, exatamente como você disse muito tempo atrás.

Fiz tudo o que pude para me casar. Até participei de marchas pela paz em pleno inverno... Talvez conhecesse algum *peacenick* que quisesse se casar. Fui a reuniões e cursos noturnos. Entrava e saía do Dr. Sheldon. Ia a todas as festas a que era convidada, a todas de que ouvia falar. Fui esquiar num fim de semana e acabei deslocando o nariz. Tentei de tudo.

Cortei os cabelos na última moda, mas era tarde demais. (Já viram uma garota com excesso de peso com um corte de cabelo perfeito? Simplesmente, não dá certo.) Trabalhava em candidaturas e fiz uma assinatura da revista *Cosmopolitan*. Não me digam que não tentei. EU TENTEI. A única coisa que não fiz foi me mudar para a Austrália, onde há mais homens que mulheres.

Fazem uma idéia da soma de dinheiro que gastei tentando casar? Pelos meus cálculos, uns 15 mil dólares.

É só fazerem as contas — salões de beleza, roupas e fechaduras extras porque vivia sozinha. Haja despesa. E ainda há as duchas extras, bons perfumes e coisas como pedicures. Corridas de táxi tarde da noite custam uma pequena fortuna, para não falar em certos psiquiatras. E as entradas de teatro — não podia me beneficiar da meia entrada. Sei, também em termos de dólares, por que é tão bom ter um homem em casa. Custou-me seis pratas fazer um registro no Amores Cibernéticos e quatro idiotas telefonaram. Mais os cremes contra rugas, porteiros e mensageiros especiais. Sr. Presidente dos Estados Unidos, por que tudo isso não é dedutível do imposto de renda? Foi um prejuízo total.

Certa noite, saí com Martha Katz — era uma colega da escola onde eu estava lecionando e uma *habitué* do Friday's, um desses bares de solteiros. Logo depois que abriu, Martha começou a freqüentá-lo, e uma noite levou-me até lá. Minha mãe me ensinara que bares eram para *goyim* beberrões, mas Martha insistira que era perfeitamente respeitável para duas jovens, professoras ainda por cima, ir àquele antro de bebidas alcoólicas.

Fomos lá numa quinta-feira à noite, de calças compridas — a minha era preta para disfarçar o peso, com uma cinta na parte interna das coxas.

Era um lugar escuro e não passava de uma falsificação, metida a cultura *nouveau*. A quem achavam que estavam enganando com toda aquela escuridão e aquele cardápio pretensioso? Todos os pratos levavam arroz silvestre. A metade das pessoas que estavam lá teria preferido, com certeza, um bom sanduíche de filé com queijo.

Encomendamos o jantar, *shishka*-qualquer-coisa, e tentamos parecer muito descontraídas, olhando todo mundo que entrava e saía. Exatamente como no Centro de Estudos Loeb, só que estava enchendo o bucho em vez de lendo. À nossa volta, formavam-se pares. Martha, uma mulher de 28 anos com uma pele de adolescente, já estava ficando meio ansiosa quando chegou a hora da sobremesa. Tínhamos levado quase duas horas para comer, e não havia muito mais o que fazer para esticar o jantar. O lugar estava cheio de bebuns, mas nada parecia estar acontecendo com Sheila e Martha.

É preciso reconhecer que a competição era de amargar. Lindas coisinhas jovens, de cabelos naturalmente lisos, deslizando pela multidão, inclinando-se e dando a todos a chance de espiar pelo decote dos minivestidos. Garotas realmente bonitas, como se o concurso de Miss Universo estivesse sendo realizado lá.

Os caras eram boas-pintas, também. Eram os mesmos Arnolds e Harveys que conhecera no ginásio, só que tinham crescido e aprendido a se vestir. Alguns estavam fantásticos, em ternos de listras estreitas, camisas de listras estreitas e gravatas idem. (Aposto que pensaram que eu ia acrescentar: e mentalidades também.) E as gravatas. Lindas de morrer — de seda espessa, a quinze dólares cada. Eu sei. Certa vez comprei uma para Norman, na esperança de que ficasse mais apresentável no casamento de minha irmã, e ele esqueceu de usá-la.

Alguns dos homens vestiam-se de maneira casual — todos sofrendo da síndrome da camurça. Já viram um cara desses? Não sabem o que estão perdendo. Chapéus de camurça, jaquetas e calças de camurça. A pele não respira, mas ficam maravilhosos.

E um ou outro sujeito, tentando parecer como se nem estivesse aí, com jeans e suéter preta de gola rulê preta.

Quando estávamos acabando de beber a nossa sidra, fomos abordadas por dois sujeitos que perguntaram se podiam sentar-se. Claro que sim. Um alto e um baixo, um vestido de camurça, o outro com terno de listras estreitinhas e, sim, mãmi, um era preto e o outro branco.

"Sheila, querida, não sei por que você está insinuando que não gosto de pretos. Um casal de pretos muito agradável mudou-se aqui para o quarteirão e ela já esteve aqui em casa uma vez."

Vamos deixar as coisas bem claras: sou uma liberal. Já congelei em marchas pelos meus irmãos negros. (Sim, eu estava caçando enquanto isso, mas *estava* marchando.) Já discuti horas a fio com minha mãe quando me mandava ser discreta na frente da empregada negra. Quando me pediram para preencher um relatório na escola sobre a cor da pele de meus alunos, não conseguia me lembrar de que cor eram os garotos. Quando estava no "negócio de gravadoras", conheci e tomei café com muitos negros. Costumava sentar e confraternizar com os professores negros no trabalho e não achava nada de mais. OK, sou ótima, certo? Errado. No momento em que o preto sentou-se na nossa mesa, ao meu lado, senti-me esquisita, estranha, engasguei e não sabia o que dizer, com medo de falar merda. E não abri a boca. Nunca, em todos os meus 27 anos, encarara uma situação rapaz-conhece-moça com um preto. E ESTOU SENDO HONESTA. Dêem-me um pouco de crédito por isso, todos vocês, jovens democratas. Não podia suportar a tensão.

OK, tá certo. Vocês todos estão dizendo: olhem só a Sheila Levine... diz que é uma liberal, luta para que os negros possam ir morar nos bairros brancos, mas será que beijaria um deles?

Madeline, você aí na sua casinha de Franklin Square, o que diria sobre isso? Sim, eu sei, todos vocês eram favoráveis à integração dos ônibus escolares, mas será que são todos a favor de beijarem pretos? Eis a questão.

Mãmi, fale em nome de sua geração e admita. Quer que eu me case mais do que qualquer coisa em sua vida, mas... acha que... melhor solteira que multirracial?

E, assim, Thomas Brown (sempre achei embaraçoso que uma pessoa de cor se chamasse Brown) sentou-se a meu lado. (Era ele que vestia o terno de listras.) Sobre o que vamos conversar? E se ele for do Harlem? Não quero despertar alguma lembrança terrível. ... Que escola você cursou? ... Não, não posso dizer isso. E se ele não freqüentou a escola? Não quero deixá-lo sem graça. ... O que vou fazer? ... Não posso. E se ele freqüentou a escola, mas, por causa da cor, não conseguiu um emprego à altura de sua educação? Não podia conversar com essa pessoa. Minha deficiência... e do resto do mundo.

— É a primeira vez que vem aqui?

— Sim. (Foi tudo o que consegui dizer.)

— E por que veio? Está atrás de uma boa trepada?

Bem, se Thomas Brown fosse branco, eu o teria esculachado. Nada de fazer algo dramático como lhe dar uma bofetada, mas o teria esculachado. Mas já que era preto, e eu estava com muito medo de ferir seus sentimentos e achar que era uma inimiga da sua raça, sorri. Já fizeram alguma vez uma coisa dessas? Aceitar de um preto o que não se aceitaria de um branco somente porque se está com medo de ofendê-lo? Poxa vida, como somos preconceituosos e não sabemos.

Martha sugeriu que fôssemos todos até minha casa, já que eu morava mais perto, e, mais uma vez, não consegui recusar. Sabem, para mim, era como se recusasse a presença de toda a raça negra em minha casa se recusasse o Sr. Brown. Disse que sim, e realmente não gostava dele. Ficava sussurrando coisinhas como "foda" na minha orelha.

De volta em casa, Martha Katz e Herman Freemont sentaram-se na mesma poltrona, Sheila Levine e Thomas Brown no sofá. E ainda não havia nada para conversar. Continuava com medo de fazer perguntas, realmente temendo dizer algo errado.

Era a primeira vez que uma pessoa de cor ia à minha casa, o que era estranho. Não vou mentir e dizer que não era. Fiquei pensando sem parar que ele era preto como a colcha da minha cama e — olhem só que interessante — como meu abajur. Preto, e se querem realmente a verdade (até agora, não menti), preto e não lá muito bonito.

Ele pegou na minha mão, e eu deixei. Não que desejasse isso, mas era o mesmo velho problema — se eu recusar, será que vai achar que é preconceito meu? Assistimos todos ao

*Tonight Show.* Lena Horne participava e fiquei pensando: ela é preta, ele é preto, e daí?

A desgraçada da Martha e o desgraçado do cara dela foram embora e me deixaram sozinha — com ele. Juro por Deus e por tudo quanto é mais sagrado, e que eu caia morta se não for verdade (mas que piada besta), se fosse branco, eu o teria posto porta afora, pois ele era desagradável.

— Você é uma dessas que está sempre atrás de uma boa trepada?

— Não.

— E que tal se a gente desse uma?

— Não, obrigada. Quero dizer, não agora.

— Qual é o problema, garota? É porque sou preto?

— Não, claro que não. Não sou esse tipo de pessoa. Não me importo se as pessoas são pretas, brancas, verdes, vermelhas, azuis, roxas ou laranja. Isso não tem a menor importância para mim. Somos todos iguais e é isso que conta. Eu realmente não ligo para a cor da pele de um homem.

— Então que tal uma trepadinha? Não gosta de uma boa trepada?

— Claro que sim, como todo mundo.

(Ele me encurralara e sabia disso, e eu não sabia como sair daquela. Será que você saberia, Sra. Liberal? Vamos, Madeline, a empregada vai todas as quintas-feiras; será que receberia o irmão dela às sextas, quando seu marido não está na cidade?)

— Vamos lá, garota.

E eu fui, e, tudo bem, nós trepamos. Não foi mau, mas também não foi bom. E não me pergunte se o membro dos negros é maior. Não olhei. Thomas Brown aproveitou-se de mim. Sabia que a judia Sheila Levine não queria parecer preconceituosa. Sabia que, se jogasse o jogo direitinho, eu iria para a cama com ele em nome dos direitos civis. Não foi justo, Thomas Brown. Quantas boas noites de quinta-feira você já teve com as moças que vão ao Friday's? Se você fosse branco, eu o teria posto porta afora.

Fiquem calmos. Fiquem todos calmos. O que vou contar agora vai provavelmente chocá-los. Aliás, mãmi, acho melhor você tomar um Valium antes de continuar.

— Manny, o que mais ela pode dizer que me choque mais ainda do que já me chocou?

Fiz um aborto.

— Manny, você leu isso? Sheila fez um aborto! Manny, não consigo respirar... traga as minhas pílulas.

Fiz um na época em que ainda não era legal em Nova York, nos bons e velhos tempos em que se voava para Porto Rico ou se ia até Nova Jersey.

Não precisava ter feito. Podia ter tido a criança e criá-la. Moças costumam fazer isso, sabem. Mas eu não tinha a coragem necessária.

Na verdade, sempre achei que teria um filho aos 35 anos, casada ou não.

FATO: A maioria das moças solteiras planeja ter um filho aos 35 anos, casadas ou não... e nunca fazem isso.

A perspectiva de planejar uma criança sem pai é sem dúvida muito interessante. Seria desejável obterem-se os melhores genes possíveis — como os de John Lennon, talvez. Se for do marido, fica-se disposta a aceitar o gene do cabelo crespo. Mas se a gente está por aí, escolhendo, então é preferível ter do melhor. O deprimente é que não me lembro de ninguém com quem tenha dormido que gostaria que fosse o pai ausente de meu filho. Vamos encarar os fatos: os caras com quem dormi não tinham genes maravilhosos.

— Norman, você sabe que temos um bocado de atividade. E se acontecer alguma coisa?

— O que quer dizer com isso?

— Suponha que eu fique grávida ou coisa assim.

— Você está?

— Não, acho que não. (Sim, acho que sim.)

— Então para que ficar fazendo suposições?

— E por que não? Mas que diabo, Norman, todo mundo faz isso. POR QUE NÃO PODEMOS FAZER SUPOSIÇÕES? QUERIA QUE ME DESSE UMA BOA RAZÃO PARA ISSO.

— Está bem. Vamos supor, então. O que você quer supor?

— Que estou grávida.

— E se estivesse?

— O que aconteceria?

— O que aconteceria, não sei. O que você quer que aconteça?

— Não sei.

— Já terminamos com as suposições?

— Não, ainda não. Se eu ficasse grávida, o que íamos fazer? Nos livrar dela?

— Da gravidez?

— É. Nos livrar da criança. É o que você desejaria?

— Não sei.

— Ia preferir se casar ou algo assim?

— Não sei.

— E por que não sabe?

Nenhuma ajuda de Norman. Querem saber a verdade? Não sabia se a criança dentro de mim era filha de Norman Berkowitz ou de Thomas Brown. É... é isso aí... Contei os dias e podia ser filho de Thomas Brown. Não que tivesse deixado de usar o diafragma naquela noite. Sempre uso o diafragma. O esperma de alguém se esgueirara pela borrachinha e, considerando-se como era sorrateiro, apostava que era o de Thomas Brown. Na verdade, Thomas Jr. seria definitivamente um bebê mais engraçadinho do que Norman Jr.

(Minha mãe) — Não é a coisa mais engraçadinha? São tão bonitinhos quando são pequenininhos.

(Norman) — Sheila? Você já viu o bebê? Acho que cometeram um erro, quando colocaram a etiqueta ou coisa assim.

(O médico) — Sra. Berkowitz, teve um belo menino. Vamos precisar, para nossos arquivos, além do nome de seu marido, do nome do pai verdadeiro.

— Meu marido é o pai.

— Ora, vamos, Sra. Berkowitz, não somos trouxas.

Ah, e os parentes, e todas as fofocas. O que quero dizer é que é muito fácil enganar Norman, mas estou certa de que até ele, no fim das contas, ia entender.

Não estava me sentindo lá muito maternal, nem achava que estava destruindo uma vida. O aborto parecia a saída mais fácil. Muitas mulheres fazem isso, vocês sabem. Amigas e mais amigas. Esse tipo de aborto era muito comum.

Não aconteceu em nenhuma garagem suja ou coisa semelhante, mas com um médico afável, em New Paltz, Nova York, recomendado por Martha Katz, que já o usara duas vezes. Apenas um bom médico que acreditava naquilo. Temi que o atirassem na cadeia enquanto eu sangrava em cima da mesa. Com um pouco de dor e quinhentos dólares, o fruto do meu amor entrou pelo cano.

Arrependimento? Sim. Alívio? Sim. Algum dia desejei ter tido aquela criança? Sim. E já me senti contente por ter feito aquilo? Sim.

Sabem o que me fez realmente sentir mal? Nova York é tão dada a abortos que isso faz parte de sua cultura; no entanto, aprovaram essa lei tarde demais para as centenas de moças que precisavam fazer isso na mesma época que eu. Será que não poderiam fazê-la retroagir e mandar um pedido de desculpas a todas?

A revista *Cosmopolitan* tem horóscopos sexuais e também artigos formidáveis sobre masturbação.

Já fez seu mapa astral alguma vez? Qual é o seu ascendente? Pode-se ficar sabendo por 25 pratas. A satisfação é pequena com as predições mensais das revistas e as diárias dos jornais; por isso, fui consultar a Sra. Alberta Kile sobre o meu futuro.

— Terá uma vida longa e feliz.

— Vou me casar?

— Seu mapa astral indica uma possibilidade, mas provavelmente não entre os 34 e os 41. Veja, Vênus não está em conjunção com você.

— Vai ser antes ou depois disso? Hein?

— É difícil dizer. Seu mapa é muito complicado. O sucesso em sua carreira vai surgir numa fase mais tardia da vida.

— Será que vou me casar?

— É possível.

— Vou ou não vou?

— Seu mapa mostra uma longa ligação sentimental com um homem.

— E casamento?

— Possivelmente.

— Não há indicação de casamento no meu mapa?

— Sim e não. Não entre 34 e 41 anos. Possivelmente antes ou depois.

— Não pode dizer com certeza?

— Às vezes. Às vezes, está muito claro. Mas não em seu mapa. Não viaje de avião no dia 20.

Ora, vá se foder, Sra. Kile. Me tomou 25 dólares só para me dizer besteiras sobre viagens de avião?

Uma longa ligação amorosa? Norman. Era a ligação mais comprida que já tivera. É verdade que conheci um professor na escola, Alfred Block. Tivemos encontros e um breve caso — até que descobri que existiam uma Sra. Block, três filhos e um cachorro. Estávamos os dois na cama uma noite. (Em uma noite sem Norman.)

— Sheila, pode me passar as minhas calças? [Eu me inclinei e peguei-as. Ele tirou a carteira e me mostrou umas fotografias.] Essa é Jennifer, está com dois anos e meio; este é Sean, tem sete anos; e este é Adam, com cinco.

— São lindos. (Estava prestes a desmaiar. Foi providencial que estivesse deitada, ou teria desabado no chão.)

— E esta é minha mulher, Barbara.

— É muito bonita.

Alfred Block, você é um puto. Nunca me contou que era casado. A quantas outras garotas também não contou? E que bela maneira de finalmente contar: na cama, depois de uma trepada — "e esta é minha mulher, Barbara". Alfred Block, você é uma puta, se isso é possível.

Foi o meu único caso com um homem casado. Não... esperem um instante... não é verdade. Houve um Bernie de Tal, mas esse não conta porque odiava a mulher e me falou sobre algumas das coisas que ela fazia com ele, e eu a odiei também. Ela não dormia com ele há mais de um mês, sempre se queixando de dor de cabeça; por isso, esse realmente não conta... não é?

Norman não sabia nada sobre os Bernies e os Alfreds, era fiel a mim, como um homenzinho casado com medo de trair a mulher. Não, provavelmente, nem mesmo tinha medo. Mais trepadas simplesmente não entravam em seu esquema.

Naquela ocasião, quando ambos lecionávamos, tínhamos as mesmas folgas, e Norman e eu fomos passar os feriados da Páscoa em Porto Rico — como marido e mulher. Vejam só que pecado; fomos pecar no Caribe Hilton Hotel.

Foi bem divertido. É... não muuuito divertido, mas considerando-se com quem estava... Ajudou-me a ter uma idéia de como seria estar casada com ele. Era exatamente como sempre parecera que seria. De fato, era como estar casada com um chinelo velho. Esqueceu-se de fazer reservas, esqueceu-se de dar gorjetas e usou uma sunga frouxa — estão preparados? — cheia de pontinhos coloridos.

Apesar de tudo isso, eu estava disposta a me casar com ele. É, casar com ele, ter os filhos dele e comprar os bagulhos dele. Já que se vestia mal, compraria roupas novas para ele e faria tudo o que Bernice fez por Manny. Olhem bem, todo mundo, este é o meu marido — o chinelo velho.

— Norman, acho que estamos desperdiçando o nosso tempo, se não casarmos.

— Eu não acho.

(Resolvi jogar com o amor...)

— Pois então, acho que não devíamos nos ver mais.

— Tá legal.

(... perdi.)

Ei, vocês advogados! Querem ouvir uma grande idéia? Acho que garotas que andaram com um cara por muito tempo e que deram o melhor que tinham a ele deviam receber uma pensão. Se isso acontecesse, os solteiros pensariam duas vezes antes de foder com a vida inteira de uma garota. Tive um caso com Norman por sete a oito anos, e algumas esposas recebem pensão depois de um casamento de sete ou oito meses. É isso mesmo, pensão por ter um caso.

E assim, com um simples "Tá legal", sete anos desceram pela privada e desapareceram no esgoto. (Mas que requinte de imagens.) Ele diz "Tá legal", e é o fim.

Tornei a falar com ele, pedi, supliquei que voltasse, mas o seu esquema mudara.

O que há mais para contar? Fui roubada novamente. Levaram a televisão e o casaco de peles. Devia ter feito uma plástica no nariz. Não podem roubar um nariz. Melissa teve uma filha, e Tia Sheila foi visitar. Li na *Revista dos Alunos da UNY* que o Professor Hinley estava lecionando em Miami. Espero que tenha encontrado um outro Joshua. Aos 28 anos, cancelei a assinatura da *Mademoiselle* e fiz uma da *Vogue,* para mulheres mais maduras. Comecei a pensar em economizar dinheiro e a imaginar quem cuidaria de mim na velhice. Minha sobrinha?

Kate casou-se em uma pequena e chique cerimônia no Fifth Avenue Hotel e os dois casais de pais estavam lá. (Fez um bom casamento.) As últimas notícias que tive de Linda eram de que estava borboleteando pela Europa. Recebi um cartão da Dinamarca e outro da Inglaterra — "Acabei de romper com um cara realmente estranho. Adora a rainha." O casamento de Agatha Horowitz saiu na edição dominical do *Times.*

Não fui à reunião da minha classe do ginásio porque não queria topar com uma porção de colegas grávidas. E quanto mais perto dos trinta, mais difícil ficava trepar. Seria possível que eu já não fosse mais um objeto sexual? Uns poucos homens me bolinavam na rua, mas isso não era nada satisfatório. Tentei entrar para o movimento de libertação feminina, mas o movimento e eu não combinávamos. Sabem, eu gostava do que diziam, mas isso não me deixava mais feliz. Poderia trocar meu nome de *Miss* Levine para *Ms.* Levine e não ia adiantar nada. Não tenho a menor idéia por onde anda Joshua. Vai ver que se casou com Norman.

Não suportava mais: Parabéns pra você
Nesta data querida

Muitas felicidades,

Muitos anos de vida,

êêê... viva a Sheila solteironaaa!!!

VIVAAA!

Não, chega de vida.

Eram minha mãe e meu pai cantando em meu trigésimo aniversário, no restaurante Four Seasons. Só nós três.

— Sheila, querida, estive pensando... e cheguei até a falar sobre isso a seu pai. Talvez a razão por não ter se casado ainda seja porque é muito exigente. Como por exemplo: por que ele deve ter um grau universitário?

Tentei isso, mãmi... Marty Brink, o que não tinha diploma universitário. Marty trabalhava em uma sapataria feminina e saíra direto da escola para trabalhar no negócio do pai. Saí com ele algumas vezes e, enfim, como era de hábito na época, fomos para a cama. Logo depois que praticamos o ato pela primeira vez, Marty, ainda por cima de mim, disse:

— Disculpi, Sheila, eu não divia tê gozado.

Querem falar de frias? Fico doente sempre que me lembro disso. Desculpe, mãmi, não devia ter me mandado para a universidade, e sim para uma escola de datilografia.

Disse para mim mesma: JÁ CHEGA, VOU ME SUICIDAR.

E por que já chega? Porque não me casei e NUNCA TIVE REALMENTE UM PÁSSARO NA MÃO. Podem chamar a isso de resposta de uma mulher à explosão populacional. Que melhor maneira de praticar ecologia do que livrar-se de si mesma?

Na verdade, havia uma única alternativa para que desistisse dele: se ao menos tivesse sido escolhida pela seção Transformação Total da revista *Glamour.* Escrevi para eles e nunca me responderam. Achei o fato profético. O suicídio tornou-se a única resposta.

O passado e o presente se encontram, e não há futuro. Meus pais me levaram ao meu jantar de aniversário pouco antes de começar a escrever esta mensagem.

Algum dia já pensaram em quanto planejamento exige uma morte? Provavelmente mais ainda do que a que envolve um casamento, pois, afinal, é para sempre.

# Os preparativos

VOCÊS NÃO FAZEM IDÉIA de como me senti bem quando tomei a decisão. Sei que é estranho, mas senti-me saudável. Não sabem que alívio é livrar-se de vez do Dr. Stillman e sua dieta de água, dar adeus ao Dr. Atkins e à sua dieta das proteínas. Já não preciso mais decidir se tomo ou não aquelas injeções de urina de mulheres grávidas. É verdade, ajudam a perder peso. Sim, senhor, a primeira coisa que fiz quando tomei a decisão de me matar foi parar de fazer dieta. Que cavem um buraco maior.

Todas as minhas atitudes mudaram. Passei a usar saias plissadas escocesas, listras em diagonal e cores que não emagrecem. Tomava táxis para todo lado, sem me preocupar com o taxímetro, e fui de fila VIP aos shows da Broadway. É difícil acreditar que Jackie Onassis faça essas coisas sem pensar duas vezes.

O suicídio iminente melhorou minha personalidade. Tornei-me, realmente, mais transparente, mais direta e talvez um pouco mais ousada. Tornei-me até uma professora melhor, porque parei de ter medo de que um dos garotos me enfiasse uma faca.

Imagino que a maioria das pessoas decida cometer suicídio e simplesmente o faça. Eu não podia fazer uma coisa dessas. É tão sem classe. Nova York ensinou-me a ter alguma, e pretendia partir com estilo. Nada como em *Imitação da Vida,* com seis cavalos brancos puxando o meu caixão. Algo limpo e discreto, tão elegante quanto possível, e planejado até o último detalhe.

Tomei essa decisão no final de agosto e pretendia resolver tudo até 3 de julho do ano seguinte. Assim, teria tempo de comprar um espaço no cemitério, uma lápide e, naturalmente, escrever um bilhete suicida. Estão se perguntando por que o dia 3 de julho, né? Ou talvez não estejam, dane-se, mas vou contar do mesmo jeito. Imaginei que se me matasse no dia 3 de julho teria que ser enterrada no dia 4. Não é bonito e simbólico? O Quatro de Julho — Dia da Minha Independência Particular.

Sei que é tolice, mas em agosto passado comprei um carimbo que dizia FALECIDA. Vi um anúncio na última página dos classificados da *New York Times Magazine* que dizia: "Fabricamos quaisquer inscrições em carimbos que sejam úteis aos negócios", ou algo assim. Não pude resistir. De início queria mandar gravar "Foda-se". Achei que ficaria ótimo carimbado no recibo do meu aluguel, mas não tive coragem bastante. De qualquer modo — mãmi, pápi e qualquer um que esteja cuidando de minhas coisas —, carimbem FALECIDA no meu cartão da biblioteca e nas minhas contas a pagar.

Sabem, eu nunca tinha pensado nisso antes — imaginem uma pessoa que recebeu uma conta astronômica da Lord & Taylor, porque não conseguiu controlar-se numa daquelas grandes liquidações de fim de estação. Por que não podia simplesmente devolver a conta, com um bilhetinho educado contando como a pessoa em questão faleceu? O que poderia acontecer? Suponho que pudessem fazer uma verificação e mandar um cobrador, mas a devedora podia vestir-se de preto e fingir que estava de luto durante alguns meses, depois que a conta fosse expedida. Acho que valeria a pena. Lord & Taylor faz liquidações fantásticas de fim de estação.

De qualquer maneira, pápi, o senhor achará o carimbo escrito FALECIDA na gaveta em cima de minha escrivaninha.

— Já soube? A tal Levine se matou.

— Mas que coisa mais horrível, fazer isso com os pais!

— Deixou todo o velório preparado, comprou um túmulo, uma lápide e tudo o mais.

— Eu devia ter uma sorte dessas com meus filhos.

Já tenho o meu túmulo. E, acreditem, não foi fácil conseguir. Para tornar as coisas mais fáceis para meus pais, que, de acordo com a lei judaica, teriam que visitá-lo ao menos uma vez por ano, decidi ser enterrada no Rossman Memorial Park, onde meus avós (dois por parte de pai e um por parte de mãe), que suas almas descansem em paz, estão enterrados. Minha família tem um jazigo lá, mas só há espaço para meu pai, minha mãe, meu tio e minha tia. Os netos que se virem.

Tomei um ônibus para South Orange, Nova Jersey, e depois um táxi até o cemitério, num dia calmo. Havia poucas pessoas lá e um ou dois rabinos à procura de trabalho. (A família os paga para orar uma prece ao lado do túmulo.)

Os cemitérios sempre me embaraçaram. Sempre que entrava em um eu abaixava a cabeça, com medo de encarar as pessoas enlutadas, porém não me sinto mais assim. O cemitério é agora, como força de expressão, meramente um lugar para pendurar o meu chapéu. É como inspecionar um novo apartamento e, graças a Deus, não terei que me mudar de novo.

Fiz uma visita a meus avós, disse-lhes umas poucas palavras, invejei-os por estarem juntos e contei-lhes que logo me juntaria a eles, indo em seguida para o escritório do cemitério.

— Em que posso ajudá-la? (Uma senhora vestida de negro, cabelos grisalhos, usando um broche simples e com um tom muito simpático.)

— Gostaria de providenciar um túmulo.

— Não quer sentar-se, por favor?

A senhora dirigiu-se até um escritório e voltou em companhia de um homem alto e cinzento, que me convidou solenemente a acompanhá-lo até sua sala. Que pessoas tão agradáveis e cheias de consideração. Fiquei imaginando que, se lhes contasse por que ia me matar, acabariam me arranjando um homem.

Ele me ofereceu uma cadeira, assegurou-se de que estava confortável e de que havia uma caixa de lencinhos Kleenex à minha disposição. Sentou-se então em outra cadeira, não por trás da escrivaninha, mas de frente para mim, para um bom contato visual.

— A Sra. Goldman me disse que procura um bom túmulo. Já conhece o Rossman Memorial Park?

— Meus avós estão enterrados aqui.

— Excelente.

— Existem terrenos disponíveis?

— Sim, temos. Inclusive alguns de primeira, até com vista. (Com vista?)

— Gostaria de algo simples.

— Posso perguntar-lhe para quem é?

— Para mim. Estou com uma doença terminal. Nada de sério, porém. Isto é, incurável mas não é nada contagioso ou coisa assim, e vou precisar de um túmulo.

Ele levantou-se e voltou com uma pasta, que abriu e folheou rapidamente. Levantei os olhos uma vez e sorri, mas ele não me devolveu o sorriso. Acho que esse tipo de profissional é treinado para não sorrir. Finalmente, deteve-se em uma página e disse-me, mostrando um mapa:

— Aqui está. Temos o lote 34 A e B, e o 65 A e B. Ambos têm uma bela localização.

— O que significam A e B?

— São dois lotes conjugados. Presumo que seu marido vá juntar-se à senhora.

— Não sou casada. (E é por isso que estou aqui, seu idiota!)

— Isso é um problema. Um problema muito sério. [Está dizendo isso logo para mim!] Não sei se a senhorita sabe, mas o Rossman Memorial Park é um cemitério familiar. Temos os Linberger, mais de vinte e cinco membros, que estão há três gerações conosco. O problema, minha cara, é que não atendemos pessoas solteiras. Todos os nossos túmulos são duplos.

Dá pra acreditar numa coisa dessas? Dá pra acreditar no que esse homem está me dizendo? E ainda quer que eu descanse em paz! Fala sério! Até no túmulo estou tendo problemas com o meu estado civil!

— Será que não... será que não poderia ficar com o lote 34 A, e, se um outro solteiro aparecesse, ele ficaria com o B?

— Desculpe, mas não posso dividi-los. Isso quebraria todas as nossas regras. (Estou à beira das lágrimas. Estou a ponto de gritar, a ponto de morrer!)

— Escute, no caso de um homem morrer e sua mulher casar-se de novo, ela gostaria de ficar com o novo marido. Ou talvez, se uma mulher morresse e o marido casasse de novo, ele ficaria com a nova mulher. Talvez haja alguma solteira por aqui e podíamos fazer um time, se é que permitem esse tipo de coisa.

— O nosso procedimento habitual, Srta. Levine, é sugerir que as pessoas solteiras sejam cremadas.

Mas será que não temos sequer uma escolha? Somos assim tão sem importância? Os solteiros devem ser reduzidos a pó, queiram ou não?

— Não quero ser cremada. (E comecei a me levantar para sair.)

— Vejamos, Srta. Levine. Posso ceder-lhe o lote 65 A e B, com um ligeiro acréscimo sobre o que lhe custaria um deles. Fica numa ligeira inclinação do terreno. Pode ser?

— Lógico.

— Bem, e quanto ao caixão?

— Ah, por favor, não me diga que vocês só têm caixões duplos. (Ou tamanho King-size.)

Ele quase sorriu, mas conteve-se. Deve ter tido um treinamento de primeira.

— De forma alguma; temos caixões à sua escolha. Isto é, se está certa de que não prefere uma urna.

— Estou certa. Escute, posso lhe telefonar mais tarde sobre o assunto do caixão?

Tinha uma certa quantia reservada para o caixão e o vestido com que seria enterrada. Sabem, se gastasse menos com ele, poderia gastar mais com o caixão. Àquela altura, não sabia quanto dinheiro ia sobrar.

— Claro. Aqui está o meu cartão. Mas deve nos enviar um depósito de, digamos, 150 dólares. Nossos túmulos têm grande saída.

Estava certa de que me diria que havia um simpático casal muito interessado no que eu acabara de comprar, e quase também de que me dissesse que devia ficar com ele porque tinha umas alcovas encantadoras.

Portanto, vou passar minha eternidade no Rossman, uma moça solteira e solitária, num túmulo duplo.

Algum de vocês conhece alguém que esteja no negócio de vendas a varejo de lápides? Nem eu.

Numa bela manhã de sábado, não faz muito tempo, saí para comprar uma. Todo túmulo precisa de uma lápide e eu já tinha um. Já era tempo de providenciá-la. Primeiro, deixei que meus dedos percorressem as Páginas Amarelas, anotando nomes de firmas, que, digamos, me pareciam simpáticos: Monumentos Funerários de Granito, Especializada em Retratos; Lares Funerários, Servindo às Famílias Judaicas desde 1915; e Miguel Rodríguez, Se Habla Español. Nenhum deles me atraiu. Raynd Jones & Associados, ASSESSORES DE MONUMENTOS FÚNEBRES. *Assessores*. É, assessores. Devem assessorar a gente na escolha.

"Filho, quando você crescer, quero que entre para o negócio de assessor de monumentos funerários. Acho que tem grande futuro."

Mas aonde ir? Especializados em Retratos... ã-ã! Bem que os teria levado em consideração se tivesse operado o nariz. De repente, achei — Monumentos Fúnebres Bingo.

Monumentos Bingo fica em Connecticut — em Kent, Connecticut. Eu o via duas vezes por ano, quando era pequena, indo e vindo do acampamento. Bingo era um lugar muito estranho. Havia lá uma casinha branca e meio aos pedaços, com a frente cheia de lápides de pedra.

Sempre que passava por lá via crianças, muitas crianças louras e sujas, brincando em volta da casa, olhando os ônibus que nos levavam para o acampamento. Aquelas crianças ficavam apoiadas, ou sentadas, ou brincando, entre as pedras funerárias o dia inteiro. Enquanto estávamos acampados, nadando e tentando jogar tênis (Quantas vezes tenho que lhe dizer, Sheila, para manter o pulso reto?), as tais crianças brincavam em frente, entupida de pedras funerárias. Sentia tanta pena delas. Não iam para acampamentos, e provavelmente nem para a universidade. Mas, Sheila, elas se casaram — aquelas felizes crianças.

Telefonema para Franklin Square:

— Alô, mãmi.

— Oi, Sheila, quais são as novidades?

— Nada de especial.

— Você tem algum programa para sábado à noite? (Ela ainda estava tentando.)

— Não sei ainda. (E eu ainda estava tentando agradá-la.)

— Quando vem passar um fim de semana em casa?

— Não sei, mãmi. Na primeira oportunidade. [Ela deve achar que sou Baby Jane Holzer.] Escute, mamãe, será que pode me emprestar o carro no sábado?

— Aonde é que você vai? (Ô mãe, pelo amor de Deus, tenho trinta anos. Será que não posso pedir o carro emprestado sem dizer aonde vou?)

— Vou a Connecticut, na Monumentos Fúnebres Bingo, escolher a minha lápide. (Claro que não disse isso.)

O que eu disse:

— Vou a Connecticut com um rapaz que conheci algumas semanas atrás. Ele gosta muito de lá, eu também, e resolvemos passar o dia. (Eu sabia àquela altura exatamente o que dizer.)

— Que bom. Por que não vêm os dois primeiro até aqui para pegar o carro? (Queria é dar uma olhada no meu flerte imaginário.)

— Ele bem que gostaria, mamãe, mas não pode.

— Por que não?

— Porque ele não existe. Eu o inventei. (Também não disse isso.)

O que eu disse:

— Por que ele tem que visitar a mãe no sábado de manhã. (Sabia que minha mãe não podia *ainda* competir com a dele.)

— Certo. Então, quando vamos ver você?

— No sábado de manhã. Vou até aí pegar o carro.

— E por que não sexta à noite? Vamos ter um ótimo jantar. (Por que me pergunta quando vou, se já está me dizendo quando ir?)

— Tá bem.

Dirigi até Kent, Connecticut, sozinha — duas horas e meia através da linda América. Era a minha primeira viagem de carro em território familiar. Ano após ano, fizera a viagem de trem com colegas que mascavam chicletes e liam histórias em quadrinhos, todos de shorts azul-marinho e camisetas azul-claro. Íamos de trem até a estação de Kent, onde éramos apanhados por ônibus e caminhões que nos levavam pelo resto do percurso.

Naquela bela manhã de sábado, fui direto ao Bingo e fiquei surpresa ao não ver crianças. Esquecera completamente que as crianças que brincavam lá tinham a minha idade e haviam crescido também.

Bati na porta, que foi imediatamente aberta por uma senhora em trajes caipiras — a Sra. Bingo? Em toda a minha vida eu nunca havia realmente conhecido alguém que usasse vestido caipira. A Sra. Bingo tinha longos e finos cabelos que encaneciam, usava vestido caipira e era do tipo que não engordava.

(Eu, sorridente e muito amável.) — Alô, gostaria de encomendar uma lápide.

(Ela, muito curiosa.) — Espere um momento, por favor. Vou chamar o meu marido. Só um minutinho.

Dei uma olhada para dentro. Mobília gasta e ensebada, onde crianças haviam trepado, arranhado e danificado. Não havia duas peças que combinassem e o lugar parecia o saguão de um velho e barato motel com uma televisão velha e empoeirada, mas um guia de programação novinho em cima. Apareceu um homem. E como é o marido de uma mulher vestida daquele jeito? Era alto e magro, calçava meias soquetes e sapatos Gucci — estou brincando sobre os sapatos.

(Eu, muito, muito amigável e sorridente.) — Olá, gostaria de encomendar uma lápide.

Ele me olhou com um olhar que parecia dizer "Mas que diabo está fazendo aqui?"

— Eu costumava freqüentar o acampamento perto daqui e sempre reparava neste lugar. Preciso de uma lápide e pensei em vir até sua loja.

— Lá estão as nossas pedras. Escolha a que quiser, e depois fale comigo para lhe dar um recibo.

— Obrigada.

E olhei para elas. Fazem alguma idéia de como eram? Eram lápides para gente casada, com corações, flores e inscrições como "EM MEMÓRIA DE MINHA CARÍSSIMA ESPOSA", "MEU AMADO MARIDO", "QUERIDA ESPOSA E MÃE". Oh, Deus, até os monumentos eram para gente casada. Havia um genérico "NOSSO QUERIDO FILHO OU FILHA", mas todos com cruzes em cima.

(Eu, ainda mais amável e sorridente.) — Sr. Bingo, o senhor faz lápides por encomenda?

(Depois de uma pausa.) — Todas essas aí são de encomenda. É só dizer o nome que quer e nós botamos nelas.

— Não, o que eu quis dizer é se fazem uma encomenda completa, e sem nenhuma inscrição.

Ele apontou-me uma sem inscrições — em forma de uma grande cruz com dois anjos diminutos na base. (Oh, meu Deus!)

— Sim, aquela é muito bonita, mas o que eu queria, o que eu realmente queria, era uma pedra completamente lisa... sem nada.

— E como é que se vai saber quem está enterrado, se não tiver nada escrito?

— Não, o que quis dizer é se podia pegar uma simples e sem nenhuma inscrição e escrever o que eu lhe dissesse.

— Pode mandar gravar qualquer uma dessas — disse, apontando todos os amados monumentos fúnebres.

— Não servem. Sabe, a pessoa não era uma querida mãe ou esposa.

— Sinto muito, mas não posso servi-la.

— De qualquer maneira, obrigada.

Dirigi até o acampamento. Havia uma corda atravessada na estrada e um cartaz que dizia ENTRADA PROIBIDA. Tirei-a e continuei, uma coisa que jamais teria feito antes da "decisão". Sempre tive medo dos vigias. Minha querida mãe costumava dizer:

— Não tenha medo das pessoas, Sheila. Imagine a pessoa de quem tem medo sentada no vaso sanitário.

Os acampamentos não mudam. Bom saber que algo não muda num mundo sempre em mutação. Estava frio e eu nunca estivera lá nessa época, mas parecia um acampamento mesmo. Que tempos felizes passei lá. Quase esqueci que era tão antiatlética que, quando os colegas escolhiam os times, eu era sempre a última. Todo dia, ouvia a mesma briga:

— Vocês é que ficam com a Sheila.

Então, de volta a Nova York, telefonei para Raynd Jones e Associados, ASSESSORES DE MONUMENTOS FÚNEBRES. Acontece que estavam na verdade no mesmo tipo de negócio do Sr. Bingo, só que me mandaram um catálogo e um vendedor todo malandrão, que usava um anel cor-de-rosa e um prendedor de gravata. Onde será que os ricos escolhem os seus túmulos? Certamente com esse homem é que não é!

— Posso perguntar para quem é o monumento?

— É para mim. Estou sofrendo de uma moléstia incurável.

— Sinto muito ouvir isso, mas estou feliz que tenha solicitado os serviços de Raynd Jones e Associados.

— Sim, eu gostaria de algo simples.

— Veja, aqui está o nosso catálogo. Por que não dá uma olhadinha?

Um catálogo para amadas esposas e mães. Não havia monumentos para solteiros.

— Eu queria algo simples. Tudo o que quero gravado no monumento é: AQUI JAZ SHEILA LEVINE, AMADA ESPOSA DE NINGUÉM. Podem fazer isso?

— Está louca, minha senhora? Será que não sabe que todo este trabalho é feito à mão? A gravação custa cinco dólares a letra. Está certa de que precisa dessas letras todas?

— Sim.

— Vamos ver, então. Por uma pedra bem pequena, vai lhe custar cinco vezes 39, dá cinco, vai quatro... o que vai dar 195 pela inscrição e, vamos dizer, 150 pela pedra... pequena, porém em mármore verdadeiro... dá cinco, 95, são 14.

Aproximadamente, vamos dizer, 345, 350 com a vírgula, pagos adiantados.

— Tudo bem. (Mas ele deveria ter dado um desconto para a vírgula!)

— Quando e onde quer que seja entregue?

— Tem que estar pronta em torno de 4 de julho, porque estou planejando morrer em 3 de julho e ser enterrada no 4.

— Sei. (Escreve os dados.)

— E pode entregá-la aqui?

— É pesada demais, seu assoalho ia afundar.

— Aviso depois onde deve fazer a entrega. Fechado?

— Sim, mas vou precisar, vamos dizer, de um depósito de 100 dólares para começar o trabalho.

Fiz um cheque, então. Mas que merda! Aposto que a irmã de Rose Lehman conhece alguém que vende por atacado.

Minha vida não tem sido lá muito agradável, não é mesmo? Não preciso de agravantes, não é? E é só o que me acontece.

Telefonema de Franklin Square:

— Alô, Sheila querida. Acordei você?

Olhei para o despertador.

— Mãmi, são seis e meia.

— Não consigo dormir. No instante em que a luz bate na janela eu me levanto. Nem sei como agüento, dormindo tão pouco.

Tudo o que sei é que essa senhora vai para a cama às dez da noite. É a única pessoa na América que não sabe quem é Johnny Carson.

— Sheila querida, como vai?

— Tudo bem, mãmi. (Estava para me matar dali a seis meses, mas, mesmo assim, "Tudo bem, mãmi".)

— Lembra-se da Tia-Avó Goldie, a mãe do Tio Arnie?

— Não.

— Claro que se lembra. Era ela quem sempre ficava no centro quando faziam o *horah* nos casamentos.

— Não lembro.

— Lembra sim. A mãe do Tio Arnie. Ela tricotou um suéter para você quando você nasceu.

— Mãe, como é que eu vou me lembrar de alguém que tricotou um suéter quando nasci?

— Não seja tão petulante! Ela alugava uma casa em Atlantic City todo verão.

— Ah, sim. (Não tinha a menor idéia de quem ela estava falando.)

— E agora? Lembra?

— Sim. (Não.)

— Morreu.

Minha mãe está chorando por Tia Goldie, que mal conhecia (assim como Atlantic City). O que vai fazer por mim? O que vai fazer, mãmi? Não chore. É o meu desejo. Já vivi o bastante e fiz o que queria. Seja feliz! Vá a um cinema. Não precisa fazer *shivah* por Sheila. É o que ela queria. Pápi, não chore e não deixe mãmi chorar. Será que existe culpa depois da morte?

Acho que tiveram um pressentimento de que a morte de Tia Goldie ia ser um problema? E foi.

Telefonema de Franklin Square:

— Sheila?

— Sim, mãmi. (Quantas vezes disse isso pela vida afora?)

— Tio Arnie não pode vir de São Francisco a tempo para providenciar o velório e ele tem que se realizar logo, nada daquele comportamento dos *goyim*, que deixam os corpos largados por dias a fio. [Eu sei, eu sei. Embarco no dia 3 e vou para debaixo da terra no 4.] E, assim, só sobrei eu para fazer os arranjos com o Rossman, já que sou a parente mais próxima. Vou até lá fazer os preparativos. É onde estão o marido dela e seus avós também. [Eu sei, eu sei.] Por favor, Sheila, será que pode me levar de carro até lá hoje à tarde? Não posso pedir isso a seu pai porque esta é a época do ano mais ocupada dele no negócio. Por favor, Sheila querida, vá comigo até o Rossman.

E VOCÊS AÍ ACHAM QUE TÊM PROBLEMAS!

Como é que vou sair dessa? Como vou ficar cara a cara com aquela gente cinzenta que conheci algumas semanas atrás para fazer os preparativos do meu próprio funeral? Talvez não me reconheçam. Claro que vão. Quantas pessoas vão lá comprar os próprios túmulos? Talvez o homem que me atendeu não esteja lá, mas não posso me arriscar. Ele pode estar lá *e* a mulher também. Talvez não precise sair do carro. Não. Minha mãe vai me obrigar a saltar — para esticar as pernas, ir ao banheiro, visitar o túmulo dos meus avós. Dar um alô para o vovô e a vovó...

— Por favor, Sheila querida, venha comigo. Vou me sentir bem melhor com você do meu lado.

Talvez deva telefonar para aquela gente e tentar explicar. Como é mesmo o nome dele? O dela era Sra. Goldman. Ainda bem que anotara o nome dela no meu bilhete de suicida.

— Informações? Preciso do número do Rossman Memorial Park, em South Orange, Nova Jersey.

— Rossman Memorial Park.

— Alô, a Sra. Goldman está?

— Ela não está na cidade, foi a um velório. Deve voltar com a família enlutada. (Merda!)

— Posso falar com a pessoa para quem a Sra. Goldman trabalha?

— Qual delas? Ela trabalha para todos os irmãos Rossman. (Com o cinzento. Será que são todos cinzentos?)

— Não me lembro do nome, mas tenho que falar com ele. É muito importante.

— O outro telefone está tocando. Poderia aguardar um momento?

(Minha mãe está chegando a toda na cidade e estou à espera.) À ESPERA! No céu, eles fazem logo a ligação. No inferno, botam você à espera.

— Alô?

— Sim. Estou ouvindo.

— Será que poderia descrever o cavalheiro para mim?

— Ele tem cabelos acinzentados, a pele meio cinza também e os olhos, eu acho. (E meias, sapatos, nariz, orelhas e... aquilo também.)

— Vou passá-la para o Sr. Henry Rossman. (Meu Deus, por favor, estou rezando. Jesus, juro que me converto se for ele mesmo.)

— Alô?

— Alô, aqui fala Sheila Levine. Não sei se foi com o senhor mesmo que falei, mas estive aí no seu cemitério algumas semanas atrás para comprar um túmulo para mim. Foi com o senhor que falei, lembra-se? Comprei dois lotes, 65 A e B, eu acho. Lembra-se da moça solteira?

— Ah, sim, me lembro. (Obrigada, Deus. Puxa, eu estava só brincando, tá?)

— Graças a Deus.

— Como vai, Srta. Levine? (Estava com uma doença incurável, seu idiota! Como é que posso estar uns poucos meses antes de morrer?)

— Muito bem, obrigada.

— Que bom. (Ele não estava querendo dizer "que bom". O que queria dizer era "que pena". Acho que receava que eu estivesse cancelando o 65 A e B porque tinha me curado.)

— Estou telefonando para avisá-lo de que tenho de ir hoje aí, que vou provavelmente vê-lo, e não quero que o senhor me reconheça.

— O quê?

— A tia de minha mãe morreu e vai ser enterrada no Rossman, e tenho de ir aí hoje com ela, e apreciaria muito se o senhor fingisse não me conhecer, pois minha mãe não sabe que estou muito doente e que logo vou me juntar a minha tia. Eu apreciaria muito se não desse qualquer demonstração de que me conhece. Por favor!

— Por que não conta à sua mãe que está morrendo? Acho que ela poderia ajudá-la, Sheila. (Por favor, homem cinzento, por favor, nada de sermões interurbanos.)

— Vou contar a ela, mas estou esperando o momento adequado. (Boa idéia, menina.)

— Compreendo. Acho que deve saber o que está fazendo. (Não tenho a menor idéia do que estou fazendo, mas fico satisfeita em saber que acha que tenho.)

— Sim, já pensei muito sobre isso.

— Vejo a senhorita mais tarde. E não se preocupe. Vou fingir que nunca a vi.

— Ótimo. E, por favor, diga à Sra. Goldman para não me reconhecer também.

— A Sra. Goldman está acompanhando uma família enlutada.

— Que bom... é... desculpe, não era exatamente o que queria dizer.

— Srta. Levine, não cheguei a perguntar se deseja que seu túmulo tenha manutenção.

— Ah, sim, sim, quero sim.

Nem me importei quanto fosse custar. Não ia me arriscar que voltasse atrás e resolvesse me reconhecer.

Encontrei minha mãe na Rua 38 porque a 39 só dá mão na direção contrária. É assim que em geral vivem os nova-iorquinos: planejando cada passo porque estão pensando constantemente na mão das ruas. Minha mãe parou, eu entrei do lado do motorista assim que ela deslizou para me dar lugar, uma perfeita coreografia e um encontro perfeito. Pelos primeiros dez minutos, ela ficou anormalmente calada. Depois disse:

— Bem, todos nós temos que morrer um dia. A Tia Goldie teve uma vida boa e cheia de compensações. E a maneira como morreu foi na verdade uma bênção. É assim que quero que seja o meu fim... um rápido ataque do coração.

É uma bênção. E espero ir antes de seu pai. É o meu único desejo, que tenha um ataque do coração e vá antes de seu pai. É horrível ser viúva. Veja a Frances Lehman. Desde que o Herman morreu está deprimida. Não desejo uma coisa dessas para mim. Frances tem três filhas, todas casadas; por isso, cada qual leva a sua própria vida e não há tempo para ela. Foi dar a volta ao mundo sozinha no ano passado. E isso lá é vida? Não deixe que me botem no asilo de velhos, Sheila. Veja só o que fizeram com a mãe da Louise Schnitzer. Ouvi dizer que socaram ela no asilo. Não posso ficar com a Melissa, que tem a vida dela. Talvez venha viver com você, Sheila. Gostaria de morar com a sua velha mãe? Olhando agora para mim, ninguém diria que um dia já fui Miss Coney Island. Tive tantos namorados. Quase me casei com o... como se chamava?... o maestro. É terrível ficar velha. Estou com muitas rugas? Quero dizer, para uma mulher da minha idade? Talvez tenha sido uma boa coisa você nunca ter casado, Sheila. Se alguma coisa, e que Deus não permita, acontecer a seu pai, eu podia vir morar com você. Estou contente por ter tido filhas... sempre se pode contar com elas.

Durante toda a sua vida, ela quis que eu me casasse, agora quer que eu fique solteira para que possa viver comigo quando ficar desdentada. Pensei: "Na próxima vez que eu for ao Rossman vai ser num caixão. Uma viagem muito mais agradável do que esta."

Parece, caso vocês não saibam, que Henry Rossman é um péssimo ator. No instante em que me viu, seu rosto ficou cinzento-avermelhado. Tossiu, gaguejou, tropeçou e fez todas as coisas que faz um homem que se encontra por acaso com a amante na presença da mulher. Resumindo: deu a maior pinta!

— Olá, Srta. Levine. Muito prazer em conhecê-la!!! (Um "muito prazer" acompanhado ainda por cima de uma piscadela.)

— Olá.

— Srta. Levine, gostaria de dar uma olhada por aí? Sei que nunca esteve aqui antes, mas... (Não seja estúpido, Henry. E agora, o prêmio de pior ator do ano. E o vencedor é... Henry Rossman!)

— Sua tia vai repousar ao lado do marido. Ele está no lote 63 A. Ela vai ficar no 63 B... bem perto de... de rrrã-rrrã. (Henry, seu cretino, seu idiota, seu bunda mole.)

— Gostaria de ver a localização, Sra. Levine? Gostaria de vir também, senhorita? (Fico surpresa que não tenha dito, "gostaria de vir também, Srta... desculpe, esqueci seu nome porque nunca nos vimos antes. Gostaria de ver o lote e aproveitar e dar uma espiada onde vai ser enterrada?" Ahhh!!!)

Fomos olhar o lote — não sei por quê. Não iam transferir de lugar o marido da Tia Goldie, então para que olhar? De volta ao escritório, Henry virou psicólogo. O estúpido Henry decidiu que ia criar o ambiente perfeito para que eu contasse à minha mãe sobre minha terrível doença. Estão prontos? Eu não estava.

— Que idade tinha sua tia, Sra. Levine?

— Noventa e um.

— Sabe que a idade média aqui é de 61? Ficamos muito orgulhosos. (Mas que porra significa isso?)

— Que bom. (Uma de nós duas disse isso. Estávamos ambas confusas, e eu já começara há muito tempo a falar igual a ela.)

— Então, sua tia tinha 91? Teve uma vida longa e cheia. Quando uma pessoa dessa idade se vai, é triste, mas não tão triste como quando se trata de uma pessoa jovem. Quando um jovem morre, é triste, muito triste, especialmente se o jovem está doente e nada revela à família.

— É melhor irmos andando, mamãe. Você vai ter que dirigir todo o caminho de volta a Long Island e não vai querer pegar aquele maldito engarrafamento. VAMOS, MAMÃE!

Ele continuou, levantando as sobrancelhas, abrindo espaços para que eu abrisse o coração.

— Acho que vocês jovens deviam falar mais sobre os seus problemas... (Pausa.)

— Sheila, você me parece uma moça inteligente. Apesar de nunca ter posto os olhos em você antes, posso afirmar isso. Não acha que um jovem que esteja doente e vá morrer deva conversar sobre isso com os pais... [Pausa.] Conheço uma moça que vai morrer e ainda não disse isso à família. Eu gostaria de lhe dar um conselho. O que acha que eu devia dizer, Sheila?

Finalmente, fugimos para o carro. Minha mãe disse-me ter achado Henry estranho, e eu respondi que provavelmente era devido ao negócio de funerais. Ela vira *O Ente Querido,* e aceitou minha resposta.

O velório foi no dia seguinte, e todo mundo ficou falando em como Tia Goldie tivera uma vida movimentada. Teve uma vida feliz — dançou no casamento do filho. Estou certa de que foi muito movimentada. Nascida no Brooklyn, morta no Brooklyn, teve um filho que se mudou para São Francisco, dois netos que via uma vez ou outra quando ia para a Califórnia, e fazia uma viagem a Miami todos os invernos. Ganhou também um elogio fúnebre, dito por um rabino que nunca a vira na vida.

"Não conheci Goldie Butkin, mas sei que era uma mulher maravilhosa, porque esta mulher ERA MÃE. E QUE MÃE. [E apontou na direção do filho único de Goldie.] UMA MÃE É... UMA MÃE É... como a CAPA DE UM LIVRO. A família é o livro, MAS a MÃE é a capa. E me pergunto: se a CAPA DO LIVRO, que é a MÃE, fica velha e gasta, isto significa que o LIVRO, que é a FAMÍLIA, não presta mais? NÃO! O LIVRO, que é a FAMÍLIA, ainda está BEM porque a MÃE o protegeu... O que se faz é tirar a capa e jogá-la fora... mas atira-se a mãe fora... não... É, talvez a mãe não seja bem como a capa de um livro... Virem o livro de orações para a página cinco."

Vou receber um grande elogio fúnebre. Acabei de juntar à lista das coisas que preciso fazer antes de partir — arranjar um bom panegirista. Alguém que diga as coisas como elas são. Sheila Levine morreu pelos pecados de vocês.

# Harold

DIZEM QUE quando duas pessoas estão tentando ter um filho e a mulher não consegue engravidar, pode ser que estejam se esforçando demais. Os obstetras sugerem que relaxem, e geralmente isso não funciona. O casal adota uma criança, e logo em seguida a queridinha engravida.

Eu estava me esforçando demais para agarrar um homem e devia relaxar, mas não conseguia. Comprei então um lote no cemitério e uma lápide... e logo depois encontrei alguém. Não fiquem excitados — não disse que me casei, fiquei noiva ou coisa assim, apenas que encontrei um homem.

Fui a uma festa de véspera de eleição num comitê, que não era nacional ou mesmo importante, o que mostra a que ponto chegam os nova-iorquinos para badalar. Eu ainda ia a festas, não porque estivesse procurando um homem, mas porque, se parasse de ir, as pessoas podiam começar a suspeitar.

— O que há com a Sheila? Ela costumava ir a todas as festas que era convidada e agora só fica em casa. Deve haver algo de errado.

E, assim, estava nessa festa dada por uma das minhas colegas professoras, sentada lá comendo um enorme sanduíche e salada de batata, porque já não estava mais realmente ligando para essas coisas, quando um cara moreno e corpulento, com um bocado de cabelo, nem bonito nem feio, aproximou-se de mim e sentou-se a meu lado, no momento exato em que eu metia na boca um pedaço bem grande de picles.

— Oi. (Ele disse isso.)

— Oi. (Eu.)

— Gosto de ir direto ao assunto. Quero dar uma trepada com você. (Ele... ou será que vocês pensaram que fui eu?)

— Também gosto de ir direto ao assunto. Quantos minutos acha que isso vai levar? — Eu me detesto quando fico petulante. Por que não consigo ser como a Doris Day?

(Ele, de novo) — Eu disse que gostaria de dormir com você.

(Eu) — E eu, quantos minutos isso vai levar?

(Ele) — Essa não foi uma abordagem legal.

(Eu) — E a sua por acaso foi?

Dormi/trepei com Harold naquela mesma noite. Sim, consegui descobrir o nome dele e alguns outros detalhes de sua vida. Tinha 33 anos, era divorciado, judeu, talvez casável e um social-trabalhista-poeta.

Mal pude acreditar na minha boa sorte naquela véspera de eleição. Harold era inteligente, de personalidade agradável e amigável... e tive um orgasmo. Sim, pessoal, daquela vez eu sabia, tive certeza. E deixe que lhes diga — quando se tem, se sabe.

Mãmi, sei que está perguntando a razão. Por que uma boa moça judia pula na cama só porque um cara lhe pede? Acho que merece uma explicação. E se puder ajudar uma outra moça judia que leia isso a se manter afastada da cama de algum imbecilóide, não terei morrido em vão.

Não sou hipersexuada. E não costumo andar por aí com os faróis acesos. Se preferem ler sobre faróis acesos, leiam *Cosmo.* Quando estava na faculdade, ia para a cama com os sujeitos porque me fazia sentir *in*. Quando me mudei para Nova York, fui para a cama com caras porque, no meu cérebro orientado para o casamento, achava que se fizesse isso, talvez gostassem de mim. Se um deles realmente gostasse, poderia, oh, por favor, meu Deus, casar-se comigo. Fui para a cama com todos eles pensando que talvez minha mãe dançasse em meu casamento. Fui para a cama com Harold porque estava acostumada a ir para a cama com homens que me pediam isso.

"Manny, veja só, botam a culpa de tudo na mãe."

Não se sinta mal, mãmi. Orgasmos são ótimos.

Harold ficou a noite inteira, o que foi agradável. Tão agradável acordar e vê-lo lá, dar-lhe toalhas de banho e torradas, espremer-lhe uma laranja, fazer amor novamente de manhã, de tarde e no começo da noite. Mais três orgasmos, gente. Ele saiu depois do jantar... e eu fui o jantar.

Achei que nunca mais o veria, mas, milagre dos milagres, Harold telefonou no sábado seguinte.

— Alô.

— É o Harold. Gostaria de trepar com você hoje à noite.

— Você realmente vai direto ao ponto.

— E então?

— Pode vir. Vamos conversar um pouco.

Conversar uma pinóia. Naquela noite tive o meu quinto orgasmo. Já tiveram cinco orgasmos, mãmi, Ruthie, Madeline, Melissa? Aposto que tiveram cinco todas juntas. O quê?! Estão dizendo que nem isso?

Harold ficou para dormir outra vez. Passamos o domingo fazendo amor e falando em como era maravilhosa a revolução sexual. Para dizer a verdade, a revolução sexual estava me deixando dolorida, se é que me entendem. Daquela vez, quando Harold saiu, olhou bem nos meus olhos castanhos e muito próximos, debaixo das sobrancelhas por fazer, e disse:

— Gostaria de trepar com você na próxima quarta-feira.

Evitei olhar diretamente para os seus olhinhos, que pareciam duas contas no alto da barba espessa, e disse:

— Ótimo.

— Estou feliz por ter encontrado você, Sheila. Você é realmente uma mulher liberada. (Escutou só isso, mãmi? Uma mulher liberada!)

— Tá.

E pensei: o que há de errado nisso? Podia ser pior. Teria três filhos hippies e sujos, muito radical-chique, e 365 orgasmos por ano.

Na noite de terça, fiquei menstruada, o que era sempre uma celebração para mim. Telefonei para Harold no trabalho no dia seguinte, para lhe dizer que era melhor não ir.

— Alô, Harold está? Desculpe, mas não sei o sobrenome. Ele é baixo, forte e usa barba. (E come a Sheila Levine.)

— Alô.

— Alô, Harold? Sinto muito, mas não pode vir hoje à noite. Acabei de ficar menstruada.

— Não é o Harold, é o Jerry. Quer falar com ele? (Ai, meu Deus!)

— Sim... por favor. (Não é o tipo de recado que se deixa na escrivaninha.)

— Alô?

— Alô, Harold? (Daquela vez ia me certificar.)

— Sim, Sheila?

— Escute, não dá para vir hoje à noite. Fiquei menstruada.

— Eu sei. O Jerry me disse.

— Queria avisar você.

— Não me importo, mesmo que esteja tendo uma hemorragia. Vou até aí.

E veio, realmente. Diversas vezes. Harold decidira que me queria nas quartas à noite, e vinha. Trezentos e sessenta e cinco orgasmos por ano eram uma conta exata.

Nossas relações continuaram assim por um mês. Depois de três semanas que nos conhecemos, estava pensando que talvez houvesse finalmente acontecido. Harold não me havia pedido em casamento, mas talvez conseguisse convencê-lo a viver comigo por sete anos e tornar-me sua concubina. (Como se festejam os aniversários? E quando ele tem que dar a aliança com o diamante tamanho GG?)

No quarto sábado, depois do sexo, Harold vestiu-se, foi até a porta e disse:

— Você foi ótima.

— Fui?

— Sim. Gostaria de trepar com você na Véspera do Natal.

E me deixou. Deixou-me um fungo, também, do tipo que a gente se sente constrangida de ir ao ginecologista. Eu o teria esquecido mais depressa se não fosse por aquela comichão danada.

E adivinhem quem telefonou algumas semanas depois? Harold, a comichão, Harold, o cafetão, o fungo, o deixa-coceira. Eu tinha esperanças de que telefonasse para lhe dar um fora.

— Alô, Sheila.

— Sim?

— É a Sheila peituda?

— Sim, isto é, não, sim, quem está falando?

— É Harold, lembra-se? Nos conhecemos na véspera de uma eleição e trepamos algumas vezes.

— Ah, sim.

— Estava pensando se ainda está de pé a Véspera de Natal.

— O quê?!?! (Eu estava bancando a durona de ser levada para a cama. Não é engraçadinho de minha parte?)

— Íamos trepar na Véspera de Natal, lembra-se?

— Bem, Harold, não sei. Você não tem telefonado e estou me coçando até hoje.

— Como?

— Nada.

— Ouça, Sheila, além da Véspera de Natal, estava pensando se você estaria livre na Véspera do Ano-Novo.

(Ano-Novo? Arranjei um cara que é um fetichista de feriados.)

— Não sei.

(A Véspera do Ano-Novo. Meu último Ano-Novo na Terra. Será que ia passá-lo com Harold? Será que me passaria outro fungo? Esqueça o velho fungo... e traga o novo.)

— Deixe disso, Sheila querida.

— Tá legal.

— Ótimo, garota, vejo você na Véspera do Natal. E fique firme.

Então, tenho um encontro para o Ano-Novo. Gosto da idéia e sabem o que vou fazer? Vou pegar o meu velho cartão de crédito e comprar um lindo vestido de festa para usar — mesmo que a gente não saia de casa. Preciso de um para ser enterrada, de qualquer maneira. Será que consigo um adequado para ambas as ocasiões?

— Em que posso servi-la?

— Estou procurando um vestido para o Ano-Novo.

— Por aqui, por favor.

— Será que tem algo apropriado tanto para o Ano-Novo como para um enterro em julho?

— Bem, não sei. Tudo depende do que planeja fazer na noite de Ano-Novo.

— Foder.

— Como?

— Eu disse foder. Estou planejando foder na noite de Ano-Novo.

— Temos vários vestidos apropriados para isso. Posso perguntar quem é o cavalheiro em questão? Talvez isso ajude.

— Certamente. O nome dele é Harold.

— Harold?!?! Tá brincando! Diga àquele salafrário filho de uma puta que ele me passou um fungo.

Harold veio, realmente, na Véspera de Natal, e dessa vez me trouxe mais do que uma coceira: trouxe uma pequena margarida embrulhada, que é — vocês têm que admitir — difícil de achar na época do Natal em Nova York. Me tocou profundamente... assim como ele também.

Meu sexto orgasmo — todos com Harold, e eu estava me sentindo muito próxima a ele. A margarida realmente funcionou. Ia obviamente passar a noite comigo, e tinha, estou certa, mais do que visões de perus e rabanadas flutuando na cabeça. Era o momento certo.

Decidi contar a ele sobre o meu suicídio. Por quê? Será que esperava que ele me suplicasse para não fazer isso? Estava esperando algum sinal de amor? Ou tentando chocá-lo? Não sei. Não havia ninguém mais a quem contar. Não podia contar a meus pais, minha irmã ou meus alunos. Talvez fosse por causa do fungo. Ele me dera algo para me preocupar e eu ia retribuir-lhe o favor.

— Harold?

— Teve outro orgasmo, não foi?

— Sim.

— Eu sou bom, não sou?

— Sim, excelente.

— O que quer dizer com isso... excelente? Eu sou o melhor. Sou o melhor fodedor do mundo. (Nosso humor estava ótimo. Sorríamos e falávamos ao mesmo tempo.)

— Harold?

— O que é?

— Vou me suicidar.

— O quê? (Não um "o quê??!?!!" chocado, apenas uma pergunta.)

— Vou me matar. Vou cometer suicídio.

— É mesmo?

— É, é mesmo. Venho pensando nisso há bastante tempo. Vou realmente me suicidar. (Diga alguma coisa. Diga alguma coisa que me faça mudar de idéia. Case-se comigo.)

— Poxa! Isso realmente me funde a cuca. Estou fodendo uma garota que vai cometer suicídio. Resolveu quando?

— No dia 3 de julho, para que o enterro seja no dia 4.

— Poxa; mas isso é fantástico. Você é mesmo uma garota e tanto. Poxa! Vai mesmo se suicidar. Nossa, isso me deixa todo excitado! (E se atirou em cima de mim. Sete orgasmos.)

Harold tomou café e fez sexo matinal comigo no dia seguinte.

— Sheila?

— O que é?

— Posso fazer alguma coisa para ajudar?

— Não, deixa que eu mesma lavo a louça.

— Não, estou falando do suicídio, como, por exemplo, arranjar pílulas para você ou coisa assim. Tenho uns ótimos contatos para pílulas.

— Falo com você se precisar, obrigada.

— Eu realmente gostaria de ajudar, de alguma maneira. Ia me sentir horrível se não ajudasse de alguma maneira. (Isso é que era um homem com consciência.)

— Acho que há algo que pode fazer. Pode mandar margaridas para enfeitar o caixão. Seria maravilhoso.

— Poxa! É isso mesmo que vou fazer. Mandar margaridas. É só dizer para onde e vou mandá-las.

— Obrigada, Harold.

E naquela tarde...

— Sheila?

— Sim?

— Sei que é uma pergunta de caráter pessoal e nós ainda não nos conhecemos bem [não, apenas tocamos um bocado nas partes íntimas um do outro], mas gostaria de saber por que está fazendo isso.

— Estou fazendo isso porque gosto de sexo. (É mãmi, é isso aí minha amiga. Alguns orgasmos a mais antes de partir. Só mais uns poucos não vão me matar.)

— Não estou perguntando por que está fazendo isso, e sim por que vai se matar.

— É uma história comprida. Estou escrevendo um longo bilhete de suicídio. Pode lê-lo, se quiser.

— Onde está?

— Agora, não. Só depois que eu estiver morta.

— Poxa! Vem cá! (Nove orgasmos em sucessão.)

— Sheila?

— Sim?

— Aposto que não vai levar isso até o fim.

— O suicídio?

— É.

— Dê uma olhada. (Inclinei-me na cama, tirei o carimbo FALECIDA da gaveta da escrivaninha e mostrei-o a Harold.)

— Poxa!

Harold ficou indo e vindo nos dias entre o Natal e o Ano-Novo. Tratava-me como se eu fosse morrer — mas não por minhas próprias mãos —, como se estivesse muito doente e o médico tivesse me dado seis meses de vida. Trazia-me presentinhos, como protetores de orelha engraçados ou uma garrafa de champanhe barato. Agora *tenho* que morrer. Quero dizer, seria muito constrangedor, depois dos protetores e do champanhe, e ele se comportando tão gentilmente, que eu mudasse de idéia. Engraçado... Harold deu-me a responsabilidade de morrer. Transformou-se num amante muito bom e compreensivo, que faz todo o possível para tornar felizes os meus últimos instantes na Terra. A responsabilidade é imensa. Quando alguém está sendo tão bom com a gente, e comprando presentes, não se pode mudar de idéia, não é mesmo? A morte é uma coisa muito complexa.

— Sheila?

— Sim?

— É o maior barato.

— O que é o maior barato, Harold?

— O que você vai fazer.

— Quer dizer, me matar?

— É. É um barato. Não existem muitas garotas como você. Tem coragem de verdade.

— É.

— Vem cá. (E eu ia, e ia e ia.)

A verdade verdadeira é que finalmente consegui um cara que se amarrasse em mim, e a única maneira de continuar assim era eu manter meu plano de suicídio.

A noite de Ano-Novo foi maravilhosa. Realmente fantástica. Naturalmente, eu sempre a odiara. Ou não tinha um encontro e passava a noite com uma amiga até adormecer na frente da televisão, assistindo aos bailes, ou tinha um encontro com um sujeito que precisava de alguém para levar a alguma festa chata e me convidava só para não ficar em casa, sentado sozinho. Ou... tinha um encontro às cegas. Horrível, não é mesmo? No Ano-Novo isso significa trancar-se no toalete à meia-noite, para não ter que beijar o desconhecido quando as luzes se apagam. Melissa, naturalmente, sempre tinha um compromisso no Ano-Novo já à altura do Dia de Ação de Graças*. Algum pobre infeliz dono de um Corvette telefonou só com três semanas de antecedência e a Srta. Melissa desligou na cara dele. Estão surpresos que a noite de Ano-Novo fosse uma tortura para essa sua criada? Não, não estão. Vocês esperavam isso da velha Sheila.

Esse ano foi diferente. Harold chegou às oito, vestindo um terno novo muito alinhado, o que pode não parecer importante para vocês, mas para mim era um milagre. Um terno novo não era coisa que tivesse visto com muita freqüência. Na verdade, os homens nunca botavam ternos novos por

* Final de novembro.

minha causa. O de Harold era marrom — não, castanho, de lapelas largas, e maravilhoso.

— Gosto de sua roupa.

— É nova.

Eu estava usando uma saia longa e uma blusa muito festivas, metade da Ohrbach's, metade da Saks.

— Gosto do seu vestido.

— É uma saia e uma blusa.

— É linda.

— Estava pensando em me enterrar com ela.

— Não.

— O que quer dizer com "não"? (Não? O que quer dizer? Não, não morra?)

— Devia ser enterrada nua e com o caixão aberto.

— Você está brincando?

— Não, não estou, Sheila. Você não acredita que tem um corpaço, mas acontece que ele me excita e aposto que excitaria todos os caras da funerária, igualzinho a mim. (E então, antes de sair, nós fizemos. É por acaso algum crime?)

— Sheila, já que este é o seu último Ano-Novo, vai ser o melhor deles.

Apertamos um e fomos para o Times Square. (Não, essa não foi a primeira vez que o fiz. Sou uma mulher do mundo, sofisticada, que já fumou maconha e haxixe pelo menos uma dúzia de vezes. A primeira foi em Fire Island.)

Gente. Centenas, milhões, bilhões de pessoas. E Deus, como eram feias. Aquela gente não ia ao dentista. Era uma massa de cheiros e barulho. Harold me segurou com firmeza, enterrando o meu sutiã tipo colete nas minhas costelas. É preciso que se faça isso uma vez na vida. Detestei tudo aquilo, mas fico contente por ter feito uma vez. De alguma maneira, fez-me sentir bonita. É, eu era a moça em Times Square com os dentes mais bonitos. Não ficamos até meia-noite, apenas entramos, dissemos alô e saímos. Uma experiência estranha.

Harold tinha convites para duas festas — a que tinha de ir e a que queria ir. Naturalmente, nos livramos depressa da "que tinha de ir". Era dada pelo primo de Harold, Marty Feinberg, de sobrenome idêntico ao dele. Era um apartamento velho e mal mobiliado da West End Avenue, onde estavam algumas tias viúvas e — surpresa! — a ex-mulher de Harold.

— Olá, Harold.

— Olá, Frannie, como vai?

— Como se você se importasse com isso.

— E por que acha que não me importo?

— As crianças voltaram imundas no último fim de semana.

— Divertiram-se pra caramba. Tenho certeza de que se divertiram mais com o pai imundo do que a semana inteira com a mãe esterilizada.

— O mesmo Harold de sempre.

— A mesma velha Frannie.

— Muito engraçadinho, Harold. Um dia desses, boto você na cadeia por falta de pagamento de pensão.

— Eu estou pagando.

— Está pagando a dos meninos. E eu? O que espera que eu faça com cinqüenta e dois dólares e cinqüenta centavos por semana? Tive que arranjar um emprego de meio expediente enquanto as crianças estão na escola.

— Óóó, a coitadinha da Frannie tem que trabalhar.

— Você vai ver só, e não vai demorar. Um dia desses vai acordar com uma intimação bem na fuça.

— Que bom ter encontrado você, Frannie. Reafirmou a minha fé no divórcio.

— Vá para o inferno.

— Vá *se* foder... afinal, ninguém mais quer te fazer isso.

Um bocado de gente já me disse para não me preocupar em me casar — que logo haverá uma nova onda de divorciados. Eu não quero ser a segunda esposa. Quero ser a primeira — a que ele abandona por não ser sua empregadinha e ter um gênio de megera.

Saímos da festa do primo Marty às onze e meia e tentamos correr até a de Marsha e David, outro desses jovens casais que estão vivendo juntos porque ele acha que o casamento já era. Harold é colega de David no Departamento de Assistência Social e eu conhecia Marsha ligeiramente da UNY.

Qual é a pior coisa que pode acontecer a uma pessoa quando o relógio bate meia-noite no Ano-Novo? A pior é estar sozinha. A segunda pior é estar no metrô. Ninguém se dá conta de que chegou o novo ano. Alguns casais se beijam, mas já estavam se beijando desde que entraram lá. Alguns estão sozinhos e há um cheiro de vômito no ar. Os piores são os que estão voltando à meia-noite do trabalho. São os membros da sociedade que não têm escolha... ou trabalham na noite do Ano-Novo, ou perdem o emprego. Meu Deus, é triste.

À meia-noite, Harold simplesmente me segurou a mão, e o gesto fez um beijo parecer banal.

Marsha e David moravam na Rua 57 Oeste, entre a Sexta e a Sétima, num apartamento de três peças, com quarto separado. No minuto em que entrasse lá, qualquer um saberia que não eram casados.

Havia dois aparelhos de som na sala de estar. Havia um bocado de comida dele e de comida dela, tal como cerveja importada e suco de frutas natural. Os casados têm comida em comum, como Seven-Up ou talvez um pouco de sidra. Marsha tinha um serviço de mesa para oito — quatro de um padrão e quatro de outro.

No quarto, onde fomos botar os casacos, dois talões de cheque, de bancos diferentes. Não-casados. E no banheiro, apenas um roupão — o dele — e toalhas sem monogramas. E na porta da frente apenas o nome dele.

Marsha serviu chili, a música era boa, a companhia divina, e mal podíamos esperar a hora de voltar para casa e para a cama. Pegamos os casacos e nos esgueiramos sem dizer adeus. Fomos de táxi para casa, e já estávamos sem roupas quando chegamos na porta da frente. Outro vocês-sabem-o-que e até já perdi a conta.

— Harold?

— Sim?

— Marsha e David parecem felizes, não acha?

— Sheila, não faça isso.

— Não faça o quê?

— Me pedir para morar com você.

Foi embora na manhã seguinte. Passou-se uma semana e não soube mais dele. Não lhe telefonei. Fiquei tentada, mas não telefonei. Era esse o meu treinamento.

"Sheila, querida, os rapazes não gostam de ser assediados."

Mais outra semana e não pude resistir. Peguei o telefone, disquei o seu número e desliguei — várias vezes. Na terceira semana, telefonava regularmente todos os dias. Não — a cada dez minutos — até as duas ou três horas da manhã. Nunca o achava, e só pude presumir que estava vivendo com alguém. Fiquei muito satisfeita por não ter cancelado os meus planos.

4 de fevereiro

---

QUERIDA SHEILA,

Você deve estar imaginando por que não tenho telefonado ou não a tenho procurado. Ou talvez nem esteja ligando. [Estou, sim, claro que estou. Já faz um mês e não tenho a menor idéia de onde virá o meu próximo orgasmo. Não seja egoísta, Sheila, há pessoas na Índia que vão dormir sem nunca terem tido um orgasmo sequer.] De qualquer maneira, resolvi lhe escrever e contar o que aconteceu.

Lembra quando fomos à festa de Ano-Novo na casa de meu primo? [Claro!] Lembra-se de que minha ex-esposa estava lá? [Sim.] Lembra-se de como ela me ameaçou de me botar na cadeia por falta de pagamento de pensão? [Lembro, sim... não me diga que...] Pois bem, aquela vadia fez isso. Me jogou numa cela especial, para os que não pagam a pensão em dia.

Recebi a intimação há umas quatro semanas, e meu advogado tentou me tirar daqui, mas, Sheila, me recusei a pagar a grana. Prefiro apodrecer aqui por um milhão de anos — fui condenado a seis meses — a dar um centavo àquela vadia. Para as crianças — sim. Para aquela vagabunda — não.

Aqui não é de todo mau. Não dá para acreditar, uma cela cheia de caras que não pagam pensão. Executivos, professores, todo tipo de gente. Até um milionário.

Sheila, você é a única pessoa para quem escrevi. Quero que me faça um grande favor, na verdade, um FAVORZAÇO! Arranje uns baseados e bote no correio para mim — dentro de alguma coisa, de um livro ou sei lá o quê. Pense num jeito. Você é uma moça muito inteligente.

Com amor,
HAROLD

Puxa vida, que legal! Sheila Levine é apanhada e jogada na cadeia, por sua vez, por compra, posse e tráfico de maconha através do correio dos Estados Unidos. Eu nunca sequer mandei um palavrão pelo correio. Meu maior receio era ser apanhada e jogada na cadeia, ou estar em trabalhos forçados no dia 3 de julho.

Primeiro, li e reli a carta. Ele dizia "com amor, Harold". Significava realmente "amor" ou era só uma figura de retórica? Também mandou dizer que vai ficar preso seis meses, o que significa até o final de julho. Já estarei morta quando ele sair. Fim de Sheila. Só restam cinco meses e eu contava com ele para, pelo menos, mais umas cinco trepadas. E eu tinha direito a isso!

Joguei a carta na privada — não devia haver provas.

Como se consegue maconha? Sempre me pareceu que era só sair por aí. Liguei para os maconheiros que conhecia e falei com eles quase em surdina ao telefone. A cidade estava "seca". Alguém se prontificou a ver se me conseguia um pouco. Ah, Harold, por que você não me pediu para esconder uma lima dentro de um bolo, como fazem todos os presos?

Como é que eu faço agora? Será que tenho de me encontrar com algum traficantezinho sujo no Needle Park ou em Columbus Circus?... "Você vai me reconhecer. Tenho um e sessenta de altura, sou meio cheinha, tenho cabelos crespos e vou estar disfarçada usando meu nariz de verdade. Como farei para reconhecê-lo?"... "Vou usar calças e casaco velhos e parecer que estou numa tremenda rebordosa. Vou estar também armado com uma faca, para lhe cortar a garganta se não for com tua cara."

7 de fevereiro

QUERIDO HAROLD,

Sinto muito o que aconteceu a você, mas, em breve, tudo vai acabar bem. [Escrevo cartas horríveis.] Não sei onde posso comprar os deliciosos "biscoitinhos" que você quer. Acho que fiquei meio perdida sem você. Diga-me, por favor, onde posso achá-los e como faço para comprar.

Não há nenhuma novidade, exceto que comprei um novo chá de "erva" que ando louca para provar. Aguardando logo notícias suas.

Amo você,
SHEILA

*P.S.:* Tenho bastante dinheiro economizado e, se precisar, ficarei feliz em dá-lo a você para pagar a pensão atrasada. Afinal, não se pode levá-lo junto com a gente. Ha-ha-ha! [A agonizante ainda faz piada.]

S.L.

*P.P.S.:* Você não precisa devolver o dinheiro. (Óbvio, dããã.)

S.

Achei que "amo você" era muito melhor do que "com amor", porque isso todo mundo usa. Uma diferença muito sutil, mas achava "amo você" mais forte no caso.

12 de fevereiro

QUERIDA SHEILA,

Pode procurar uma moça chamada Marcia Phillips, telefone 555-8965. Ela pode arranjar os "biscoitinhos" para você. E também pode conseguir uma maconha da pesada — uma mutuca por cerca de 20 pratas. Diga-me exatamente quanto custou e eu lhe pago sem falta.

Muito obrigado pela generosa oferta de suas economias, mas não vou aceitar. Não quero que aquela vagabunda fique com o seu dinheiro, Sheila. Acho que posso agüentar seis meses.

Amo você,
HAROLD

Ele até pode agüentar seis meses, mas eu não. Vou conseguir tirá-lo de lá de qualquer maneira. Posso enfrentar a morte, mas não vou caminhar para o túmulo me masturbando. "Amo você, Harold." Francamente. Joguei a carta novamente na privada, mas recortei o "amo você" e botei no espelho.

555-8965, dezesseis chamadas e nenhuma resposta. Tentei todos os dias, durante uma semana. 555-8965, dezesseis chamadas e nenhuma resposta.

21 de fevereiro

QUERIDO HAROLD,

A senhora dos "biscoitos" não está. Tentei diversas vezes, mas nunca responde. Acha que a apanharam por vender "biscoitos" ou algo assim?

Com o meu amor,
SHEILA

25 de fevereiro

QUERIDA SHEILA,

Se apanharam a Marcia, seria a primeira vez na história de Nova York que alguém foi em cana por vender "biscoitinhos". Escute, Sheila, pergunte por aí, pergunte a algum hippie. Todo mundo em Nova York sabe onde comprar a erva. [Outra carta para o vaso.] Sei que vai conseguir, Sheila querida.

Com o meu amor,
HAROLD

PUXA VIDA! "Boa-tarde, senhorita."... "Pois não, em que posso ajudá-la? Gostaria de ver um vestido de noite ou algo assim?"... "Não, mas será que não sabe me informar onde posso comprar maconha?"... SIRENES, seguranças da loja por todo lado.

"Jornais! Comprem o seu jornal! Quer um, senhorita?"... "Não, mas gostaria de comprar um pouco de maconha."... APITO DA POLÍCIA, eu no camburão.

JOSHUA! Joshua devia saber. Foi o primeiro maconheiro que conheci. Mas por onde anda? Da última vez que ouvi falar nele, estava vendendo um serviço de lavanderia para fraldas a jovens senhoras grávidas. Essas empresas usam um bocado de atores desempregados... "Alô, é da Limpy-Fraldy? Há um rapaz de nome Joshua trabalhando aí?"... "Não."... "Sêka-e-Feliz, há um rapaz de nome Joshua trabalhando para vocês?"... "Não."

Coloquei um anúncio no *Village Voice:* Joshua, Sheila Levine pede que telefone, KL5-4394. Joshua não ligou, e sim um amigo dele, Ronald Fell, que queria saber se ele aparecera. Deixou-me seu número, caso eu soubesse de alguma coisa.

E acendeu-se uma lâmpada em minha cabeça.

— Alô, Ronald, é Sheila Levine. Gostaria de lhe fazer uma pergunta. Acho que vai achar que estou maluca, mas [cuidado, Sheila, deve haver uma escuta na linha. O FBI grampeou o telefone] o que eu gostaria de saber, se é que sabe, e você provavelmente não deve saber... um rapaz tão bom como você. Gostaria de saber onde posso arranjar... [sussurrando] um pouco de maconha.

— O quê? (Ronald, seu idiota! Não compreende que estamos sendo seguidos e vigiados?)

— Sabe onde posso conseguir um pouco de maconha? (De novo aos sussurros.)

— O quê? Sheila, não estou ouvindo. (Ronald, sinto muito. Não sabia que poderia se envolver também. Achei que seria *eu* quem iria para a cadeia, porque fui eu que perguntei.)

— Sabe onde posso conseguir maconha? (Alto e claro, bem nos ouvidos de um policial.)

— Por que não telefona para Shelly Krupp, ou Luke, ou Marcia Phillips, ou então... escute, vou pegar um peso na quinta à noite. Quer uma mutuca?

— Sim, por favor.

— Você parece que está muito necessitada.

— É, Ronald, estou sim.

— Vou pegá-la na quinta à noite. Por que não aparece aqui em casa lá pelas onze? Estou morando na... tem um lápis aí?

— Tenho, pode dizer.

— É na Seis Leste, 412, apartamento 4C.

— Quer que lhe adiante o dinheiro ou coisa assim?

— Não. Vejo você na quinta.

— Obrigada, Ronald.

— Por nada.

Tomei um táxi até a Seis Leste, peguei a mercadoria, tomei outro de volta para casa, certa de que o chofer era um agente secreto, de que o porteiro vira a muamba e chamara a polícia. Botei a maconha na gaveta das minhas roupas de baixo... NÃO! Não é seguro. No banheiro... NÃO! É o primeiro lugar onde vão olhar. Numa caixa, dentro de uma mala no armário, por baixo de uma pilha de sapatos.

Eu a despachei dentro de um boneco Snoopy, do qual tirei um pouco do enchimento. O que pensariam que um homem crescido estava fazendo com um Snoopy era problema do Harold.

17 de março

---

QUERIDA SHEILA,

Obrigado pelo Snoopy com aquele recheio bacana. Todo garoto devia ganhar um no Natal. Gostaria de poder lhe dar um beijão. [Eu também.]

Com amor,

HAROLD

Então, ele voltara ao "Com amor". Vou tirá-lo de lá nem que seja a última coisa que faça.

27 de março

---

QUERIDO HAROLD,

Estou bem e espero que você também. [Mas que começo brilhante.] Não há grandes novidades a contar. [Grande carta.] E com você, o que há de novo? [Que domínio maravilhoso das palavras!]

Harold, lembra-se de que me ofereci para pagar a pensão atrasada, para que pudesse sair da cadeia? Bem, a oferta está de pé. Tenho algum dinheiro no banco, e não preciso dele. Tenho que completar o pagamento da lápide do meu túmulo, comprar um vestido para ser enterrada e um caixão. Tenho também que pagar um advogado para fazer o meu testamento e comprar roupas de baixo novas para quando me encontrarem morta no apartamento. [Não devem me achar com velhas. O que iam pensar de mim?] Tirando isso, não tenho nada para fazer com esse dinheiro. Pode ficar com ele, Harold, de verdade. Espero que esta carta o encontre bem. [Grande final.]

Com amor,
SHEILA

Segunda, terça, quarta, quinta — nenhuma resposta. Na sexta, o telefone tocou. Era Harold. Nunca soube que prisioneiros pudessem telefonar.

— Alô, Sheila?

— Harold, onde você está?

— Exatamente onde estou nesses últimos meses: são e salvo na cadeia.

— Eles deixam dar telefonemas?

— Deixam. E talvez me deixem fazer amor. Quer vir me fazer uma visita?

— Pensei que só esposas tivessem permissão.

— Querida, aqui é a cela dos divorciados. Ninguém está interessado em visitas de esposas.

— Harold, tudo o que quero é que você saia daí. Pode ficar com o dinheiro. Tenho mais de dois mil dólares. Pode ficar com eles, Harold.

— Não, não posso aceitar. Se você me der esse dinheiro, tenho que dá-lo a Frannie, que dormia tarde e fingia ter dor de cabeça quando era hora de trepar. Não quero que ela fique com ele.

— Mas eu quero, Harold. Quero que ela fique com ele para que eu possa ficar com você.

— Ah, Sheila, sabe o que eu realmente desejava, e nem ao menos estou doidão? Queria ter encontrado você antes que Frannie me fodesse a vida. E ela conseguiu, Sheila. Fiquei incapaz de dar ou receber amor. Frannie conseguiu fazer isso comigo.

— Talvez se eu...

— Não, Sheila.

Por quê? Por que o meu último envolvimento terreno não passa de uma confusão do cacete?

# O Fim

**HAROLD, SAIA DAÍ**. Sheila precisa de você. Seus últimos meses de vida estão se escoando rapidamente e você nem se mexe. Estamos no lindo mês de maio, Harold. Saia, por favor, saia de onde quer que esteja.

6 de maio

---

QUERIDO HAROLD,

Preciso de você, e não por muito tempo. Preciso de você agora. O fato de ser um prisioneiro me torna uma também. Tudo o que tenho são menos de dois meses, Harold. É tarde demais para achar alguém.

Prometo a você que não farei exigências. Pode me ver ou não. Pode morar aqui ou não. Apenas saia daí. Tenho o dinheiro. O túmulo e a lápide estão pagos. Um caixão simples, um testamento e algumas roupas de baixo não me custarão muito.

Saia daí, Harold, por favor.

Com amor,

SHEILA

Por que estava suplicando? Ainda havia vida em mim? Ainda não havia desistido? Será que esperava que Harold mudasse minha vida, tirasse o veneno de minha boca e me fizesse viver? Será que tudo o que queria eram umas boas trepadas ou alguém que me fizesse desistir do que planejei em agosto passado? Estaria planejando um falso suicídio? Do tipo em que chamaria alguém no último instante para me salvar? Acho e não acho, realmente não sei. Continuei com meus planos. Ainda esperava partir em julho... a não ser que... a não ser que o quê?! A não ser nada, Sheila, pare de ser tão estupidamente dramática.

10 de maio

---

QUERIDA SHEILA,

Você venceu. Estou cansado de ficar aqui, só com livros e maconha. Vai lhe custar 2.300 dólares. Sinto muito, Sheila, mas é o que aquela cadela está pedindo. Não pode imaginar como me sinto um merda recebendo isso de você e dando para ela. Sinto-me um merda, e em dívida com você.

HAROLD

Nenhum "Amor, Harold". Só "Harold".

— Sheila?

— Harold, onde você está?

— Saí da prisão. Estou aqui na esquina da Vinte e Nove com a Dez, numa cabine telefônica.

— Venha até aqui, Harold. Pode ficar aqui, se quiser.

— Tô indo. Mas antes vou apanhar umas coisas. Tchau.

Parecia tão melancólico. Eu cometera um erro. Não precisava de Harold, e sim de um caixão.

Harold ficou sentado na minha colcha de veludo, com almofadas pretas e brancas, só me observando, dia e noite. Estava chapado o tempo todo — provavelmente ressentido comigo por ter pago sua saída da prisão. E as coisas na cama não eram mais como antes. Nas primeiras três semanas, fizemos amor cerca de sete vezes e tive apenas três orgasmos. Dois mil e trezentos dólares é um bocado de dinheiro para pagar por três orgasmos.

Desaparecia do apartamento por horas, às vezes por dias. Não tinha hora para voltar, e chegava comendo chocolate, fumando, fungando, resfolegando e emagrecendo. E falava o tempo todo em ir para o Canadá. Era assustador. Ficava lá, sentado na minha cama, só esperando eu partir — como um abutre. Sentia-se em dívida comigo, mas quando eu me for vai achar que fez o melhor que pôde. Sabem o que consegui com tudo isso? Um monte de chateação.

— Gostaria de ter sua coragem, Sheila. Gostaria de ter coragem para me matar.

— Mas que coragem? Não é preciso coragem, só exaustão. Estou apenas cansada demais de viver.

E acendia outro baseado, ainda lá em cima da minha cama, mas completamente ausente a noite inteira. Meu negócio não era maconha, e Harold não era mais o meu negócio também. Porra, que merda, como eu seria achada sobre minha cama se ele não se retirava do recinto?

Não tinha como ajudá-lo — por exemplo, dizendo-lhe: "Harold, não acha que já se drogou o bastante?" Tal como a ex o perturbava as idéias.

Não podia pedir que partisse. Eu lhe pedira que viesse.

Tinha que arranjar um rabino descolado. Já lhes contei que espécie de panegírico fúnebre a minha pobre tia-avó Goldie teve. Não queria palavras idiotas pronunciadas sobre o meu corpo. (Que, aliás, já está bem morto. Harold está aqui, mas estou lhes dizendo que o entorpecente foi direto para o seu pênis. Não é o que costumava ser.)

Tinha que encontrar um. Vou ter que ter um, não é? É melhor encarar os fatos. Se eu não achar um, o Sr. e a Sra. Levine acharão. E vão chamar o velho e amigável rabino da vizinhança, que vai dizer a todos que se reunirem para me prantear que boa moça eu era e como freqüentara a escola dominical. É essa a espécie de imagem que quero deixar para as pessoas? Não. Quero um rabino que diga os fatos tais quais são. (Ou eram?)

SHEILA LEVINE MATOU-SE PORQUE NÃO HAVIA HOMENS O SUFICIENTE NESTE MUNDO. NÃO SOFRIA DE MAU HÁLITO, USAVA DESODORANTE VAGINAL E TENTOU POR DEZ ANOS, MAS NÃO CONSEGUIU. NINGUÉM A QUIS PARA SEMPRE. SHEILA LEVINE MORREU POR NOSSOS PECADOS.

Onde ia arranjar um rabino que expressasse meus sentimentos? Algum recém-formado da escola rabínica? Alguém do Village? É isso aí. Lembra-se daquele templo que sempre desejava aos vizinhos cristãos uma feliz Páscoa ou seja lá o que for que se deseje na Páscoa?

— Alô, é do templo?

— Sim.

— Meu nome é Sheila Levine. [Trate de dizer logo, para que ela não ache que é alguma não-judia telefonando.] Gostaria de falar com o rabino, por favor.

— E quem não gostaria? O Rabino Stine está em... não está aqui. Está em toda parte. Nós nunca o vemos, ele não se senta nem por um minuto. Posso transmitir-lhe seu nome, mas não faço idéia de quando vai lhe telefonar. Espere, me deixe pegar um lápis para anotá-lo. E posso perguntar qual a natureza do assunto que deseja tratar com ele?

— Meu nome é Sheila Levine e meu telefone é Lebines.

— O quê?

— Lebines. Disque L-E-B-I-N-E-S. O meu número de telefone é quase igual a meu nome. — Achava isso muito engenhoso. O número de uma amiga era QUERIDA.

— Deixe-me tomar nota. — Seu tom era muito frio, frio demais para estar trabalhando para um rabino. — E qual a natureza do assunto que deseja tratar com o rabino?

— É um assunto de caráter particular... sobre um elogio fúnebre.

— Pergunto apenas porque ele é muito ocupado. E, se posso ajudá-lo de alguma maneira, costumo fazer isso. Richard, leve isso ao escritório da frente.

Fiquei sentada, aguardando que o ocupado Rabino Stine me telefonasse. Na verdade, não propriamente sentada. Fiquei mais foi deitada, à espera, com Harold por cima de mim. A média era ainda 2.300 dólares por três orgasmos — é melhor um pássaro na mão do que dois voando.

Passaram-se três dias e voltei a telefonar ao Rabino Stine, que estava lá e, ainda por cima, no seu escritório. Tive que esperar por uns vinte minutos.

— Alô. (Sabia que era ele pela voz apressada e tratei de falar o mais rápido possível. Não queria desperdiçar nem um minuto a mais do seu tempo, e não é sempre assim com os rabinos?)

— Alô, meu nome é Sheila Levine. Gostaria de marcar uma hora com o senhor sobre um elogio fúnebre... o meu elogio. Qual o dia e a hora mais convenientes? (Esperava um pouco de compaixão e que uma voz lacrimosa me dissesse que iria até minha casa para conversarmos a respeito.)

— Vou botar minha secretária na linha. Ela pode marcar a hora. (Clique. Preciso crer que esse servidor de Deus deve ter desligado acidentalmente.)

— Alô, meu nome é Sheila Levine. Estava falando com o Rabino Stine e ele me pediu para aguardar e marcar hora com a secretária, mas a ligação foi cortada.

— Quinta às seis. E, por favor, seja pontual. O rabino tem que dar uma aula às seis e meia. Não sei como é que ele consegue.

— Obrigada.

Deixe que lhes fale do Rabino Stine: ele é deslumbrante. Não à maneira certinha do Rock Hudson. É um jovem Paul

Newman. Olhos azuis lindos de morrer, e longos cabelos alourados saindo por debaixo do solidéu. Fazia os outros homens parecerem uns tolos por não usarem um. Conhecem o jovem tipo israelense? É o próprio Rabino Stine. E sem aliança de casamento. E eu me perguntei: por que estou tão excitada? Não vou ter um encontro com ele. Ele vai apenas oficiar meus funerais, onde meu coração não vai mais bater apressado. Esqueça-o, Sheila. Ele tem sete palmos de altura e você vai estar sete palmos abaixo da terra.

Nós nos encontramos sozinhos no templo, e um de nós tinha pensamentos sujos.

— Rabino, estive recentemente em um velório... isso não é importante. Gostaria que me ouvisse antes de dizer alguma coisa.

— Estou ouvindo. (Está ouvindo igualzinho ao Paul Newman. O Rabino Stine é arrogante e lindo. Que tal a combinação?)

— Rabino, estou planejando me matar no dia 3 de julho e ser enterrada no Quatro de Julho. Estou fazendo isso porque queria me casar e minha mãe também queria que me casasse, mas nunca fui bem-sucedida e estou cansada de toda essa humilhação. Gostaria que oficiasse a cerimônia fúnebre, do contrário algum rabino desconhecido vai dizer um bocado de orações inteiramente sem sentido para mim, e ninguém presente à capela do Rossman Memorial Park vai saber por que morri. E quero que saibam. É importante para mim.

— Sheila, você parece muito decidida. Será que eu não poderia, de alguma maneira, dissuadi-la?

— Só casando comigo. (E me virei de costas, pois estava com medo de chorar.)

— Nesse caso eu faço!

— Faz o quê? (Casar comigo!!?)

— Vou dizer a eles por que morreu, Sheila. Todo mundo no Rossman Memorial Park vai ficar sabendo por que Sheila Levine suicidou-se.

— Ótimo.

— Harold, o Rabino Stine vai fazer o panegírico.

— Sinistro — disse ele em tom melancólico.

— Harold, sabe que não tem de ficar aqui se não quiser. Não quero que fique aqui contra sua vontade.

— Não quer que eu fique?

— Claro, quero, se você quiser, mas não quero que se sinta *obrigado* a ficar.

— Fico porque quero ficar. (E começou a chorar.)

— Harold? Harold? O que há? Vamos, Harold, o que está acontecendo?

— Não há nada, Sheila, só queria que você me fizesse um favor.

— Claro, Harold.

— Quero que vá até o East Village me arranjar um pouco de cocaína. Eu mesmo iria, mas estou me sentindo tão esquisito, Sheila.

— Meu Deus, Harold, mal acabei de descobrir a maneira de arranjar maconha e agora quer que lhe arranje cocaína? Harold, escute... até que eu iria... mas... Harold, pelo amor de Deus, será que não pode telefonar para eles e mandar entregar em domicílio ou coisa assim?

— Sua patricinha estúpida de classe média. Não se pode encomendar cocaína em domicílio. Tem que ir lá no cafofo, freqüentar o submundo para poder comprar.

— E você quer que eu "freqüente o submundo" e arrisque a minha vida para comprar cocaína para você?

— Arriscar sua vida? Ora, Sheila, arriscar sua vida? Você vai se matar. O que quer dizer com arriscar sua vida?

— Tá bem, tá bem, Harold, eu vou. E por que não compro logo um bocado de veneno para você tomar? Será que não entende, Harold, que está se matando?

— E você também.

PORTA BATIDA COM VIOLÊNCIA.

Ir até o East Village e seguir as instruções. A melhor coisa sobre saber que não se vai durar muito é andar de táxi, gastar enquanto se pode. Nunca se sabe o que vai acontecer: pode-se escorregar no chuveiro, ser atropelada por um carro, cortar os pulsos acidentalmente. Passamos pelo Washington Square Park, o que reafirmou minha fé no suicídio. Adoro aquele parque, mas não há um único miserável lugar em que se possa sentar. Os estudantes aglomeram-se em torno do chafariz. Os viciados em torno da estátua. Os velhos em volta das mesas de jogo, e as jovens mamães estão com as crianças nos balanços e gangorras. Não há um único lugar em que uma moça solteira possa descansar os ossos.

Subir escadas sujas e entrar em um apartamento sujo. Harold me mandou para pegar a mercadoria. Por mais banal que possa parecer, era a mesma cena hippie de East Village que se vê em todos os filmes: colchões esparramados pelo assoalho, uma garota magrinha de voz doce e dois caras fumando maconha. Igualzinho aos filmes. Poxa! E isso só a um quarteirão de distância de onde Sheila e Linda queriam alugar um apartamento — um século atrás.

Paguei a cocaína como se estivesse comprando doces em uma loja.

— Hã, desculpe. Será que saberia me dizer qual é a melhor coisa que posso tomar para me matar? Bem, será que existe alguma pílula que faça isso rapidamente e sem dor? Entende o que quero dizer?

— E para que quer fazer isso?

— É uma longa história. Só queria saber se sabia de alguma. Não faz mal. Até logo e obrigada. Harold deseja a vocês paz e amor. (Ele não tinha desejado nada disso, mas achei a coisa apropriada.)

— Vá em paz.

Sabem o que foi que compreendi naquele dia? Que estou muito, muito velha.

Subitamente, Harold saiu da fossa. Acho que foi porque viu que o fim estava se aproximando: faltava apenas um mês e meio. Que bênção para ele. Estava tão mais animado. Não que não ligasse para mim, só que eu era uma pedra amarrada em seu pescoço. Bem, se vocês tivessem uma pedra no pescoço e soubessem que a pedra ia cometer suicídio dali a um mês e meio, também ficariam mais animados, não é?

Harold estava tomando menos bolinhas, fumando menos maconha e cheirando menos pó. Pode-se dizer que estava entrando numa boa com o meu suicídio. Chegou até a me acompanhar quando fui comprar o vestido (tinha decidido que não ia usar o do Ano-Novo — quente demais para um enterro no verão) e uma peruca. (Sim, uma peruca. Sempre quis ter longos e lisos cabelos louros e ia tê-los quando estivesse enfiada naquele caixão, o que me faz acabar de lembrar — tenho que comprá-lo, também. Que merda! Esqueci dele.)

Precisava de um vestido, uma peruca e de uma maravilhosa roupa de baixo, e dinheiro não era problema. Bem, um pouco — não ia comprar um Balenciaga por dois mil dólares, mas estava disposta a ir a mais de cem. Afinal, não é todo dia que uma moça se enterra. E, pensando bem, ia usá-lo por um bocado de tempo. Se fosse ser congelada, gastaria decididamente mais, pois isso pode ser um problema. Imaginem ser congelada num vestido fantástico e descongelar completamente fora de moda!

Fomos primeiro à Ohrbach's — mas não ao departamento onde vão as *yentas* e as garotas que trabalham. Fomos ao Grey Room, aonde vai a Anne Ford. (Sempre lia sobre ela todo ano no show de modas da Ohrbach's.) É onde têm as cópias fiéis de todos os modelos originais, do mesmo material e tudo. Olhamos alguns vestidos, uma cópia de Valentino e outra de Dior. Experimentei uns dois ou três e descobri, a essa altura da vida, que para usar uma cópia fiel precisa-se ter um corpo que seja a cópia fiel do de Anne Ford.

Gostei bastante de um deles, mas não gostei do jeito que fiquei *deitada* nele. (É, a vendedora me apanhou fazendo isso, mas menti que estava procurando um brinco.) Achei que, como era o último vestido que ia usar, por que ser conformista? Quero dizer, vou é ficar deitada, mesmo que o túmulo seja numa colina.

Saímos da Ohrbach's para o segundo andar da Lord & Taylor's.

— Posso ajudá-la? (Adivinha-se sempre quando essas encantadoras senhoras recebem comissão. Essa praticamente me agarrou mal botei o pé fora do elevador.)

— Gostaria de um vestido meio formal, meio longo, meio...

— Ela está procurando um vestido para o enterro dela — disse Harold jovialmente.

— Por aqui, por favor. (É, estava na cara que ela recebia comissão.)

Quando estávamos indo para lá, passamos por um manequim com um fantástico vestido cigano, que adorei e que queria de qualquer jeito para mim. Dinheiro não era problema, mas era melhor que não fosse caro demais.

— Por favor, senhorita, acha que talvez exista alguma chance de que tenham esse vestido no meu manequim, 42, se for bem largo?

— Vou verificar. (Será que não ouviu o que Harold falou ou simplesmente nem ligou? "Faça a venda e trate de ganhar a boa e velha comissão." Se ouviu e nem ligou, era melhor dizer a Henry Rossman que a pequena capela para os serviços fúnebres estaria perfeita. Algo me diz que não vai haver um comparecimento fantástico.)

Enquanto ela checava, ficamos por ali, com Harold assobiando e cantarolando e preparando-se para dançar em cima de meu túmulo. (Devia era ser cremada e obrigá-lo a dançar em cima da minha urna.) Descobri mais alguns vestidos que também serviriam, mas nada tão bonito como o de cigana.

Ela achou um manequim 42, levou-me até uma cabine e informou-me, para que não houvesse dúvidas, de que era a Sra. Landman, a minha vendedora; se precisasse de ajuda que a chamasse, o nome era Landman. Botou um pequeno plástico com o seu nome pendurado na porta, para que as outras vendedoras soubessem que eu pertencia a ela... A freguesa desta cabine é propriedade de Landman, tirem as mãos dela.

Para falar a verdade, o vestido ficou um pouco apertado. Mal pude me enfiar dentro dele, por mais que não respirasse e por mais que os dedos hábeis da Landman puxassem o zíper, temendo perder a venda, e saí para mostrá-lo a Harold.

— Adorei.

— Verdade, Harold? (Claro que não era nenhum jurado. Harold andava encantado com qualquer coisa.)

— Está maravilhoso.

— Está apertado demais, não consigo respirar.

— E daí?

— O que quer dizer com isso?

— E para que precisa respirar?

Estava certo — absolutamente certo. Quem precisa respirar num túmulo? E daí, se engordar uns quilinhos? Deixe que o prendam com alfinetes nas costas. Sra. Landman, embrulhe-o!

Minha mãe vai desmaiar quando o vir. Desmaiou mesmo, mãmi? Deixei a etiqueta do preço pregada: vão todos cair para trás. Sheila Levine vai ser o grande sucesso do enterro.

Já compraram roupa de baixo chique alguma vez? Realmente chique? Para mim, até agora, uma boa roupa de baixo significava peças que não estivessem esburacadas, ou sem elástico, ou que não estivessem manchadas de menstruação. Já perdi a conta de quantas calcinhas arruinei por causa "daquele período do mês" — com tampão ou sem tampão.

Queria comprar roupas de baixo realmente boas, pois nunca tive nenhuma. Quando era menina, tinha calcinhas impressas com os dias da semana e isso, não importa como, não pode ser classificado de boa roupa de baixo. Vieram depois as de mocinha de 16 anos do Carter's (quando eu tinha 12). Calcinhas Lollipop em todas as cores do arco-íris. E, finalmente, biquínis — com a barriga pendurada por cima — de 89 centavos a dois dólares o par, nunca mais, nunca menos que isso. Em suma, comprava roupa de baixo por hábito.

Kate, minha antiga companheira de apartamento, não. Usava renda clarinha em tudo. Estavam habitualmente sujas, mas eram sempre maravilhosas quando novas. Fico arrepiada só em pensar o que eu usava às vezes por baixo das roupas. Se desmaiasse e fosse levada de emergência para o hospital, ficaria envergonhada pelo menos na metade das vezes com o que estava usando. No acampamento, uma vez, tingi todas as minhas calcinhas de lilás em vez de lavá-las.

E quando queria comprar roupas realmente chiques, como as de Kate, não conseguia achá-las, talvez porque tivesse criado em minha imaginação algo ideal — bordadas, como as de Kate.

Harold, mostrando-se uma pessoa muito paciente (a paciência é sempre recompensada), seguiu-me de loja em loja, pela avenida afora, procurando. Uma das lojas tinha artigos em seda azul-clara e rosa, mas não eram o que queria, e resolvi ficar no meio-termo: vou ser achada usando o meu lindo penhoar que vai até o chão, não vou comprar outro. E sob ele — estão preparados? — azul-claro... não, mais para o turquesa, debrum de renda cor-de-rosa, com sutiã e combinação combinando. Não me perguntem por que uma combinação por baixo do robe. Tinha que comprá-la — era maravilhosa —, tudo por 35 dólares na Tailored Woman.

Harold e eu estávamos cansados, por isso decidimos procurar a peruca outro dia. Vocês vão morrer quando virem a roupa de baixo, mal posso esperar para usá-la.

Há um bocado de maneiras de se matar, mas sempre pensei em pílulas, que me pareciam mais limpas e mais fáceis de achar. Revólveres são complicados e não conheço nada sobre eles. Ninguém na minha família jamais tocou em um. E já que estou falando sobre isso, o que sei sobre cordas? Giletes? Talvez... não sei... use um aparelho de barbear elétrico. O meio mais seguro de fazer isso parece ser mesmo pílulas.

Claro que há maneiras dramáticas, como se atirar. Não é que pular me incomode. É a espatifação que me incomoda. E pular de onde? Trabalho num segundo andar e moro no terceiro. Não se pode ir entrando por um escritório ou apartamento estranho e pedir para usar o parapeito. "Por favor, será que se incomodaria que eu usasse o seu parapeito por um instante?"

Não. E já tentaram alguma vez subir em um deles? É praticamente impossível. As janelas são estreitas demais para sair e os parapeitos, estreitos demais para ficar em pé.

Uma ponte? Não. Quero que me encontrem e me enterrem naquele vestido lindo. Não quero que tenham que dragar o rio e me enterrem toda enrugada e verde. Não é exatamente a maneira de causar um estrepitoso sucesso no enterro.

Claro que existe a maneira indireta de cometer suicídio. Poderia dar uma caminhada à noite pela estrada, o que resolveria a questão. Ou pegar o metrô para o Brooklyn às três da manhã.

Também resolveria. Ou deixar destrancada a porta do meu apartamento durante a madrugada. Viver em Manhattan tem realmente suas vantagens.

Ou podia comparecer a um dos protestos na universidade e jogar mijo em cima da Guarda Nacional. Isso também resolveria.

Ou marchar pela paz e ser espancada até a morte.

Sou pelas pílulas, Harold também.

Querido e doce Harold, tão atencioso. É a favor delas, porque acha que são o que menos vai me fazer sofrer. Pergunto a vocês se isso é consideração. Isso é lá opinião que tenha uma pessoa cheia de consideração?

Outro problema. Como fazer isso com pílulas? Quero dizer, fazer de verdade. Se ao menos Marilyn Monroe ainda fosse viva... Não se pede simplesmente a um médico que dê uma receita de pílulas mortíferas. O que fiz foi procurar o farmacêutico da vizinhança. Se quiser morrer, procure o seu farmacêutico.

(Eu) — Por favor, onde estão as pílulas para dormir?

(O farmacêutico da vizinhança) — Na segunda prateleira à direita.

Naturalmente, a informação não foi de grande ajuda (será que são alguma vez?), mas consegui achá-las e peguei o vidro com o maior aviso impresso. Afinal, não estava interessada em tirar apenas uma soneca, e me dirigi novamente a ele para um amigável papo de vizinhos sobre suicídio.

(Eu) — Desculpe, mas quantas destas pílulas poderiam matar uma pessoa? (Mostrando o vidro.)

(Meu farmacêutico da vizinhança, olhando interessado para ele.) — Essas aí não matam ninguém.

(Eu) — Essas são as mais fortes que o senhor tem?

(Meu farmacêutico da vizinhança, sendo tão atencioso e amigável que caminha até duas prateleiras da direita comigo e pega outro vidro.) — Estas são as mais fortes que temos, isto é, as mais fortes que podem ser compradas sem receita.

(Eu, sorridente) — E quantas dessas podem matar uma pessoa?

(Meu f. v.) — Essas aí não matam ninguém.

(Eu) — Estou procurando pílulas de dormir letais.

(Meu f. v.) — Como é que é? Você não vai se matar, vai?

(Eu) — Ó, não, claro que não. Tenho que fazer um trabalho para a faculdade sobre pílulas para dormir.

(Meu f. v.) — Você parece velha demais para uma estudante.

(Eu) — Sim. Escute, tem algo letal ou não?

(Meu f. v.) — Que nada, o máximo que essas pílulas fazem é botar a pessoa para dormir por uns dois dias e depois acordar com dor de cabeça.

Comprei um vidro de Sleep-Eze porque não queria que o farmacêutico da vizinhança fizesse uma cena. Sabem como ficam quando não se compra nada.

Foi Harold quem as arranjou. Conseguiu-me um vidro inteiro de pílulas para dormir no mercado negro, Nembutal, acho eu (são vermelhas), como um presente de adeus. E teve algum trabalho para consegui-las porque estavam em falta. Ou estavam fabricando poucas pílulas, ou o suicídio estava *out* esse ano. Sou *in*.

Encomendei o caixão — nem o mais dispendioso, nem o mais barato que tinham. É forrado de azul-claro, que combina muito bem com o meu vestido. Teria preferido algo mais audacioso, mas só têm tonalidades pastéis. O azul-claro é aceitável.

Comprei também a peruca. Não é falsificada — é uma autêntica Dynel... loura e comprida como sempre desejei, e só $39.95 na Macy's. As coisas estão se encaixando muito bem. Hoje é 27 de junho e o 3 de julho é na quarta-feira que vem. Harold agora deu para assobiar. Fica flanando pelo apartamento, escondendo-se atrás de mim e fazendo gracinhas, como beliscar meu traseiro ou beijar-me a nuca. Simplesmente me adora. Disse-lhe que ia providenciar o meu testamento e ele quase deu pulos de alegria, não por achar que vou lhe deixar milhões — sabe que não tenho nada. Está pulando de alegria porque o final está próximo.

Meu testamento. Não sabia que arranjar um era uma coisa tão complicada. O que aconteceu com todos aqueles advogados de todos aqueles filmes antigos que ficavam à cabeceira de um velho rico e botavam tudo em ordem? Por onde andam?

Ivan, o Belo, o ex-caso de Linda (o planeta atualmente está cheio de ex-casos dela), era o único advogado que eu conhecia realmente bem. Conhecia amigos de meu pai que eram os melhores advogados do mundo, mas não poderia recorrer a eles, não é?

Tentei o velho número de telefone de Ivan...

— Alô. (Que sorte. Era ele em pessoa.)

— Alô, Ivan, aqui é Sheila Levine, a antiga companheira de apartamento de Linda. (Será que isso significa que sou uma *velha* companheira?)

— Ah, sim. E a Linda? Sabe dela? (Isso é bem dele mesmo.)

— Está bem, acho. Da última vez que soube dela andava pela Europa.

— Pô! Bem, o que posso fazer por você... hã... (Esqueceu o meu nome.)

— Sheila. Ivan, preciso de um advogado. Sei que é tolice, provavelmente nunca vou precisar disso ou coisa parecida, mas gostaria de fazer um testamento.

— Não faço essa espécie de coisa. Sabe, trabalho para o Ministério Público agora, como conselheiro legal.

— Bem, será que não conhece ninguém que faça isso? Não gostaria de importuná-lo, Ivan, mas é muito importante. Li numa revista que todo mundo devia fazer testamento.

— Vou lhe dar o telefone de um amigo meu, que faz vara de família. Ele provavelmente vai poder ajudá-la. [Pausa] Aqui está: Barry Hart, 555-2900.

— Obrigada. Muito obrigada, Ivan.

— Por nada. Até logo.

— Só mais uma coisa, Ivan. A razão pela qual preciso de um testamento é porque vou me suicidar, o que não faria se você casasse comigo. (Disse isso — depois que ele desligou.)

555-2900.

— Boa-tarde, Young, Hart, Lang e Huntington.

— Poderia, por favor, falar com o Dr. Hart?

— Sinto muito, mas está fora da cidade até 26 de julho.

— Será que Huntington, Young ou Lang estão?

Huntington poderia me receber amanhã.

E fui amanhã, que foi ontem, e vocês não acreditariam como foi irritante.

(Huntington, sem olhar para mim.) — Sei que está interessada em fazer um testamento. Todo mundo devia fazer isso.

— Sim.

— Bem, seu nome completo, data de nascimento... (E ficamos nisso por algum tempo.)

— Dr. Huntington, isso vai ficar pronto no dia 3 de julho para que eu assine, ou talvez um pouco antes?

— Duvido. Nós o aprontaremos para logo depois do fim de semana do Quatro de Julho.

— Mas preciso dele antes desse dia, realmente preciso. Para ser franca, Dr. Huntington, acho que não vou sobreviver ao fim de semana.

— Por que não?

— Sou vidente.

— Vou tentar. Pode ser na segunda?

— Obrigada.

— E, agora, quem é o seu beneficiário?

— Quer dizer, para quem quero deixar minhas coisas?

— Sim, Srta. Levine.

— Ah, para um bocado de gente. Preparei uma lista.

— Quer dizer que não pensa em fazer isso para uma só pessoa?

— Não. Para um bocado de pessoas diferentes. Fiz uma lista. (Ele olhou para mim como se eu fosse louca, o que, sem dúvida, sou.)

Pobre Huntington, de costeletas e ficou tão transtornado por eu ter uma lista.

— Srta. Levine, qual é o seu parente mais próximo?

— Meu pai e minha mãe.

— E não quer deixar tudo para eles?

— Não.

— Compreendo. Bem, isso vai ser um pouquinho mais complicado. Vou chamar minha secretária para que dite a lista a ela.

— Obrigada.

E o que, pergunto eu, aconteceu às tias-avós que deixavam um relógio para a sobrinha favorita? Esse tal advogado ficou tão transtornado que eu tivesse uma lista.

E meu testamento? O que tinha para deixar? Menos que um monge. Eu, Sheila Levine, em pleno uso de minhas faculdades mentais, deixo:

Para minha companheira de apê Linda Minsk, minha echarpe Christian Dior, meu perfume Pucci, minhas calças do Rudi (sem uso, porque nunca me serviram) e meus brincos YSL.

Para Barbra Streisand, meu espelho de maquilagem, porque ela nunca fez plástica no nariz também.

Para Joshua, aliás, Alan Goldstein, o sofá *chartreuse* (aquele, lembram?) e todas as coisas de camurça que tenho.

Para Norman Berkowitz, seu sacana, um pôster 30x40 está na gaveta de cima da minha escrivaninha. É meu desejo que Norman, o sacana, pendure minha fotografia em seu quarto em lugar conspícuo, permanentemente... assim como todas as minhas contas a pagar.

Para Melissa Hinkle, minha irmã casada, meus livros sobre psicologia infantil, para que não foda com a psique da filha.

Para Jennifer Hinkle, minha sobrinha, a prataria e a roupa fina de casa — para usar quando tiver o próprio apartamento, conquanto que seja fora de Nova York.

Para a irmã de Rose Lehman, Fran, minha máquina de escrever e meu muito obrigada por ter arranjado o meu primeiro emprego.

Para Charles Miller, todas as minhas sacolas de compra de butique.

Para Will Fisher não deixo nada. Dei-lhe a minha virgindade e já acho um presente mais que suficiente.

Para a Srta. Burke, da agência de empregos, deixo todas as roupas que estão na cesta de roupa suja.

Para o movimento de libertação feminina, deixo uma doação de 100 dólares na esperança de que o usem para construir um mundo em que uma moça possa ser solteira *e* feliz. (Sinto que não seja tanto dinheiro, garotas.)

Para Thomas Brown, deixo o meu diafragma. Vá procurar uma garota no Friday's em que sirva.

Para Harold Feinberg, deixo todos os meus discos, um para cada orgasmo.

Para o resto do mundo, deixo estas palavras: FODAM-SE.

— Harold?

— Sim?

— Fiz meu testamento hoje.

— Ah, é?

— Escute com atenção, Harold. Está com um advogado chamado Huntington, James Huntington, numa firma chamada Young, Hart, Lang e Huntington.

— Vem pra cama.

— Sem essa, Harold, isso é importante. (E, de qualquer maneira, eu já não estava mais tendo orgasmos.) O telefone de lá é 555-2900.

— Vem pra cama. (E me arrastou para lá.)

— Harold, por favor. Você vai se lembrar do testamento?

— Vou, sim. Vamos, Sheila, fale menos e trepe mais.

E tive um orgasmo. Outro presente. Menino, ele estava ficando generoso ultimamente.

Harold não vai me salvar, sabem. Não vai me suplicar para mudar de idéia ou chamar a polícia, uma ambulância, ou qualquer coisa. Está tão excitado quanto eu com tudo isso.

2 de julho. Deixem que eu explique tudo direitinho. Sexo com Harold tem sido fantástico. Ninguém teve uma despedida como essa antes. E nada de diafragmas. O paraíso na Terra.

Já encomendei as flores, um enorme buquê — 23,50 dólares, foi o que custou. Rosas brancas de cabo longo e no cartão diz: "Para Sheila, lamento tanto ter matado você. Foi por amor. Se ao menos tivesse concordado em se casar comigo, eu não o teria feito. Todo o amor do Norm." Bem, não disse que foi o Norman e não há maneira de ele ficar realmente enrascado, mas deixe que sue um pouco. Talvez uma investigaçãozinha.

Falei com o Rabino Stine. Que panegírico ele fez para mim! Fala em desodorante vaginal e tudo. Vai dizer que idiotice tão grande é uma moça achar que tem que se casar, e como devíamos ensinar nossas filhas a se tornarem seres humanos, assim como esposas. E como todos lá são responsáveis por minha morte. Muito dramático.

E o rabino vai sugerir que ninguém mande flores. Em vez disso, que mandem dinheiro para a Fundação Sheila Levine, e eu sugeri que seja usado para dar uma bolsa a uma jovem que queira ir para qualquer faculdade, e não para fazer Faculdade de Educação e se tornar professora, como as mães querem.

Meu obituário. Harold tem uma cópia para mandar imediatamente para o *New York Times*: "Faleceu: Sheila Levine, 31 anos. Formada pelo Departamento de Dramaturgia da UNY. Secretária do Sr. Frank Holland e professora do Ginásio 71. Morreu porque não se casou. Deixa pais vivos." Vocês acham que vão publicá-lo?

Tenho até um retrato para o jornal, se eles se interessarem. Fui a um fotógrafo profissional na Rua Oito, apenas um fotógrafo qualquer, com montes de garotos no seu *Bar Mitzvah* e de noivas na vitrine. Sentei-me para tirar a fotografia, tentando parecer muito digna, caso o *New York Times* queira publicá-lo, e o fotógrafo está fazendo de tudo, menos deixar as calças caírem, para que eu sorria.

— Senhorita, não vou conseguir uma boa foto a menos que sorria.

— O senhor não está compreendendo, não quero uma foto sorridente.

— E para que a quer? Para um aviso fúnebre? (A pergunta me fez rir, e ele bateu.)

Mãmi e pápi, escutem. Há tantas coisas à última hora. As pessoas vão mandar cartões e cartas, e vocês vão ter que responder. O que posso dizer? Por favor, respondam: Muito obrigado por suas condolências. Nossa filha Sheila desejava que soubessem que deviam pensar duas vezes antes de perguntar a uma moça solteira quando é que ela vai se casar.

Harold está me importunando para ir para a cama, e por que não?

Harold acabou de ir embora.

(Depois da trepada) — Sheila?

— Hã.

— Sheila, me convidaram para ir a East Hampton no feriado.

— Que bom.

— Quer dizer que não se importa?

— Me importar com o quê?

— Que eu não vá ao enterro.

— O que quer dizer com não ir ao enterro?

— Bem, é que esse meu amigo... você o conhece, nós estivemos na casa dele no Ano-Novo... me convidou e disse para ir na tarde do dia 3 e eu disse mais ou menos que sim.

— Você disse que sim?

— Achei que você não ia se incomodar.

— Não ia me incomodar? Harold, no dia 4 é o velório, será que esqueceu?

— Não esqueci. Só achei que não ia se incomodar, só isso.

— Então saiba que eu me incomodo.

— Não vejo motivo. Nem vai saber, de qualquer maneira, quem vai estar lá.

— E como é que sabe que não? Talvez saiba! Talvez esteja olhando aquilo tudo e achando graça. Rindo de você, Harold!

— Não é todo dia que arranjo um convite para East Hampton!

— Pois vá. E por que não vai logo, Harold? Nunca mais quero ver você. (Nunca, nunca mais na vida. E ele foi.)

— Alô, é a secretária do Dr. Huntington? Queria fazer uma pequena mudança em meu testamento. Quero que tirem o nome de um cara chamado Harold.

3 de julho. É amanhã. Ontem foi a minha Noite de Despedida da Vida, e quero que todos saibam que dormi

muito bem. Muito bem mesmo, obrigada. Nada de ficar acordada imaginando se seria a coisa certa a fazer. Na verdade, só tenho duas coisas com que me preocupar agora: a vida depois da morte e a reencarnação. Se existir reencarnação e eu voltar para outra vida, Deus, por favor, preferia ser um sapo a ser uma moça solteira de novo. E se acabar no inferno? Deve ser agradável, comparado a Manhattan. Provavelmente, há um bocado de moças solteiras lá embaixo, só na seção de suicídios.

Está tudo preparado. O apartamento está limpo, já vesti a nova roupa de baixo, e as roupas para o enterro estão estendidas. Minhas assinaturas de revistas estão canceladas, meu aluguel pago, e meu telefone será desligado no fim do mês. Meu terreno está pronto, o caixão comprado e a lápide gravada. Harold não mudou de idéia, e, de qualquer maneira, não vale a pena viver por ele. Está tudo em ordem e SIM... TOMEI AS PÍLULAS, cada um daqueles diabinhos vermelhos do vidro.

Não sinto nada ainda. Será que ouviram falar, quando estavam na escola, do cientista que tomou veneno para registrar tudo o que ia lhe acontecendo, em nome da ciência? Lembram-se dele? Aqui está Sheila Levine, na máquina de escrever, esperando sentir alguma coisa, e não sentindo droga nenhuma. Tal como aquele cientista, lembra-se de ter ouvido falar sobre ele, Madeline, na aula de biologia? De qualquer maneira, lembro-me de que ficou batendo pontinhos no papel quando começou a sentir os efeitos. SÓ QUE NÃO ESTOU SENTINDO NADA! Vou botar pontinhos no papel, e, quando eles pararem, vocês vão saber que Sheila se foi.

Aí vão eles..........................................................................
....................................................................................................
....................................................................................................
....................................................................................................
....................................................................................................
....................................................................................................
....................................................................................................
....................................................................................................
....................................................................................................
....................................................................................................
....................................................................................................
....................................................................................................
....................................................................................................
....................................................................................................
....................................................................................................
....................................................................................................
....................................................................................................
............................................ Merda! Não sinto nada............
....................................................................................................
....................................................................................................
....................................................................................................
....................................................................................................
.................................... Mas que diabo, não está funcionando. Essas pílulas filhas de uma puta não estão funcionando, não sinto nada. Porraaa.

# Epílogo

NÃO HÁ MUITA gente que consiga escrever um epílogo para seus bilhetes suicidas. Sim, sim, fizeram-me uma lavagem estomacal. Aposto que Doris Day nunca teve que fazer isso.

Lembro-me de tudo como se fosse ontem — foi há dois dias. Finalmente comecei a ficar grogue. Deitei-me na cama e lembrei-me de cruzar as pernas como uma senhora distinta, esperando que o anjo da morte me batesse no ombro e me levasse em seus braços até os portões dourados. Não sei quanto tempo passou quando as batidas na porta começaram. Ouvia as pancadas, as batidas, o som da campainha, mas não tinha forças para me mover. Entrara na Zona Crepuscular.

A próxima coisa de que me lembro é da porta caindo. Não caiu como nos filmes de James Bond. Alguém a retirou das dobradiças ou algo parecido. Vai ser um problema danado colocá-la de volta. De repente, havia mais homens dentro do apartamento de uma só vez do que jamais houve antes. O pessoal do Esquadrão de Emergência, acho. Se algum dia der uma festa de novo e houver mais mulheres que homens, vou decididamente chamar o Esquadrão. Mandaram até lá uma enorme quantidade de homens ao mesmo tempo. Pelo menos três deles me removeram para uma maca, onde cruzei novamente as pernas.

Bem, desnecessário dizer que estava muito fraca, mas não totalmente fraca, para não deixar de me sentir constrangida pelo jovem casal, obviamente apaixonado, que entrou no elevador e ficou me olhando. Devia haver elevadores especiais para os casos de suicídio. E ainda tive forças para perguntar a um dos maqueiros:

— Como... como é que sabiam?

— Sua mãe tentou falar com você e, quando não respondeu, ficou nervosa e nos chamou. Estava com um pressentimento de que havia alguma coisa errada.

Minha mãe-bruxa vidente mais uma vez interferiu em minha vida e minha morte.

Lembro-me de ser retirada do elevador com esforço por aqueles pobres homens e suas pobres costas, e também de ter dado uma gorjeta ao porteiro quando saía do prédio. Fiz isso sim. Tinha uma moeda dentro do bolso do roupão e dei a ele. Lembro-me de ter sido carregada para a ambulância e colocada na calçada, enquanto abriam as portas, e que atraí uma pequena multidão. Todos tinham uma cara infeliz. Todas as caras felizes de Nova York saem da cidade no feriado de Quatro de Julho.

Devo ter desmaiado na ambulância: não me lembro de ter entrado no hospital ou de qualquer outra coisa. Não tenho a menor idéia do que fizeram comigo. Seja lá o que for, rasgaram a minha bela roupa de baixo. A primeira coisa de que me lembro é que estava no céu. Se vocês abrissem os olhos e vissem Warren Beatty e cinco dos seus amigos mais gatos, onde achariam que estavam?

E pensei: "Bem, é isso aí, Sheila, você conseguiu — é o céu. O que fazem aqui, provavelmente, é conceder à gente um desejo, e eles estavam sabendo muito bem qual seria o meu."

Ouvi vozes dizendo que estava voltando, e fiquei pensando: "Voltando para onde?" Warren Beatty chegou mais perto, como se fosse me beijar, mas não o fez. Não conseguia compreender o que estava acontecendo.

A confusão total durou alguns minutos e então:

— Sheila querida, você está bem, filhinha?

E lá estava aquela voz, a mesma que me dizia que tinha que vestir um suéter por cima da fantasia do Halloween. Aquela voz me trouxe de volta à realidade imediatamente. O Dr. Warren Beatty e seus amigos, como num passe de mágica, transformaram-se em médicos, e o céu no Hospital Bellevue.

Minha mãe comportou-se de maneira completamente irracional sobre todo o episódio. Não conseguia entender como um vidro inteiro de pílulas para dormir fora parar acidentalmente no meu estômago; meu pai, como de hábito, calou-se.

Henry Rossman e o Rabino Stine ficaram danados comigo. Rossman ficou transtornado porque cancelei o túmulo e porque mentira para ele. Disse que nos seus 36 anos de diretor funerário nunca ninguém havia cancelado um. Ficou arrasado, mas não tanto como o bom rabino. Não me telefonou, mas sua secretária, sim. E que descompostura levei. Como ousava fazer o rabino perder tempo com um falso suicídio, um homem tão ocupado.

Todo mundo ficava repetindo que recobrasse o ânimo e foi o que fiz, não porque ficavam me dizendo isso, mas foram o Dr. Warren Beatty e seus companheiros que o conseguiram. Estavam o tempo todo à minha volta, só checando as coisas. (Tinham me colocado aquele soro intravenoso — água com bastante açúcar, exatamente o que eu precisava que me injetassem no corpo, não é?) É, foram aqueles homens com suas roupas brancas que me devolveram a vontade de viver. São todos atraentes e todos interessados, ou parecem ser, e sorriem para mim. Tudo o que preciso é de um dos seis.

Vou voltar para meu apartamento (e transformar o caixão num sofá) e arranjar um novo trabalho. Agora já estou mais velha que as senhoras das agências de emprego e talvez me tratem com mais respeito. Talvez troque meu nome para *Ms.* Levine. E talvez escreva um artigo para a *Reader's Digest* — "Sou o Cadáver de Sheila".

Daqui a cinco minutos, um daqueles médicos vem me dar uma espiada. Vejam, nunca se sabe se um deles vai entrar, checar a comadre e fazer uma proposta de casamento. Mãmi, pápi, rabino, escutem. Querem saber de uma coisa? Não quero morrer, quero namorar! Espero que alguém bote a porta do apartamento de volta no lugar.

Impresso no Brasil pelo
Sistema Cameron da Divisão Gráfica da
DISTRIBUIDORA RECORD DE SERVIÇOS DE IMPRENSA S.A.
Rua Argentina 171 – Rio de Janeiro, RJ – 20921-380 – Tel.: 2585-2000